KB122786

평

펑

이서현 지음

마카롱

추천사

〰〰〰 가족이란 무엇인가의 화두를 세련된 방식으로 던지고 풀어나간 작품이다. 인물에 대한 현실감각과 깊이 있는 해석이 동시에 가능한 작가. 새롭게 발견한 신인작가 이서현을 응원한다.

— 고영재(드라마 작가)

〰〰〰 평범한 가족이었고, 평범한 일상이었다. 그러나 배달된 사제 폭탄과 함께 '펑' 하고 터져버린 것은 아파트가 아니라 곪아버린 마음과 숨겨둔 비밀이었다. 폭탄을 보낸 범인을 찾기 위해 서로를 의심하고 오해하고 비난한다. 개인의 삶이 너무나도 쉽게 타인의 먹잇감이 되고 공격 대상으로 노출될 때, 가족이란 이름은 어디까지 우리를 지켜줄 것인가? 모두가 관계의 단절을 살아내야 하는 팬데믹의 시기, 작품 속 예리한 질문이 마음을 울린다.

— 이슬기(스튜디오에스 기획프로듀서)

〰〰〰 대상작 《펑》은 가족의 이야기다. 가족은 우리 세상의 가장 작은 공동체다. 또한 시대가 흐를수록 점점 해체되고 쪼개지는 공동체이기도 하다. '가족의 사랑이 모든 해결책'이라는 서사가 골동품 취급을 받는 시대에, 《펑》은 새로운 방향에서 가족 이야기를 펼친다.

4

《펑》의 가족은 해체되는 가족이다. 가족이라는 공동체에 어느 날 갑자기 들이닥친 정체불명의 위협은 그들을 하나로 뭉치게 하는 것이 아니라 원래부터 존재하던 균열을 키운다.

가족은 가장 작은 공동체이므로, 《펑》의 이야기는 또한 더 큰 공동체로 확대 적용할 수 있다. 모든 것이 잘 돌아가지는 않는, 내적 문제를 앓고 있으며 구성원 사이에 이해 요구가 충돌하는 공동체가 바깥으로부터 찾아온 시련, 이를테면 전쟁, 테러, 전염병과 같은 것들 앞에서 어떻게 흩어지고, 다시 관계를 맺을 것인가에 대한 이야기로도 읽을 수 있을 것이다.

— 진산(소설가)

〰〰〰 현대사회에서 가족이 가지는 의미를 장르적인 장치로 잘 보여주는 작품. 영화 같은 이야기로 시작해서 우리들의 이야기로 끝난다. 재미로 시작해 공감으로 끝나는 점이 좋다.

— 차주동(디오리지널스 프로듀서)

〰〰〰 가공할 만한 폭발력을 지닌, 단숨에 읽어 내려갈 수 있는 소설. 한 가족에게 폭탄이 배달되면서 그나마 유지되던 그들만의 평화가 붕괴된다. 붕괴된 가족 구성원들의 민낯을 보며 현대사회의 가족에 대해 다시 한번 생각하게 만드는, 꼭 읽어야 할 소설.

— 최성구(쇼박스 프로듀서)

0

"뉴스 속보입니다. 오늘 오전 11시 34분경, 서울 강남구에 위치한 H 아파트에서 사제 폭탄이 터졌습니다. 사제 폭탄은 택배로 배달되었다고 알려졌습니다. 폭발과 함께 화재가 발생했지만 초기 진화되었습니다. 폭발 당시 집에 있었던 A 씨가 부상을 입었으나 생명에는 지장이 없는 것으로 전해졌습니다. 경찰은 파이프, 충전지, 전지 회로 등의 폭발물 잔해를 수거했으며, 현장을 수습 중입니다. 일대를 수색한 결과 추가 폭발물은 발견되지 않았으며, 오후 2시 30분경 통제가 해제되었습니다. 현재 경찰은 테러로 단정하지 않고 있으나 용의자 역시 밝혀내지 못한 상태입니다."

1

두아라

808호. 33. 장녀

아라는 삭제 버튼을 누를지 말지 한참을 망설였다. 쉽사리 판단이 서지 않았다. 이대로 끝내도 될까. 또다시 끝이 약하다는 평을 듣고 끝나버리는 건 아닐까. 끝에서 무너지지 말고, 끝은 끝이 아니라 또 하나의 시작이 되어야 한다는 말을 듣는 것 아닐까. 그 말은 마치 제대로 끝내지 못했으니 네 인생 역시 시작할 수 없다는 말처럼 들렸다. 결국 삭제 버튼을 눌렀지만 더는 생각나는 게 없었다. 어쩔 수 없이 컨트롤 키와 z 키를 눌러 〈끝〉을 되살렸다.

지난 세 달 동안 방에 틀어박혀 드라마를 썼다. 16부작 미니시리즈의 시놉시스를 쓰고, 대본을 4부까지 완성했다. 남은 건 제출 버튼을 누르는 일뿐이었지만 확신이 서지 않았다. 드라마 작가가 되겠다고 결심한 지 7년. 자그마치 2,555일이라는 시간 동안 이도 저도 아닌 신분을 유지해왔다. 그 사이 K 방송국 단막극 공모전에 당선되기도 했지만 그뿐이었다. 당선된 대본은 잠깐의 영예를 선사했을 뿐, 이리 치이고 저리 치이다가 끝끝내 제작되지 않았다. 소득이 전혀 없었던 건 아니다. 그 이력으로 잘나가는 작가의 보조를 하기도 했으니까. 2년 동안 죽어라 일했다. 삶을 통째로 바치는 근무 시간과 적은 돈에도 투정 한 번 부리지 않았지만 돌아온 건 해고 통보였다. "더는 힘들겠어. 우리 인연은 여기까지인가 봐." 로코의 대가라고 불리는 작가는 그렇게 이별을 통보했다. 느닷없었지만 인연이 여기까지라는데 따지고 들 수도 없었다. 다른 길을 찾아볼까도 했지만 쉽지 않았다. 할 줄 아는 건 글 쓰는 게 전부였고 나이도 경력도 애매했다. 모두가 응원한다고 하면서도 자잘한 기회조차 주지 않았다. "두아라 씨는 아직 버틸 수 있잖아. 대본 좀 더 써봐. 다 왔구먼." 뻔한 충고만 늘어놓을 뿐이었다. 버틸 만한지 아닌지, 도대체 어떤 기준으로 말하는지 알 수 없었다. 그래도 거기까진 참을 만했다. "집도 잘살면서 뭐가 문제야." 부러움을 가장한 조롱을 들을 때면 전부 내려놓고 싶어졌다. 일하지 않아도 당장 굶어 죽지 않는다는 것. 누군가는 부러워할 그 사실이 그녀에게는 또 다른 장애물일 뿐이었다. 서른셋에 부모에 기대어 산다는 비참함을 이해해주는 사람은 많지 않았다.

현관문 열리는 소리에 시계를 보니 6시 48분이었다. 마감까지 5시간 12분 남았다. 다시 한번 훑어봐야 할지, 이대로 제출하고 미뤄둔 잠을 자야 할지 판단이 서지 않았다.

아라는 노트북 화면을 그대로 둔 채 핸드폰을 집어 들어 시나리오

카페에 들어갔다. 드라마 작가가 되겠다며 일말의 정보라도 얻어보려는 이들과, 누구에게도 이해받지 못하는 지망생의 삶을 조금이나마 나눠보겠다며 들어오는 이들로 가득한 곳이다. 하고 싶은 사람은 많고, 할 수 있는 사람은 적은 세계인지라 희망을 말하는 글에서도 씁쓸한 패배감이 느껴졌다. 말도 안 되는 희망에 혀를 차기도 했고, 결국 대기업에 취업했다는 말에 부러움을 느끼기도 했다. 그러다 보면 '우린 다 망했어요' 하고 소리치고 싶기도 했다. 매번 씁쓸하게 창을 닫으면서도, 다시 들어갔다. 그곳에는 적어도 나만 멍청한 게 아니라는 위안이 있었다. 공모전 마감을 앞둔 만큼, 공모전에 대한 글이 수두룩했다. 본명 대신 필명으로 내도 되는지, 페이지 번호는 넣어야 하는지 하는 사사로운 걱정과 함께 겸업이 가능할까요 하고 김칫국 마시는 글. 그리고 모두에게 건투를 빈다는 의례적인 파이팅이 넘쳤다. 게시물을 기계적으로 누르다가 이내 창을 닫았다.

부산스러운 소리가 들리는 것으로 보아 현이 들어온 모양이었다. 이 새벽에 들어올 사람은 현밖에 없었다. 잘나가는 대기업을 관두고 뒤늦게 스타트업에 뛰어든 현은 출퇴근 시간이 대중없었다. 몇 날 며칠씩 안 들어오기도 했고, 오늘처럼 꼭두새벽에 들어오기도 했다. 실패 따원 전혀 개의치 않는 쌍둥이 동생, 대기업의 규칙적인 생활이든, 24시간인지 36시간인지 모를 스타트업의 불규칙한 생활이든 현은 언제나 당당해 보였다.

문을 열고 조용히 좀 하라고 하려다 이내 마음을 고쳐먹고 헤드폰을 꼈다.

첫 공모전을 준비할 땐, 틈만 나면 제발 조용히 좀 하라고 소리쳤다. 당시 고작 11살이었던 동생 승아마저 발꿈치를 들고 다닐 정도였다. 보조 작가 생활을 하는 동안에는 집에 잘 들어오지도 않았을뿐더러, 들어와도 잠만 잤다. 어쩌다 잠에서 깨면 그게 몇 시든 제발 잠 좀 자자고 화를 냈다. 보조 작가에서 잘린 후부터는 있는 듯 없는 듯 지내고 있었다. 가족이 잠든 시간에 일했고, 모두가 나간 후에야 방 밖으로 나가곤 했다. 비난하는 사람도, 따져 묻는 사람도, 안일한 위로를 건네는 사람도 없었는데, 머릿속에는 듣지도 않은 말이 둥둥 떠다녔다. 대체 뭘 하고 사는 거냐고. 아라는 자신의 존재가 한없이 작아질 때마다 날을 바짝 세웠다.

아라는 다시 한번 대본을 읽으려다 말고, 침대에 누웠다. 잠을 못 잔 탓에 온몸이 쑤셨다. 글을 쓰기 위해서는 체력부터 키우라고 했지만, 쓰다 보면 체력은 뒷전으로 밀려났다. 아침 달리기는 일주일도 지나지 않아 끝났고, 기껏 등록한 헬스장은 PT(personal training: 개인 지도)를 받으라는 성화에 불편해졌다. 돈이 없다는 말도 통하지 않았다. 그럴 때마다 "H 아파트 사시잖아요?"라는 말을 들어야 했다. 살고 있다고 해서 내 집이 아니라는 것, 돈을 잘 버는 부모가 꼭 자식에게 돈을 쏟아붓지는 않는다는 것, 무엇보다 서른이 넘으면 돈 좀 달라는 말이 죄를 고백하는 일처럼 느껴진다는 것, 입이 떨어지지 않을뿐더러 한다 해도 합당한 이유를 쏟아내야 하는 의무를 짊어지게 된다는 것을 아는 사람은 많지 않았다. 여기서도 저기서도 이해받지 못하는 기분을 느낄 때마다 작가로서의 재능이 없는 건 아닐까 의구심이 들었다. 자신의 삶도 설명할 수 없는 사람이 타인의 삶을 설득시킬 수 있을까.

잠이 들려는 찰나에 승아와 현의 대화 소리가 들렸다.

"뭐 해? 도둑이라도 든 줄 알았네."

승아였다. 날이 샐 때마다 가장 먼저 들리는 건 승아의 목소리였는데, 아침잠 없는 고등학생이라니 매번 신기하게 느껴졌다.

"미안. 그런 것치곤 태연하다?"

현이 장난스레 받아쳤다. 의외였다. 현이 농담도 할 줄 알았나. 언제나 농담을 하는 쪽은 아라였다. 하지만 지금의 아라는 농담을 해본 게 언젠지 기억조차 나지 않았다. 한날한시에 태어난 쌍둥이지만 현과 아라는 너무 달랐다. 성격 급한 아라가 빠뜨리고 나온 유전자를 현이 싹 챙겨 나온 것처럼 잘나도 너무 잘난 애였다. 그런 생각이 문제가 되지 않던 시절도 있었지만, 지금은 얼굴을 마주치는 것조차 힘들었다.

"잠은 집에서 자고 그래라. 아저씨 냄새 나면 어쩌려고."

열여섯 살이나 어린 애가 엄마라도 되는 것처럼 잔소리를 했다. 아라에게는 잔소리는커녕 말조차 쉽게 걸지 않는 승아가 현은 스스럼없이 대했다. 괜히 서운한 마음이 들었다.

"이제 퇴근한 거야?"

"다시 나가야 해. 자료 챙길 것도 있고, 옷도 좀 갈아입고. 엄마랑 아빠는?"

"몰라? 나보다 더하네. 제주도 갔어. 무려 어제도 아니고 그저께."

"같이?"

"엄마는 계모임, 아빠는 학회. 오늘 올걸? 왜? 무슨 일 있어?"

"무슨 일은, 그냥…."

"언니는 오늘 마감이래."

갑자기 승아가 목소리를 낮췄다. 곧이어 속삭이는 말소리가 이어졌는데, 너무 작아서 알아듣기가 힘들었다. 묻지도 않는 말을 기어코 소리를 낮춰가면서까지 하는 이유가 뭔지, 그 순간 감정이 상했지만 딱히 어떻게 할 수 있는 건 아니었다. 문을 열고 왜 내 이야기를 하냐고, 따질 수도 없는 노릇이다. 아라는 별것도 아닌 일에 신경을 곤두세우는 제 모습에 짜증이 났다. 현이 방문을 열 리가 없다는 걸 알면서도 돌아누웠다.

깜박 잠이 들었다. 정신을 차렸을 땐 10시 17분이었다. 놀라서 벌떡 일어났다. 곧장 책상 앞에 앉은 아라는 안경을 끼고 노트북을 켰다. 저장해둔 파일을 읽는 듯 마는 듯 후루룩 넘기며 확인했다. 지난번에는 10분 전에 제출하려다 서버가 터지는 바람에 결국 못 냈다. 방송국은 아슬아슬한 인간들을 애초에 거를 생각인지 몇 년째 서버가 말썽을 일으키는데도 고치지 않았다. 예상대로 사이트는 버벅거렸다.

몇 번의 시도 끝에 겨우 접속했다. 아라는 잠시 눈을 감고, 호흡을 가다듬은 뒤 제출 버튼을 눌렀다. 개인 정보를 입력한 뒤 파일을 올렸다. 등록 버튼을 누르자 '제출하시겠습니까? 최종 제출 후에는 수정이 불가합니다'라는 메시지 창이 떴다. 다시 한번 호흡을 가다듬고 버튼을 눌렀다. 커서가 천천히 둥근 원을 그렸다. 또 망하는 건가 싶을 때 화면이 넘어가고 '제출되었습니다'라는 메시지가 떴다. 다행이라는 생각이 들면서도 한편으로는 찝찝함이 남았다.

아라는 멍하니 앉아 있다가 일어났다. 합격 발표가 나면 대본을 곧장 8부까지 제출해야 한다. 될지 안 될지도 모른 채 미래를 준비해야 한다. 편성이 잡힌 후에도 엎어지기 예사인 바닥이니, 그 정도의 불안은 견뎌내야 했다. 그렇다 할지라도 불확실한 미래 앞에서 현실을 단단히 붙잡기란 쉽지 않았다. 그렇다고 다른 방도가 있는 건 아니었지만.

'일단 오늘은 쉬자.'

아라는 샤워부터 하고, 밥을 먹고, 하루 종일 자기로 했다.

당연히 아무도 없을 줄 알았는데, 문을 열고 나가니 승아가 소파에 앉아 핸드폰을 보고 있었다. 어찌나 집중하고 있는지 아라가 나온지도 모르는 모양이었다. 아라는 다시 한번 시계를 확인했다.

"두승아, 학교 안 갔어?"

승아가 화들짝 놀라며 급히 핸드폰을 주머니에 넣었다.

"이제 가려고."

대체 뭘 보고 있기에 학교 갈 시간도 잊어버렸는지, 지각도 정도가 있는 거라고 잔소리하려다 관뒀다. 잔소리도 할 만한 사람이 해야 효력을 발휘하는 법이니까. 해봤자 괜히 우스워질 뿐이다.

"그래, 알았어."

승아는 서운한 표정을 지으면서도 이내 고개를 끄덕였다.

아라는 주방으로 가 냉장고를 열고 냉수를 꺼내 마셨다. 그제야 정신이 돌아왔다. 곧바로 물컵을 헹궈 싱크대 위에 엎어 놓았다. 다시 거실에 나오자 승아가 주섬주섬 일어나 바닥에 있던 가방을 들쳐 맸다.

현관으로 가던 승아가 할 말이 남았는지 돌아보았다. 그때였다. 초인

종이 울리고, 인터폰으로 모자를 눌러쓴 택배 기사가 보였다. 승아는 하려던 말을 거둔 채 문을 열었다.

"두현 씨?"

승아가 대답하기도 전에 택배 기사가 계단을 뛰어가는 소리가 들렸다. 승아는 신발을 벗지 않은 채 현관에 건네받은 상자 두 개를 내려놓았다. 그러는 동안 아라는 다시 주방으로 가서 밥솥을 확인했다. 밥이 애매하게 남아 있어 새로 해야 할지 고민스러웠다. 귀찮은 마음에 이내 밥솥 뚜껑을 닫았다. 간단하게 샌드위치나 사다 먹기로 했다.

"나 간다."

승아의 인사에 대꾸하기도 전에 문이 닫히는 소리가 들렸다.

샤워를 하고 나온 아라는 그냥 잠이나 잘까 싶어 누웠지만 배에서 소리가 나는 바람에 어쩔 수 없이 일어나 옷을 갈아입었다. 담배도 피우고 싶었다. 좋지 않은 습관이라는 건 알고 있었지만 끊기가 쉽지 않았다. 담배와 라이터를 챙긴 뒤 방을 나섰다. 현관문으로 향하던 아라의 눈에 택배가 들어왔다. 택배는 현관으로 가는 길목에 덩그러니 놓여 있었다.

집안일을 하는 걸 굳이 티 내지는 않았지만 언제부턴가 사사로운 집안일은 거의 아라가 하고 있었다. 청소기를 돌리고 밀린 빨래를 했다. 엄마는 그럴 필요 없다고 했지만, 집에서 보내는 시간이 가장 긴 사람은 아라였고, 차마 외면할 수가 없었다. 그래도 밥값은 하고 있다는, 누구도 바라지 않는 증명을 해야 마음이 그나마 편했다.

아라는 택배 상자를 살폈다. 위쪽의 작은 택배 상자에는 두현의 이름과 '파손 주의' 스티커가 붙어 있었다. 크기에 비해 제법 묵직했다. 아래쪽의 상자 역시 두현에게 온 건가 살피는데, 이름이 없었다. 택배 송장에는 집 주소만 제대로 적혀 있을 뿐, 전화번호도 모르는 번호였다. 혹시나 하는 마음에 보내는 사람까지 확인했지만 작은 상자와는 다른 사람이었다.

현에게 확인해보려다 관두었다. 굳이 이름을 생략하고 번호를 잘못 적을 애가 아니다. 보나 마나 잘못 온 택배일 거였다. 한번은 803호로 가야 할 택배가 온 적도 있었다. 택배 회사에 전화를 걸까 했지만 거기까진 귀찮았다. 집 앞에 내놓으면 알아서 가져갈 터였다. 아라는 상자를 집어 들었다. 크기에 비해 지나치게 가벼웠다.

신발을 구겨 신고 현관문을 여는데, 방에서 핸드폰이 울렸다. 연락 올 데가 없어 굳이 들고 다니지 않은 게 습관이 되었다. 혹시나 일이 들어올까 기다리던 시절도 있었지만 이젠 기대조차 하지 않았다. 여전히 전화가 울릴 때마다 심장이 툭 떨어지긴 했지만. 그냥 나가려던 아라는 끊기지 않는 전화벨 소리에 상자를 내려놓았다. 현관문 사이에 상자를 끼워둔 채 집 안으로 다시 들어갔다.

아라의 방은 현관으로 이어진 복도 오른쪽 방이었다. 몇 걸음 되지 않았지만 피곤한 탓인지 한없이 귀찮았다. 핸드폰은 책상 위에서 요란하게 울리고 있었다. 070으로 시작하는 익숙한 번호에 짜증을 내며 다시 방을 나왔다.

그때였다. 커다란 굉음과 함께 파편이 튀었고, 놀란 아라는 뒤로 몸을 돌리며 쓰러졌다. 쓰러지면서 안경이 떨어졌고, 바닥을 짚은 팔이

꺾이면서 머리를 박았다. 순간 정신이 아득해졌다. 가까스로 정신을 차린 아라는 매캐한 연기에 기침을 쏟았다.

인테리어 잡지에 나와도 손색없을 만큼 깨끗했던 집은 전쟁터처럼 변했다. 폭발이 일어난 곳으로 시선이 향하자 현관문의 문고리가 날아가고, 밑동이 뒤틀리면서 부서진 것이 보였다. 아라의 방문 역시 폭발파에 의한 순간적인 충격으로 인해 뒤틀려 한쪽이 무너져 내렸다. 폭발물의 파편이 사방으로 튀며, 벽 곳곳에 박혔다. 짙게 퍼져 나오는 연기와 불씨들이 폭발의 위력을 과장시켰다.

아라는 눈으로 보면서도 무슨 일이 일어난 건지 파악할 수 없었다. 쓰러진 아라 앞에는 현관문 옆에 있어야 할 커다란 화분이 깨진 채로 나뒹굴었고, 신발장 옆에 붙어 있던 거울의 조각들과 부서진 문, 폭발물의 파편이 사방에 널려 있었다. 그 바람에 거실의 텔레비전과 장식장이 망가졌다. 신발과 식물 줄기에서 불씨가 타고 있었다. 작은 불씨에 비해 지나치게 과한 연기가 집 안으로 빠르게 퍼져 들어왔다.

아라는 온몸이 따갑고 화끈거렸다. 코와 입을 막기 위해 팔을 들어올리자 찢어지는 듯한 고통에 악 소리가 절로 나왔다. 빠져나가야 한다는 생각을 하기도 전에 정신이 다시 아득해졌다. 옆집 개가 맹렬하게 짖는 소리를 들으면서도, 폭발이 벌어졌다는 생각을 차마 할 수가 없었다. 곧이어 스프링클러가 작동했고, 개 짖는 소리가 멀어지는 것과 달리 화재경보기가 크게 울렸다.

2

807호

SBC 시사스페셜 〈폭탄을 말하다〉 인터뷰

정확히 기억하죠. 헷갈릴 게 따로 있지. 내 집 앞에 폭탄이 터졌는데, 그걸 어떻게 잊어?

점심 약속에 늦을 것 같아 서두르는 중이었어요. 드라이기 전원 꼽는데, 쾅! 어마어마하더라니까. 골이 다 울리더라고. 놀라서 드라이기를 떨어뜨리는 바람에 발톱까지 빠졌어. 깜깜이는 시끄럽게 짖어대지, 혼이 나가겠더라고. 어휴, 지금 생각해도 아찔하다니까. 팔에 소름 돋는 것 좀 봐.

깜깜이? 우리 집 막내. 까매서 깜깜이라고 지었죠. 깜깜할 때 보면 못 찾겠거든. 얼마나 귀여운지. 이 와중에 욕하고 싶진 않지만 앞집 사람들, 매정했어. 인사도 차라리 안 하는 게 낫겠다 싶을 정도로 시큰둥하고 깜깜이도 싫어했다니까. 깜깜이가 짖어봐야 얼마나 짖는다고, 조용히 시키라면서 어찌나 짜증을 내는지. 특히나 그 집 큰딸, 볼 때마다 아주 잡아먹으려고 하더라고. 나라고 조용히 안 시켰겠어? 깜깜이가 뭘 알아. 동물인데. 그 정도는 우리 인간이 이해해야 되는 거 아니에요? 다 같이 사는 세상인데. 지금도 봐. 아파트에 해를 끼친 건 깜깜이가 아니라 그 집 사람들이잖아. 그 사람들이 피해자인 건 나도 알지. 누가 그걸 몰라. 어쨌거나 그 집에 온 건 사실이잖아?

며칠 사이에 집값이 얼마나 떨어졌는지 알아요? 기자님 연봉이 얼마예요? 월급쟁이들 몇 년 뼈 빠지게 모아야 하는 돈이 하루아침에 사라졌는데, 중요하지 않다니, 아주 다들 성인군자 납셨어. 위악보다 나쁜 게 위선이에요, 위선. 의식주 중에 주, 주가 엉망진창이 되었는데 걱정 안 하는 게 이상한 거 아냐?

처음에는 내 집에서 터진 줄 알았어요. 그러고 보니 가스 점검 받은 지도 꽤 된 것 같고….

정신 차리고 보니 멀쩡하더라고. 그렇다고 잘못 들었다기에는 소리가 너무 컸고. 무엇보다 깜깜이도 들었잖아. 얼마나 놀랐는지 한참을 벌벌 떨더라니까. 아, 전쟁이 터졌구나. 심장이 덜컥 내려앉더라고. 우리 아들이 철원에 있어요. 진즉 가라니까 공무원 시험 쳐놓고 간다더니, 시험도 떨어지고 나이만 먹었지. 그래도 애는 착해. 나야 살 만큼 살았다지만 우리 아들은 어떡해. 내가 그 꼴을 어떻게 봐. 나도 알아요. 전쟁이 터졌다는 게 아니라 터진 줄 알았다는 거잖아. 성질이 그렇게 급해서 기자는 어떻게 한대? 기자가 들을 줄 알아야지. 원하는 이야기만 쏙쏙 듣고 싶으면 배우를 섭외하지, 인터뷰를 왜 해?

아무튼 놀라서 일단 TV부터 틀었죠. 근데 속보가 안 나오더라고. 채널을 돌려봐도 광고에 예능에 드라마에, 똑같은 방송만 나오고. 그 사이에도 깜깜이가 계속 짖어대는 터라 정신이 없더라고. 불안한지 안겨서도 계속 짖는데 원… 인터넷도 마찬가지고. 전쟁은커녕 미사일 이야기도 없고. 혹시나 하는 마음에 창밖을 살폈는데, 별것 없더라고. 불길도 없고, 망가진 것도 없고. 그때 갑자기 삼풍백화점이 떠오르는 거야. 의심할 만도 한 게 우리 집 바닥이 살짝 기울었거든. 건물 문제는 아니고, 시멘트를 잘못 바르는 바람에 그렇다는데, 갑자기 섬뜩하더라고. 25년 된 아파트였으니까 전혀 가능성 없는 일도 아니잖아? 빨리 나가야겠다 싶더라고. 머리에서 물이 뚝뚝 떨어졌지만 그런 게 대수야. 깜깜이 안고, 지갑이랑 핸드폰만 들고 뛰쳐나왔지. 문 열자마자 그 난리를 본 거고. 어찌나 놀랐던지, 깜깜이도 떨어뜨릴 뻔했다니까요.

119를 눌러야 할지 112를 눌러야 할지… 심장이 어찌나 빨리 뛰는지 정신을 못 차리겠더라니까. 앞집 문이 완전 박살 났더라고. 연기도 나고, 불씨도 보이길래 119를 눌렀지. 깜깜이는 품에서 빠져나가려고 용쓰지, 심장은 벌렁거리지, 횡설수설할 수밖에 없더라고. 그 상황에 안 그런 사람이 몇이나 되겠어? 심지어 그 집 큰딸은 집에 있었다며? 집주인도 혼이 나간 판국에 그 정도면 훌륭하지.

그 집 인테리어 할 때 내가 그랬어요. 중문을 해야 된다고. 중문을 해야 안전하다고 몇 번을 말했는데, 촌스럽니 어쩌니 하면서 안 듣더니, 중문만 있었어도 거실은 멀쩡했을 거 아냐. 말해 뭐해. 다치지도 않았겠지.

암튼 그때는 정신이 없어서 그 집 딸이 집에 있는 줄도 몰랐어요. 엘리베이터 앞은 전쟁통이나 마찬가지고…. 겨우 정신 차리고 계단으로 내려왔지. 안 그래도 무릎이 안 좋은데, 어쩌나 쑤시는지.

그게 다야, 더 말할 게 뭐가 있어. 뭘 알아야 말해주지. 그래서 나도 아주 미치겠다니까.

난요, 너무 화가 나요. 다들 나한테 질문을 쏟아내기만 하지, 상황이 어떻게 돌아가는지 알려주는 사람이 없어. 내 집 앞에서 터졌는데, 내 집에서 터진 게 아니라는 이유만으로 알려주지 않는다고. 자꾸 내 일이 아니라는데, 어떻게 이게 내 일이 아니야? 범인이 누군지도 모른다는데 두 다리 뻗고 잘 수 있겠어? 일주일이 넘도록 잠을 못 잤다니까. 아주 작은 소리만 들려도 심장이 쿵 떨어지는데. 이러다가 부정맥이라도 오면 누가 책임질 거야. 이름도 없었다는데 어떻게 안심을 해? 경비가 있는데 무슨 걱정이냐고 하는데, 말도 안 되는 소리지. 경비 아저씨가 70이 넘었어요. 70이 뭐야, 80에 가깝지. 저녁에 9시만 되면 꾸벅꾸벅 졸고 있어요. 폭탄이 또 안 온다는 보장이 어디 있어? 대낮에도 못 막았는데, 한밤중에 오면 어쩔 거예요? 젊은 사람 좀 쓰자고 하면 일자리를 뺏니 어쩌니 난리도 아니지. 폭탄이 터졌는데, 일자리니 뭐니 따지기나 하고…. 내 집이 안전하지 않다고요, 내 집이. 이런 말 좀 했다고 매몰차다느니 싸가지가 없다느니 정신이 나갔다느니 떠들어대겠지. 다들 남 일이니까 그렇게 말하는 거지, 내 집 앞에서 폭탄이 터졌는데 체면 차리면서 착한 척할 수 있겠어?

3

행인, 목격자

SBC 시사스페셜 〈폭탄을 말하다〉 인터뷰

스터디 가는 길이었어요. 취업 대비 영어 스터디요. 그 동네에서 하거
든요. 학교에서 멀긴 한데, 멤버 대부분이 그 동네에 살아요. 다수에 따
라야죠. 지금 다니는 토익 학원에서 멀지 않아서 상관없기도 했고요.

어쩌다 보게 되었는지는, 저도 잘⋯. 그냥 두리번거리다 봤어요. 아
파트 옥상 위에 누가 서 있더라고요. 멀리서 봐서 확실하진 않은데 교
복 같았어요. 뛰어내리려고 하나 걱정돼서 무작정 아파트로 들어갔어
요. 외면할 수가 없었어요. 선생님이라고 하기에는 민망하지만 저도 중
학생 과외 하고 있거든요. 아파트 들어가서 정확한 위치를 파악하려고
다시 올려다봤더니 없더라고요. 뛰어내린 사람도 없었고요. 조금 있다
가 여자애가 내려왔어요. 착각했나 싶기도 하고, 별일도 아닌데 요란
떨었나 싶기도 하고, 스터디 가기 싫어서 헛것이라도 본 건가 싶고. 괜

히 힘이 빠져서 앉아서 좀 쉬었어요. 그러다 보니 폭탄 터진 것까지 알 게 된 거죠.

아뇨, 본 건 아니에요. 소리도 못 들었고요. 연기는 저도 봤어요. 심한 건 아니고, 뭔가 궁금할 정도? 불이 났는지, 안 났는지 긴가민가할 정도? 점점 짙어지기는 했어요. 신고해야 하나 고민하는데 통로에서 아줌마 한 분이 나오시더라고요. 개를 안고 있었는데, 경비 아저씨 붙잡고 문이 부서졌느니, 폭탄이 터졌느니 횡설수설하더라고요. 안 믿었죠. 좀 황당하잖아요. 공항도 아니고, 평범한 아파트에서 폭탄이 터지는 게 말이 안 되잖아요. 부탄가스라도 터졌나 보다 했어요. 진짜 폭탄일 줄은 몰랐죠. 어쨌든 방송 같은 걸 했나 봐요. 곧 이어서 통로에서 사람들이 나왔고, 얼마 안 있어 소방차가 왔어요. 그제야 신고한다는 걸 깜빡했구나 싶었어요. 어쨌든 다행이었죠. 살수차가 오긴 했는데, 살수를 하진 않더라고요. 불이 크게 난 건 아닌가 보다 했죠. 그냥 좀 신기했죠. 사실 119가 출동하는 것도 볼 일이 없잖아요. 그렇다고 흥미를 느꼈다거나 그런 건 절대 아니고요.

아무도 없는 줄 알았더니, 소방관이 여자를 데리고 나오더라고요. 꼴이 말이 아니던데요. 재도 묻어 있고, 피도 묻어 있고, 정신도 없어 보이고.

그리고 경찰이 왔는데, 와, 영화 보는 줄 알았어요. 영화에 나오는 장면 있잖아요. 검은색 제복 입고, 총 들고 와르르 쏟아지는 거. 엄청 큰 탐지견도 오고, 세 마린가 네 마린가. 아, 다섯 마리였던 것 같아요. 무섭더라고요. 일사불란하게 움직이더니 순식간에 아파트를 둘러싸고 바리케이드를 쫙 쳤어요. 입 벌리고 구경하다가 더 늦기 전에 스터디에 가려고 하는데, 못 가게 막더군요. 대기해야 된다고…. 이거 진짜 큰일이구나 했죠. 신분증도 다 확인하고. 건물에서 조금 떨어진 곳에서 대기했어요. 2시간쯤 지났나, 일단 신분 기록하고 나서 가도 좋다고 하더라고요. 그러고 나서 경찰차가 두 대 더 들어왔고, 제복 입은 사람들은 쫙 빠졌죠. 좀 멍했어요. 현실 감각이 사라진다고 해야 하나…. 그 바람에 좀 더 서 있다가 유튜브 인터뷰까지 한 거죠. 상관도 없는 일에 얼굴까지 나오는 게 불편하긴 했어요. 근데 라이브 방송이라면서 카메라를 들이미니까 화를 내기에도 좀 그렇더라고요. 있는 대로 말하다 옥상 여자애 얘기도 나온 건데, 유튜버가 놀라면서 계속 묻더라고요. 그러다 보니까 좀 이상하긴 하구나 한 거죠. 괜한 말을 한 건 아닌가 걱정도 되긴 했는데, 그날 밤 테러인지 아닌지 모른다는 뉴스를 보니까 도움이 될 것 같기도 했고요. 영상이 너무 많이 퍼져서 좀 신경 쓰이긴 하지만요.

그날 빠지는 바람에 스터디에서 나오게 되었어요. 약속 안 지키는 사람은 곤란하다고 하더라고요. 어쩔 수 없죠. 다들 예민한 시기니까. 정신없어서 늦는다고 연락도 못 했고요. 제 잘못이죠. 괜찮아요. 다시 돌아가도 똑같이 행동했을 거예요.

4

두승아

808호. 17. 막내

11시 24분, 폭탄이 터지기 10분 전까지 승아는 아파트 옥상에 있었다. 난간 앞에 서 있었지만 올라서지는 않았다. 어제와 달리 날씨가 흐렸다. 금방이라도 비가 쏟아질 것처럼 거뭇한 구름이 가득했다. 강하게 불어오는 바람에 승아는 한 발짝 물러섰다.

승아는 구석에 숨겨둔 캠핑 의자를 꺼낸 뒤, 옥상 한가운데 펼치고 앉았다. 들킬지도 모른다는 불안감은 없었다. 물탱크 청소하는 날이 아니면 올라오는 사람이 없다는 것은 알고 있었다. 설사 걸린다 해도 캠핑 의자가 있는 한 큰 의심은 받지 않을 터였다. 수상한 짓을 하려는 사람이 한가하게 의자나 펼치고 있지는 않을 테니까. 만약의 사태를 위해 자물쇠 역시 걸어놓지 않았다. 애초부터 잠겨 있지 않았다고 하는 편이 오해를 덜 살 터였다.

27

옥상에 처음 올라왔을 때는 자물쇠가 없었는데 어젯밤 올라왔더니 자물쇠가 걸려 있었다. 혹시나 하는 마음에 유튜브에서 자물쇠 따는 법을 찾았다. 클립만으로도 열 수 있다고 했다. 클립을 구부려야 했는데, 맨손으로는 원하는 모양대로 구부러지지 않았다. 포기할까도 했지만 한 번은 시도해보고 싶었다. 공구함을 뒤적거려 니퍼를 찾았다. 언니가 방에서 나올까 조용히 움직였다. 본다고 해도 니퍼는 왜 찾느냐고 물을 것 같진 않았지만 굳이 거짓말을 하고 싶지도 않았다. 니퍼를 이용해 클립 끝부분을 구부리고 나니 과연 이걸로 열리긴 할까 의구심이 들었다. 집에서 나오기 직전 유튜브를 다시 보고 있는데, 언니가 갑자기 나오는 바람에 어찌나 놀랐는지…. 다행히 눈치는 못 챈 듯했다. 자물쇠를 따는 것은 유튜브에서 본 것만큼 쉽진 않았다. 세 번째 시도 끝에 겨우 자물쇠가 열렸다.

캠핑 의자는 오빠인 현의 차에서 가져왔다. 오빠가 종종 학교에 태워다주었는데, 어느 날 보니 뒷좌석에 캠핑용품이 가득했다. 잘생기고 똑똑하고, 그야말로 완벽해 보이는 오빠에게 굳이 흠을 찾자면 쓰지 않는 물건을 사는 거였다. 얼핏 봐도 비싸 보이는 물건들은 사용한 흔적이 전혀 없었다. 오빠는 물건에 대한 애정이 없는 사람치곤 센스가 좋았다. 덕분에 오빠가 사용하지 않는 물건을 종종 승아가 가져왔다. 헤드폰도 지갑도 텀블러도 전부 오빠 거였다. 며칠 전 승아는 거실에 둔 오빠의 차 열쇠를 들고 주차장에 내려가 캠핑 의자를 챙겼다. 아마 캠핑 의자가 사라졌다는 것도 모를 터였다. 설사 안다고 해도 이제껏 그래온 것처럼 별말 없이 넘어갈 게 틀림없었다. 관심이 없는 건지 성격이 좋은 건지 헷갈렸다.

'영화 보러 가자.'

친구 건희에게 카톡 메시지가 왔을 때는 11시 15분이었다. 고민도 하지 않은 채 거절했다. 학교도 안 가는 날 교복을 입고 돌아다니고 싶지 않았다. 나가려면 교복부터 갈아입어야 했는데, 언니가 자고 있을지 깨어 있을지 가늠이 되지 않았다. 가끔은 언니가 혼자 있을 때도 문을 꼭 닫고 방에만 있는지, 거실을 차지하고 TV를 보며 웃고 있을지 궁금했다. 이번에는 무슨 이야기를 썼는지, 다음에는 또 무슨 이야기를 쓸지 알고 싶은 게 많았지만 언니가 말해주지 않는 걸 굳이 물어서 귀찮은 존재가 되고 싶지 않았다. 집을 나오기 직전에도 사실은 개교기념일이니 시간 되면 맛있는 거 먹으러 가자고 하고 싶었지만 입이 떨어지지 않았다. 때마침 온 택배가 아니었다면 제정신이냐는 타박이나 들을 뻔했다. 다른 애들은 나이 차이가 많은 언니와 오빠가 있다는 사실을 부러워했지만, 몰라도 너무 모르는 소리였다. 관심이 없거나 귀찮아하거나 혹은 둘 다거나. 모두가 제 살기 바빴다.

한숨 자려는 찰나에 다시 메시지가 들어왔다.

'진짜 안 갈 거야? 밥 살게.'

평소라면 기꺼이 혼자 갔을 건희의 거듭된 부탁에 잠시 고민하다 결국 알았다고 했다.

그날 이후 승아는 그때 옥상에 남아 있었다면 어떻게 되었을까 가끔씩 궁금해졌다. 폭발물 수색에 들어갔을 때, 한가로이 옥상에 앉아 있었다면 상황은 더 나빠졌을까? 옷을 갈아입기 위해 집에 들렀다면 어땠을까?

승아가 건물을 빠져나는 순간에 폭탄이 터졌다. 이어폰으로 흘러나오는 노래 사이로 폭발음이 묻혀 알아차리지 못했다. 버스에 올라탔을 때, 아파트로 들어가는 구급차를 보았지만 자신의 집에 터진 폭탄 때문이라고는 상상조차 못 했다.

현장에 도착한 119 대원의 폭발물 신고와 함께 경찰특공대, 폭발물 분석팀, 과학수사대 등 60여 명과 폭발물 탐지견 다섯 마리가 현장에 긴급 투입되었다. 그 시간 코엑스에서 '국제 인공지능 스마트 박람회'가 열리고 있었고, 규모가 큰 행사는 아니었지만 각국의 관계자들과 언론인이 몰려온 상태였다. 불과 10분 거리였을 뿐만 아니라 승아의 아빠인 두진혁이 자문위원으로 이름을 올린 행사였다. 덕분에 동 전체에 대피 명령이 내려졌고, 일대가 통제된 채로 폭발물 수색이 진행되었다. 옥상 역시 예외가 아니었다. 그 시간에 승아는 1980년에 개봉했다는 영화 〈샤이닝〉을 보고 있었다. 청소년 관람 불가였지만 교복을 잡기는커녕 표를 확인하는 사람도 없었다. 하릴없이 집에서 영화만 보는 듯한 사람들만 몇몇 있을 뿐이었다. 광고가 나오는 동안 건희는 핸드폰을 끄라고 몇 번이고 강조했다. 핸드폰이라고 해봐야 연락 올 곳도 없었다. 카톡에 있는 반 단체 창만 유일하게 활발했는데, 그마저 승아가 끼어드는 경우는 거의 없었다. 알람도 꺼둔 상태였다. 학교를 벗어나도 학교에 있는 것처럼 주고받는 대화를 보면 숨이 막혔다. 친구들과 사이가 나쁜 건 아니었다. 함께 있을 때면 웃고 장난도 쳤지만 무리에서 내처지지 않기 위한 행동일 뿐이었다. 사람들은 혼자만의 시간이 꼭 필요하다고 하면서도 정작 혼자 있으면 이상하게 봤다. 스스럼없이 끼어 놀고 싶을 때도 있었지만 그럴 때마다 소용없다는 생각만 들 뿐이었다. 타고난 성격이 이상한지, 무슨 짓을 해도 관심을 받을 수 없다는 걸 알아서 그런지 헷갈렸다.

영화감독이 꿈인 건희는 개봉하는 모든 영화를 봤다. 고전 영화가 재개봉이라도 하면 몇 번이고 보러 갔다. 인터넷에서도 쉽게 볼 수 있었지만 영화관에서 보는 건 다르다면서. 〈샤이닝〉 역시 예외가 아니었다. 건희는 명작이라며 한 장면도 놓쳐서는 안 된다고 유난을 떨었지만 승아는 그냥 그랬다. 미쳐 날뛰는 사람을 보고 있으면 '왜 저래?' 하는 생각밖에 들지 않았고, 영화라고 다르지 않았다. 게다가 주인공이 작가가 되고 싶어 하는 인물이라 괜히 언니가 떠올랐다. 현실과 영화는 다르다지만 언니 역시 글을 쓰기 위해서라면 어디든 떠날 수 있을까 궁금해졌다. 꺼림칙한 상황 같은 것은 개의치 않을까. 언니라면 함께 가자는 말 대신 혼자서 떠날 것 같았다. 주인공과 닮은 점이라곤 하나도 없었음에도 불구하고 영화를 보는 내내 언니 생각을 하느라 제대로 집중하지 못했다.

영화를 보고 난 후 건희는 새로 생긴 수제 햄버거집에 가자고 했다. 방금 본 영화에 관한 이야기를 잔뜩 풀어내기 전까지는 돌아가지 않을 터였다. 귀찮긴 했지만 딱히 할 일도 없었다. 예전에는 주의 깊게 들었다. 건희에게 들은 이야기를 고스란히 언니 앞에서 쏟아낸 적도 있었다. 언니는 한참을 듣더니 "너도 영화 좋아하니?" 하고 탐탁지 않다는 듯 되물었다. 마치 도박 중독자에게 인생 망칠 셈이냐고 따지는 듯한 뉘앙스였다. 그 뒤로는 어쩐지 건희의 이야기를 듣는 데도 흥미가 떨어졌다.

"우리 아빠 미국 간대."

건희는 햄버거를 베어 먹으며 말했다.

건희의 부모님은 한 달 전에 이혼했다. 건희의 말에 의하면 하루도 거르지 않고 밤낮으로 싸웠기 때문에 차라리 다행이라고 했다. 처음 보는 씁쓸한 표정이라 온전히 믿지는 않았지만 곧장 말을 돌려 평소처럼 굴었기에 신경 쓰지 않기로 했다.

"너도 가는 거야?"

"퍽이나 데려가겠다. 방학 때 놀러 오라고 하는데, 연락이나 안 끊기면 다행이지. 제2의 인생을 시작하겠다는데 진짜 꼴 보기 싫더라."

무슨 말을 해야 할지 몰라서 가만히 있는데, 건희가 감자튀김을 먹으며 덧붙였다.

"솔직히 아빠가 다른 데 가서 사는 건 관심 없는데, 미국 간다니까 부럽더라. 미국은 내가 가야 되는데. 너도 알잖아. 난 좀 할리우드 스타일이니까. 어른들은 좋겠어. 시간은 왜 이렇게 안 가냐."

승아는 입맛이 떨어져 햄버거를 내려놓은 뒤, 감자튀김을 하나 집어 먹었다.

어른이 되길 기다리다니, 건희가 새삼 어리게 느껴졌다. 승아에게는 어른에 대한 환상이 없었다. 금방이라도 픽 쓰러질 듯 피곤에 절은 얼굴, 세상의 모든 불만을 모두 끌어안은 표정은 일이 풀리지 않아 방에 틀어박힌 언니만의 것이 아니었다. 동네 아줌마들의 부러움을 사는 엄마도, 교수님 소리 듣는 아빠도, 완벽에 가까운 오빠도 마찬가지였다.

그저 의무를 다할 뿐, 즐거움이라고는 눈곱만큼도 없어 보였다. 가끔은 웃을 때마저도 웃는지 우는지 분간조차 되지 않았다. 그런 게 어른의 삶이라면 지금과 다를 게 뭐가 있나 싶다.

"영화 좀 그만 봐. 현실 파악이 안 되는 거 같아."

"나한텐 영화가 현실이야. 내가 할리우드 가서 유명해져도 넌 잊지 않으마."

건희가 할리우드에 갈 수 있을 거라고 믿는 건 아니지만 잊지 않는다는 말을 듣는 게 싫지 않았다.

햄버거 집에서 나와 코인 노래방까지 간 뒤에야 집에 올 수 있었다. 아무렇지 않다는 말이 아무렇지 않은 게 아니라는 걸 누구보다 잘 알고 있었으니까. 그때까지 승아는 핸드폰을 켜지 않았다. 어차피 찾을 사람도 없었다. 연락이라고 해봐야 쓸데없는 말뿐이었고, 그마저 없을 때면 세상에서 잊힌 기분이 들기도 했다. 집으로 가는 버스 안에서 승아는 잠시 망설이다 핸드폰을 켰다. 지금쯤 학교에 가지 않았다는 걸 알아차린 사람이 있을까 궁금했다. 교복 입고 어디에 다녀왔냐고 물어볼 사람이 있긴 할까. 핸드폰에 전원이 들어옴과 동시에 부재중 통화와 메시지가 쏟아졌다. 예상치 못한 연락에 무슨 일인가 싶어 확인하려는 순간 과부하라도 걸렸는지 핸드폰이 다시 꺼졌다. 어안이 벙벙하다가 곧이어 초조함이 밀려왔다. 늘 찾지 않을 거라는 생각만 했을 뿐, 캐묻는다면 어떻게 변명해야 할지 생각해본 적이 없었다.

6시가 넘어서야 아파트에 들어선 승아는 생전 처음 보는 낯선 광경에 멈칫했다. 승아가 살고 있는 102동 앞은 통로가 보이지 않을 정도로 북적였다. 무리 지어 서 있는 사람들과 경찰차 두 대, 방송국 차량이 줄지어 있었다. 누가 뛰어내리기라도 했나 하는 생각이 드는 순간 갑자기 언니가 떠올랐다. 언니는 종종 그냥 콱 죽어버리는 게 낫겠다는 혼잣말을 하기도 했었고, 오늘 아침에는 평소 걸지 않던 말까지 걸었다. 말을 걸었다기보다는 타박에 가까웠지만 평소라면 하지 않을 행동이었다. 갑자기 심장이 제어가 안 되는 것처럼 빠르게 뛰기 시작했다. 재빨리 걸음을 옮기는데 누가 뒤에서 팔을 잡아당겼다. 그 바람에 중심을 잃고 넘어질 뻔했다. 겨우 중심을 잡고 보니 경비 아저씨였다.

"큰일 날 뻔했어."

승아는 말문이 막힌 채 놀라 쳐다보기만 했다.

"집에 폭탄이 터졌어."

경비 아저씨의 심각한 말투에도 당최 무슨 일이 일어난 건지 쉽사리 판단이 서지 않았다.

"폭탄이 터져요?"

"난리가 났어. 혹시 모르니까 여기 있어."

웅성거리는 사람들 속에서 카메라를 든 사람 몇 명이 방향을 틀어 다가오려고 했다. 승아가 누구인지 알아차린 듯했다. 그 순간 경비 아저씨는 다 들으라는 듯 소리쳤다.

"애들은 구경하는 거 아니야."

승아는 떠밀리듯 옆 통로로 향했다. 경비 아저씨는 작게 덧붙였다.

"아주 지독한 놈들이다. 괜히 엮였다가 좋을 거 하나 없어. 수색한다고 옥상 문 다 열어놨다. 아직 안 잠갔으니까, 옥상 통해서 건너갈 수 있을 거야. 경찰이 엘리베이터를 중지시켜서 걸어 올라가야 되는데, 갈 수 있지?"

할 말을 찾지 못하는 승아에게 경비 아저씨가 걱정스러운 얼굴로 덧붙였다.

"경찰 있으니까 괜찮을 거야. 걱정할 것 없어."

언니는 괜찮으냐고 차마 묻지 못했다. 떠밀려 걸어 올라가면서도 얼떨떨했다. 경비 아저씨의 말은 단순했지만 이해가 되지 않는 말이었다. 도대체 왜 집에 폭탄이 터진다는 말인가. 그제야 핸드폰으로 쏟아지던 연락이 이해가 갔다. 혹시나 하는 마음으로 다시 핸드폰을 켰다. 다행히 이번에는 꺼지지 않았다. 언니와 엄마에게 차례로 전화가 와 있었고, 모르는 번호도 있었다. 카톡 창은 물론 인터넷도 온통 폭탄 이야기였다. 읽으면서도 도무지 믿기지 않았다. 다친 사람이 있다는 말에 심장이 덜컥 내려앉았지만 죽은 사람은 없다는 뉴스에 다시 안도했다.

경비 아저씨의 말대로 옥상 문은 열려 있었다. 한쪽 구석에 쌓여 있던 건축자재들이 아무렇게나 널려 있었고, 캠핑 의자 역시 팽개쳐져 있었다. 엉망이 된 옥상의 풍경에 눈물이 쏟아질 것 같아 이를 악물어야 했다. 승아가 살고 있는 통로 역시 엘리베이터가 멈춰 있었다. 층수도 표시되지 않았고, 버튼도 눌리지 않았다. 승아는 천천히 계단을 내려갔다.

10층부터 소란스러운 소리가 들리기 시작했다. 불안감이 스멀스멀 올라왔다. 마침내 8층의 광경이 눈에 들어왔다. 바닥은 시커먼 재로 덮여 있었고, 현관문은 밑동이 날아가다시피 잔뜩 일그러져 있었다. 집 앞에는 폴리스 라인이 쳐져 있었다.

문 앞에 육중한 몸집의 남자가 서 있었다.

엘리베이터 쪽을 바라보고 있는 그는 작은 소리로 통화 중이었다.

"미치겠다. 가족들은 연락도 안 되지, 119에 특공대에 현장은 다 들쑤셔놓고. 처음부터 부르든가, 감식 다 끝난 뒤에 부르는 건 뭐야. 뒤치다꺼리 시키는 것도 아니고."

승아는 엿들으면서도 무슨 말인지 알아들을 수가 없었다. 손에 땀이 나는 바람에 들고 있던 핸드폰이 미끄러져 떨어졌다. 핸드폰이 바닥에 떨어지는 소리가 크게 울렸다. 그 바람에 그가 휙 돌아봤다. 40대로 보이는 그는 동그란 얼굴에 어울리지 않는 투블럭 커트를 한 머리가 튀었다. 그는 승아를 발견하고 급히 전화를 끊었다.

승아는 핸드폰을 주워 들고 계단을 마저 내려왔다.

"두승아?"

승아가 고개를 끄덕였다.

"서울 지방 경찰청에서 나온 이용준이라고 한다. 그냥 형사님이라고 부르면 돼. 연락 안 되던데?"

"폰이 꺼졌어요."

"그래?"

그는 의심스러운 눈길로 승아의 손에 들린 핸드폰을 바라보았다. 승아는 그의 시선을 외면한 채 집으로 시선을 옮겼다.

"안전하니까 걱정할 필요 없다."

안전이라는 단어에 승아는 인상을 찌푸렸다.

"몇 가지 물어볼 게 있는데…"

"언니는요?"

승아가 말을 자르며 물었다.

"괜찮다. 큰 부상은 아니니까 걱정할 것 없다. 안에 있어."

"들어가면 안 돼요?"

승아가 폴리스 라인을 빤히 쳐다보며 물었다. '출입금지' '수사 중'이라는 단어에 불안감이 몰려왔다.

투블럭은 잠시 고민하더니 폴리스 라인을 걷어냈다.

"무서워할 것 없다. 몰려드는 사람들이 많아서 쳐놓은 거니까. 현장 수사가 끝나긴 했지만 혹시 모르니까 함부로 밟지 말고."

투블럭이 다른 말을 덧붙이기 전에 승아는 집 안으로 들어갔다.

함부로 밟으면 안 된다고 하기에는 집이 이미 엉망진창이었다. 신발을 벗을 수조차 없었다. 신발장 앞 전신 거울은 박살 난 채 군데군데 비어 있었고, 그나마 붙어 있는 조각들마저 금방이라도 쏟아질 것 같았다. 승아는 넋 나간 얼굴로 집 안을 살폈다. 보면서도 믿기지가 않았다. 거실 바닥은 물론 벽지까지 얼룩덜룩한 자국들이 가득했다. 매캐한 냄새가 코를 찔렀다. 거실엔 아무도 없었다. 멍하니 서 있는데, 언니 목소리가 들렸다. 승아는 목소리를 따라 언니 방 쪽으로 향했다. 덜렁거리는 방문은 겨우 붙어 있는 상태였다. 하지만 방 안은 거실과 달리 멀쩡해 보였다.

"왔어? 핸드폰 꺼져 있던데."

침대에 앉아 있던 언니가 나무라듯 말했다.

"배터리가 나갔어."

순간적으로 거짓말이 나왔다. 언니의 왼쪽 팔은 붕대에 감긴 채 보호대에 걸쳐 있었고, 얼굴과 다리 곳곳에는 흉터와 멍이 보였다. 심장이 덜컥 내려앉았다. 눈물이 나올 것 같았다. 그때 침대 앞 책상 의자에 앉아 있는 경찰이 눈에 들어왔다. 언니 또래의 여자로 질끈 묶은 머리에 뿔테 안경을 끼고 있었다. 깔끔한 차림새에 상대적으로 언니가 더 누추하게 보였다.

다가가지도 물러서지도 못하는데 뿔테가 말을 걸어왔다.

"네가 승아구나. 서울 지방 경찰청 강력범죄 수사과에서 나온 김민지 형사라고 해."

일단 자기소개를 하는 게 매뉴얼인 모양이었다.

"잠깐 이야기 좀 할 수 있을까?"

언니를 바라보자, 언니는 마뜩찮다는 얼굴로 고개를 끄덕였다. 언니 옆에 앉아도 될지 망설여졌다. 평소라면 언니 방에 들어오기는커녕 방문을 두드리는 것조차 쉽지 않았다. 멍하니 서 있자 언니가 침대 옆자리에 앉으라는 듯 눈짓했다. 승아는 그제야 언니 곁에 가서 앉았다. 다른 가족은 보이지 않았다. 모르진 않을 것이다. 집에 무슨 일이 일어날 때마다 늘 마지막에 아는 건 승아 자신이었다. 다들 바빠서 아직 못 왔을까, 아니면 자신이 모르는 또 다른 일이 있나 불안해졌다.

"다들 어디 있어?"

승아가 언니를 보며 물었다.

"제주도 날씨 때문에 엄마 아빠는 못 오고, 현이는 뭐, 나도 모르겠네. 어찌나 바쁘신지."

화가 난 건지, 아픈 건지, 언니가 인상을 쓰며 다친 팔을 어루만졌다. 괜히 어색한 마음에 뿔테를 쳐다보자 뿔테는 옅은 미소를 지었다.

"택배를 네가 받았다는데, 사실이니?"

승아가 대답하기도 전에 언니가 끼어들었다.

"거짓말이라도 했을까 봐요?"

언니가 퉁명스레 내뱉자 뿔테는 어설픈 미소를 지었다.

"힘드시겠지만 필요한 절차입니다. 정확한 사건 구성이 중요합니다."

"누가 보냈는지 알아보는 게 먼저 아닌가요?"

"모든 가능성을 열어두고 수사하는 중입니다. 걱정 안 하셔도 됩니다."

뿔테는 타격이라고는 전혀 받지 않은 듯 태연하게 받아쳤다.

"똑같은 질문만 계속 하는데 걱정을 안 할 수가 있나요."

"사안이 사안인 만큼 경찰특공대의 테러팀과 동시 수사가 진행되는 중입니다. 저희도 확인을 해야…"

뿔테의 말이 끝나기도 전에 언니가 받아쳤다.

"그럼 테러팀이랑 이야기를 하셔야죠. 똑같은 이야기를 두 번, 세 번 해달라고 할 게 아니라 정보 공유부터 하셔야 될 것 같은데요."

확실히 언니는 예민해 보였다. 불쾌함을 감추려는 기색조차 없었다. 뿔테는 그런 언니를 빤히 쳐다보기만 했다. 이해의 눈빛인지, 의심의 눈빛인지 알 수 없었다.

"힘드시겠지만 저희로서도 최대한 빠르게 진행하고 있다는 점 다시 한번 말씀드립니다."

두 사람의 날 선 대화에 승아는 숨이 막혔다.

그러는 동안 투블럭이 들어왔다. 그러고는 뽈테를 보며 말했다.

"옆집 아주머니, 보통 아니네. 좀 나가봐. 나는 감당이 안 된다. 감당
이."

옆집 아주머니는 지긋지긋한 참견쟁이로, 마주칠 때마다 잔소리를
했다. 아파트에 떠도는 소문의 8할은 옆집 아주머니가 출처일 터였다.
뽈테는 짜증이 나는지 한숨을 깊게 내쉰 뒤, 자리에서 일어나 발걸음
을 옮겼다. 곧이어 현관문 쪽에서 실랑이하는 소리가 들렸다.

투블럭이 피곤한지 인상을 쓰며 물었다.

"승아, 네가 택배를 받았다고? 기억나는 대로 말해줄래?"

언니가 포기했다는 듯 고개를 내저었다.

"택배 와서 받은 게 전부예요."

"두 개였다고 하던데?"

승아는 고개를 끄덕였다.

"누구한테 왔는지 기억하니?"

승아는 순간 망설였다. 택배 아저씨는 분명하게 오빠 이름을 불렀
다. 거짓말할 필요는 없을 것 같았지만 틈틈이 보이는 그들의 표정이
괜히 거슬렸다. 언니가 짜증을 내는 게 이해가 갔다. 알면서 대체 왜
물어보는지. 인터넷에서는 분명 이름이 적혀 있지 않았다고 했다. 승아
는 고개를 저었다. 언니가 쳐다보는 게 느껴졌지만 고개를 돌리지 않
았다. 언니 역시 끼어들지 않았다.

"확인을 안 한 거니?"

"저한테 올 게 없어서요."

"무거웠어?"

"모르겠어요."

이번에는 진짜 몰랐다. 급하게 나가느라 택배가 무거웠는지 가벼웠는지 생각할 겨를도 없었다. 그냥 빨리 옥상에 가고 싶었을 뿐이다. 곧이어 승아는 자신이 두고 간 택배가 터졌다는 사실에 마음이 불편해졌다.

잠시 후 문밖으로 나갔던 뿔테가 들어왔다. 두 사람은 잠시 시선을 주고받은 뒤, 나가려는 듯 몸을 돌렸다. 다 끝났다고 생각했을 때 투블럭이 물었다.

"근데 평소에도 교복 입고 다니니?"

승아는 말없이 그를 바라보았다.

"내 딸도 너하고 같은 학교 다니거든. 오늘 안 가는 걸로 알고 있어서 물어보는 거야."

승아는 대답하지 않은 채 언니를 쳐다봤다. 놀랄 거라는 예상과 달리 무덤덤한 표정으로 보아 이미 알고 있는 듯했다. 전화까지 안 받았으니, 당연히 학교에도 전화했을 터였다. 옥상에 올라간 사실을 털어놓아야 할지 고민이 되었다. 솔직하게 말하면 어떻게 볼까 하는 생각과 굳이 말할 필요는 없지 않을까 하는 생각이 부딪혔다.

의심스러운 눈빛을 보내는 투블럭의 눈을 피하며 간신히 대답했다.

"깜빡했어요."

"노는 날인 거? 아니면 사복 입는 걸 깜빡했다는 거니?"

"노는 날인 거요."

그는 여전히 의심스러운 눈빛으로 언니와 승아를 번갈아 쳐다보았다.

"두 사람, 말이 다르네요?"

승아는 언니를 쳐다봤다.

언니는 태연하게 어깨를 으쓱한 뒤 말했다.

"뇌진탕이라잖아요. 내가 무슨 말을 하는지, 나도 헷갈려요."

그러고는 승아를 보며 덧붙였다.

"평소에도 교복 잘 입고 다니지 않았어?"

정말 모르는지, 편들어주려는 말인지 헷갈렸다. 어떻게 대답해야 할지 망설이는데, 투블럭이 물었다.

"등교했다기에는 늦게 나갔던데."

"…지각 자주 해요."

"학교까지 갔었니?"

승아는 고개를 저었다.

"친구한테 문자 와서 알았어요."

"지금까지 어디서 뭘 했는지 물어봐도 될까?"

"영화 보러 갔어요."

"영화관에? 혼자?"

"친구랑 갔어요. 박건희라고…."

"학교 친구? 확인해봐도 되지?"

승아는 고개를 끄덕였다.

"무슨 영화 봤니?"

"…샤이닝이요."

"샤이닝? 옛날 영화 아닌가?"

"재개봉했어요."

"교복 입고 샤이닝을 봤다고? 청소년 관람 불가 아닌가?"

질문을 하는지, 야단을 치는지 헷갈렸다. 폭탄과 무슨 상관이 있다고 그런 곤란한 질문을 꺼내나 괜히 짜증이 났다. 언니 역시 마찬가지였는지 끼어들었다.

"학교를 몰래 빠진 것도 아니고, 과한 것 같네요. 누가 보면 의심이라도 하는 줄 알겠어요."

투블럭이 짧게 한숨을 내쉬었다.

"가족 행적 조사는 필수입니다. 예외 없이. 사건을 해결하려면 작은 것 하나 놓치면 안 됩니다. 그리고 지금으로서는 의심하지 않는다고도 할 수 없습니다."

투블럭의 노골적인 말에 조용히 서 있던 뿔테가 인상을 찌푸렸다.

"고등학생을 앞에 두고 너무 하신 것 같네요. 누가 보면 유도신문이라도 하는 줄 알겠어요."

언니가 퉁명스레 말했다. 투블럭 역시 짜증이 났는지 화를 내다시피 했다.

"두아라 씨, 큰일 날 말씀을 하시네요. 드라마 쓰셔서 그런가 자꾸 삐딱하게 받아들이시는데 우리는 할 일을 하는 겁니다. 일단 폭탄이 집에 왔고, 이름도 없었다면서요. 누구한테 온 건지도 확인이 안 된 상황이에요. 피해자를 확인해야 범인도 잡는 겁니다. 그러자면 당연히 가족에 관해 물어야 되는 거고요. 최대한 정보를 많이 모으는 게 중요합니다. 이런 것까지 다 설명해야 합니까?"

"아직 애예요."

"열일곱이면 애라고 할 수도 없어요. 요즘 학생들이 무슨 짓까지 하는지 아신다면 이러진 않을 겁니다."

투블럭의 날 선 말에 뿔테가 그의 팔을 살짝 잡았다. 그러고는 승아를 쳐다보더니 친절한 말투로 물었다.

"학교생활은 잘하고 있니? 혹시 최근에 싸운 적이 있다거나…."

정확한 이유는 모르겠지만 순간 화가 났다. 꼬치꼬치 캐묻는 경찰에게 화나는지, 시종일관 짜증을 부리는 언니 탓인지, 엉망진창인 집 때문인지. 그것도 아니면 바보처럼 멍하니 있는 자신에게 화가 났는지 알수 없었다.

"싸운 적 없으면 잘하는 거예요?"

흥미롭다는 듯 쳐다보는 투블럭의 표정을 보니 괜한 말을 한 것 같았다. 그냥 조용히 대답이나 할 걸 싶을 때, 언니가 자리에서 일어나며 말했다.

"이제 됐죠? 병원에 가봐도 될까요? 아무리 구급 처치는 했다지만 너무 오래 걸리네요. 제가 팔을 못 쓰면 안 되거든요."

또다시 끼어드는 모습이 보호라도 해주려는 건지, 아니면 정말 할 말만 하고 있는지 헷갈렸다.

투블럭이 기가 막히다는 듯 헛웃음을 치며 말했다.

"두아라 씨, 저희가 못 가게 한 게 아니라 두아라 씨가 기다리겠다고 했어요."

　그 말에 승아는 언니를 쳐다보았다.

　아무런 감정이 담겨 있지 않은 표정을 보니 기다리겠다는 게 승아였는지, 현장 조사가 끝나는 것이었는지 헷갈렸다. 결국 승아는 아무것도 묻지 못한 채 병원에 데려다주겠다는 경찰을 따라나섰다. 그때까지만 해도 오랫동안 집에 돌아오지 못할 거라고는 생각지 못했다. 옥상에 올라갔다는 사실이 채 하루도 가지 않아 들통 날 거라는 사실 역시 마찬가지였다.

5

경비실

SBC 시사스페셜 〈폭탄을 말하다〉 인터뷰

오늘 해고 통보받았습니다.

다들 내 잘못인 것처럼 말하더군요. 내가 자리만 지키고 있었다면 폭탄이 터지지 않았을 것처럼 말입니다. 말도 안 되는 소리죠. 내가 폭발물 탐지견은 아니지 않습니까. 혹시라도 내가 문제 삼을까 봐 걱정되는지, 나이도 있는데 쉬는 게 좋지 않겠느냐고 생각해주는 척합디다.

경비실을 비웠다고 물고 늘어지는데, 경비실을 비우지 않고 순찰을 어떻게 돕니까? 몸이 두 개라도 되는 것도 아니고. 지난달에 경비원이 감축되었어요. 이미 최소 인원이라고 누누이 말했는데, 안 들은 게 누굽니까? 주민들입니다. 하는 일이 뭐가 있다고 그러냐, 사람이 넘치니까 졸고 있는 거 아니냐, 그런 말들이 많았어요. 내가 좀 흥분하긴 했는데, 기왕 말이 나왔으니까 하겠습니다. 사람이 많아서 조는 게 아닙

46

니다. 꼬박 10시간을 일해요. 규칙적이기라도 합니까. 하루는 아침에 나왔다가 하루는 밤에 나왔다가. 그건 어쩔 수 없다고 쳐도, 경비 일이 보통 일이 아닙니다. 분리수거 좀 하라고 쓰레기 던져놓고 가질 않나, 바퀴벌레가 나왔으니 와서 잡으라고 하질 않나…. 자기네 집 TV 고장 난 것 고치라는 사람도 있습니다. 놀이터에서 애가 넘어져도 경비 탓, 택배가 잘못 와도 경비 탓, 주야장천 경비 탓만 한단 말입니다. 그것 좀 안 들어주면 거만하다고 난리가 납니다. 한번은 이런 말도 들었습니다.

"당신이 옛날에 어떤 사람이었든 지금은 경비예요, 경비. 그러니까 본분에 충실하시라고요."

그때도 제가 별다른 걸 한 줄 압니까? 그냥 주머니에 손 좀 넣고 있었다고 그 말을 들었어요. 내가 70이 넘었습니다. 혼자 서 있을 때 주머니에 손 넣는 것도 허락받아야 합니까?

과거도 그래요. 내 입으로 교직생활 했다고 말한 적이 없어요. 제자가 알아보고 인사한 게 답니다. 선생님이 왜 여기 계시냐고 물어본 걸 누가 들은 겁니다. 반가워서 하는 말인데…. 참 비참합니다. 나도 30년 넘게 일하고 나면 편하게 살 줄 알았어요. 연금 받고, 손주들 재롱 보면서 노년을 즐길 줄 알았어요. 근데 인생이 마음대로 됩니까. 아들 녀석이 사업한다고 말아먹고, 그 바람에 있는 돈 없는 돈 다 끌어다 빚 갚는 데 쓰고 나니, 손자 밥 먹일 돈도 없다는데… 나라도 벌어야지 어쩝니까. 제자한테 구구절절 설명할 수도 없고, 착잡하기도 하고 멋쩍기도 해서 그냥 있었더니, 그걸 또 뚱하니 어쩌니 거만하니 난리도 아니더군요.

폭탄도 그래요. 택배 기사하고 친하게 지내지 않은 게 문제라더군요. 말이 됩니까? 심지어 경비실에 받아놨어야 한다고 우기는 사람들도 있습니다. 경비실에서 폭탄이 터졌으면 괜찮다는 건지, 경비실에서 터졌으면 나는 죽었어요. 그 좁은 데서 살아남았겠습니까? 사람들 참 잔인해요.

승아 학생이 옥상에 올라갔다는 데 저도 놀라긴 마찬가지였습니다. 당연히 알 수가 없죠. CCTV도 없고, 자물쇠도 걸었습니다. 예전에는 자물쇠는커녕 잠그지도 않았어요. 제가 알기로는 뛰어내린 사람도 없고, 부랑자가 침입한 적도 없었습니다. 청소하시는 분들이 간간이 쉬곤 했었는데, 주민들이 그걸 못 참았어요. 사유재를 함부로 누린다는 둥 농땡이를 피운다는 둥 별별 말이 다 나왔습니다. 그러니 우리로서는 근처도 가기 싫죠. 자꾸 이야기가 새는데, 어쩌겠습니까. 이것도 그만두니까 할 수 있지, 자리 지키려면 부당한 것도 참을 수밖에 없습니다. 흥분해서 미안합니다. 기자님 잘못도 아닌데, 나이 먹으니 감정 조절이 힘든 구석이 있습니다. 어디까지 했죠?

아, 승아 학생이 숨 좀 쉬겠다고 올라갔다는 말, 저는 믿습니다. 좋은 애예요. 전부 다 안다고는 할 수 없지만 그래도 나쁜 애가 아니라는 것 정도는 압니다. 인사도 잘하고, 간간이 비타민도 챙겨주고 그랬어요. 한번은 분리수거를 하는데 묵묵히 도와주고 갔어요. 바쁘다면서 쓰레기가 담긴 상자를 놓고 간 사람은 따로 있었는데요. 그걸 옆에서 보더니 혼자 "미친놈" 하고 중얼거리더군요. 말버릇이야 애들이 다 그렇죠. 그 사람한테 들리게 한 것도 아니고요. 그러더니 옆에서 도와줍디다.

그때부터 간간이 말도 섞고 했죠. 공부하느라 그런지 자정이 다 되어서 오는 일이 잦았는데, 집에 곧장 안 들어가고 나무 아래 의자에 10분씩 앉아 있다 가곤 했어요. 늦은 시간이라 걱정도 돼서 종종 옆에 앉아 있었습니다. 학교에서 일했던 덕분에 학생들이 어렵진 않습니다. 선생질할 때는 잔소리만 하고 싶더니, 요즘에는 그냥 다 안쓰럽더군요. 담배 피우는 학생들을 굳이 아는 체 안 한 것도 그래섭니다. 새벽에 나가서 새벽에 들어오는 애들이 스트레스 좀 풀겠다고 그러는데, 어떻게든 안 들켜보겠다고 나무젓가락 이용해서 피는 애들도 있어요. 좀 안됐잖아요. 건강에 안 좋기야 하지만 스트레스보다 더 안 좋은 게 있으려고요. 당연하다는 게 아닙니다. 권장하는 건 더더욱 아니고요. 그냥 그 마음도 알 것 같다는 겁니다. 승아는 담배를 피우지도 않았고, 앉아 있는 게 다였습니다. 특별한 이야기는 안 했어요. 그냥 TV 본 이야기 하고, 근처 맛집이 어디더라 그런 잡담이나 했죠. 폭탄을 터뜨릴 애가 아닙니다.

30년을 교직에 있었습니다. 저도 학생들 볼 줄은 압니다. 아무리 세상이 빠르게 변한다고 해도, 애들은 애들이에요. 고민의 형태가 다른 모습으로 나타날 뿐이지 본질은 같다는 말입니다. 어떤 사건이 생기면 다들 그럴 애가 아니었다고 하죠. 몰랐다고, 감쪽같이 숨겼다고. 그런 경우는 백에 하나 있을까 말까예요. 대부분은 티가 납니다. 오랜 시간 폭력에 시달린다거나, 말수가 지나치게 없다거나, 눈도 못 마주친다거나… 걱정할 구석이 있어요. 그런 걸 못 본 자신의 무관심을 회피하려고 그럴 리가 없다고 정당화하는 게 대다수예요. 승아가 그런 애였다는 게 아니라 그럴 리 없다고 말하는 겁니다. 그냥 답답해서 바람 좀 쐬는 건 정상이다 못해 되레 건강한 겁니다. 그런 애한테 온갖 추문을 갖다 붙이고… 다들 부끄러운 줄 알아야 합니다. 원한을 사고 다닐 애도 아니라고 봅니다. 나는 이 아파트에서 있으나 마나 한 사람이에요. 키우는 개만도 못한 존재예요. 보잘것없는 직업이라는 이유로, 늙었다는 이유로 다들 무시하기 바쁩니다. 그런 나를 인간으로 대한 앱니다. 불쌍한 사람 취급하지도 않고, 그렇다고 무시하지도 않고, 대화를 할 수 있는 사람으로 여겼단 말입니다. 그런 애가 원한 살 일이 뭐가 있겠습니까?

승아 학생뿐만 아니라 그 집 식구들이 타깃이 되었다는 게 솔직히 믿기지 않습니다. 평범한 사람들이에요. 점잖은 사람들이죠. 아, 한번은 그런 적이 있어요. 물론 그렇다고 의심한다거나 받을 만했다는 건 아닙니다. 그 집 아들이 전화로 싸우는 걸 들은 적이 있습니다. 주차장에서요. 살가운 스타일은 아니지만 그래도 정중한 편이었는데, 그날은 유독 표정도 안 좋고, 인사도 생략하고 가더군요. 제발 그만 좀 하라고 화를 내는 것 같았죠. 죽이든지 말든지 네 마음대로 하고 그만 연락하라고. 별것 아닐 수도 있지만 지금은 별것 아닌 것도 중요하다고 하니까. 제 기억에 의하면 한 달 쯤 지났을 겁니다.

6

두현

808호. 33. 장남

한발 늦는 인생. 현은 자기 인생을 그렇게 정의했다. 고작 3분 차이로 동생 타이틀을 짊어져야 했고, 5분 차이로 고사실에 들어가지 못해 재수해야 했으며, 뒤늦게 스타트업에 뛰어드는 바람에 개고생 중이다. 불만이 없지는 않았지만 그럭저럭 잘해왔다고 생각했다. 보상이라도 되는 것처럼 더 나은 결과가 나오곤 했으니까. 그 결과에 늘 웃을 수 있는 건 아니었지만 말이다.

아라에게 전화가 왔을 때 현은 은행에 있었다. 이틀이면 충분하다던 대출 심사가 일주일째 나지 않았다. 쉽지 않다는 건 알고 있었다. K전자에 다닐 때 받은 대출도 남아 있었고, 지금의 회사는 공동 대표라는 직함에도 불구하고 월급 챙기기도 힘든 처지였다. 엎친 데 덮친 격으로 회사 자금 역시 바닥을 보였고, 오피스텔 주인은 보증금을 올리겠다고 했다. 이럴 줄 알았다면 애초에 2년 계약을 하는 건데, 1년이 다 되도록 상황이 안 좋을 거라고는 예상하지 못했다. 막연하게나마 이번에도 잘될 거라 여겼다. 안간힘이 더는 통하지 않는 걸까. 부모님에게 부탁해볼 생각도 했지만 대학 졸업 후로 돈 이야기를 꺼낸 적이 없었다. 거절할 분들이 아니라는 건 알지만 부탁을 하자면 지금 상황을 설명해야만 했다. 의무처럼 느껴지는 그 일이 부담스러웠다. 오피스텔을 구했다는 말도 아직 하지 않았다. 숨기려는 건 아니었는데 어쩌다 보니 타이밍을 놓쳤다. 어찌 되었든 스스로 해결하는 게 편했다.

아라의 전화를 막 받으려는데 끊겼다. 느닷없는 전화에 의아했다. 전화는커녕 대화다운 대화를 한 지도 오래되었다. 마지막으로 아라의 목소리를 들은 게 새벽 4시의 고함이었다. 고작 냉장고 문을 열었을 뿐인데, 조용히 좀 하라며 소리쳤다. 어이없어 싸울 마음조차 들지 않았다. 아라가 신경질적으로 변한 지 몇 년이 지났지만 여전히 적응되지 않았다. 잘못 걸려왔나 싶었는데, 곧장 다시 전화가 울렸다. 무슨 일이라도 생겼나 싶어 서둘러 전화를 받았다.

"폭탄 터졌어."

넋이 나간 말투였다.

"무슨 일 있어?"

"…폭탄이 터졌다니까. 폭탄이…"

현은 한숨을 내쉬었다.

"잠 좀 자. 일이 있으니, 나중에 이야기하자."

아라에게서 더는 말이 없자 현은 전화를 끊었다.

쌍둥이라는 말이 무색하게 현은 아라를 이해하기 쉽지 않았다. 달라도 너무 달랐다. 현실적인 현과 다르게 아라는 늘 꿈을 꿨다. 지극히 사소한 일에서도 의미를 찾아내고 드라마틱하게 부풀렸다. 그래서 드라마를 쓰는지, 드라마를 쓰다 보니 그렇게 되었는지는 모르겠다. 한번은 이런 일도 있었다. 아라는 짜장면을 먹다 말고, 왼손잡이 타령을 했다. "왼손잡이라서 그래." 갑자기 그게 무슨 말이냐고 물었다. "왼손잡이라서 대중적 감성이 없는 거지. 오른손잡이였어야 하는데…" 현으로서는 완벽하게 헛소리라는 생각이 들었다. 폭탄 역시 그런 거라고 여겼다. 그럼에도 불구하고 찝찝하긴 했다. 폭탄으로 비유할 만한 일이 뭐가 있을까. 갑자기 사담을 나누려는 이유가 뭘까.

다시 전화해서 물어보려는 찰나, 현의 차례가 되었다.

"대출 신청 결과 좀 알아보려고요."

현은 묻기도 전에 신분증을 내밀었다. 은행원은 별다른 말 없이 키보드를 두드렸다. 아무 말도 하지 않는 모양새가 불안했다. 곧이어 불안이 현실로 돌아왔다.

"죄송하지만, 고객님은 현재 대출이 어렵습니다."

방법이 없을까 물으려다 관두었다. 어색하게 인사를 건넨 뒤 일어났다. 안 된다는 말을 들으려고 은행까지 온 건 아니었지만 지난번에도 물을 만큼 물은 터였다. 이제 차를 팔지, 오피스텔을 뺄지 정하는 일만 남았다. 심지어 둘 다 내놓는다고 해도 지금 상황을 해결하기는 쉽지 않을 것이다. 그 전에 투자처를 찾는 게 최선이지만 지금으로서는 상황이 여의치 않았다.

회사로 들어가는 길에 모르는 번호로 전화가 왔다. 운전 중인 현은 스피커폰으로 전화를 받았다. 소란스러운 소리가 울려 퍼졌다.

"두현 씨 되십니까?"

"네, 어디시죠?"

"서울 지방 경찰⋯."

말이 끝나기도 전에 현이 딱 잘라 말했다.

"관심 없습니다."

현은 곧장 전화를 끊었다. 당연히 보이스피싱이라 생각했다. 있지도 않은 아이가 납치되었다는 전화를 받은 적도 있었다. 전화가 한 번 더 울렸지만 받지 않았다. 곧이어 문자가 들어왔다. 문자를 확인하려면 컴퓨터를 켜야 했다. 액정이 깨지고 고장도 난 터라 전화만 겨우 하는 상황이었다. 핸드폰이 망가진 지 한 달이 다 되어가고 있었지만 수리를 맡길 정신이 없었다. 그 뒤로 다른 번호로 또 전화가 왔지만 받지 않았다.

사무실에 들어가자마자 2시간 뒤에 있을 투자자 미팅을 준비해야 했다. 2년 전, 대학 선배인 강민우의 제안으로 시작하게 된 일이었다. 공동대표라는 직함을 달고 있긴 했지만 고작 세 명뿐인 회사라 몸이 열 개여도 모자랐다. 보통은 서글서글하고 사교성이 좋은 민우 선배가 투자자 미팅에 나섰지만 얼마 전부터 선배는 현에게 미팅을 맡겼다. 현이야말로 신뢰감이 가는 얼굴이라 치켜세웠지만, 투자가 힘들어진 건 얼굴 때문이 아니었다. 투자 논의를 할 때마다 지난 실패가 발목을 잡았다. 작년 초, 앱을 개발하고 얼마 지나지 않아 대기업에서 비슷한 앱이

나왔다. 원조를 주장하기에는 자본을 이기기가 쉽지 않았다. 결국 접을 수밖에 없었고, 사라진 앱과 달리 실패라는 타이틀은 영원히 사라지지 않을 듯 따라붙었다. 제안서를 건넬 때마다 어디서 본 것 같다는 말이 돌아오기 일쑤였다. 아무리 좋은 기획이든, 아무리 노력했든 투자가 안 되면 소용없었다. 현도 민우 선배도 알고 있었지만 지푸라기라도 잡는 심정이었다.

7시가 넘어서야 미팅이 끝났다. 생각보다 길어졌지만 다행히 긍정적인 답을 받았다. 한고비를 넘겼다는 안도감은 얼마 지나지 않아 사라졌다. 미팅이 끝나고 다시 회사로 들어왔을 때, 민우 선배가 핸드폰 화면을 보여주며 말했다.

"너희 아파트 아니야?"

폭탄이 터졌다는 뉴스였다. 현은 그제야 폭탄이 터졌다는 아라의 말이 사실이라는 것을 알았다. 머릿속에 새하얘졌다. 보면서도 믿기지가 않았다.

현은 곧장 회사를 빠져나왔다. 아라에게 전화를 걸었지만 받지 않았다. 곧바로 엄마에게 전화를 걸었다. 엄마는 신호가 가기 무섭게 전화를 받았다.

"응, 현아."

평소와 다를 바 없이 침착한 목소리였다.

"어떻게 된 거예요?"

"비행기가 안 뜬다네. 공항에서 기다리는 중이야. 아무래도 오늘은 힘들 것 같아."

"아직 제주도에요?"

현은 아차 싶었다. 그냥 물어본 말이었지만 엄마에겐 다르게 들릴 수도 있었다. 뒤늦게 일을 시작한 엄마는 원망의 말을 용납하지 않았다. 원망한 적도 없었는데, 예민하게 반응하는 터라 평소 조심하고 또 조심했다. 아라와 연락이 되었더라면 엄마에게 먼저 전화하는 일도 없었을 거다.

"제 말은 그게 아니라, 아라가 전화를 안 받아서…. 일 때문에 저도 이제 알았어요. 많이 다쳤대요?"

엄마는 잠시 말이 없었다.

"괜찮으세요?"

돌아올 대답이 뻔하다는 걸 알면서도, 이번만큼은 다를지도 모르겠다고 생각했다. 엄마는 늘 괜찮은 사람이었다. 교통사고가 난 후에도, 할머니가 병원에 입원했을 때도 할 일을 하던 사람이다. 무리할지언정 쉽사리 흔들리는 법이 없었다. 하지만 폭탄 앞에서 괜찮은 사람이 얼마나 될까? 현 역시 평소와 달리 초조함을 감추기가 어려웠다. 하지만 염려가 무색하게 엄마는 평소와 다르지 않은 말투로 말했다.

"나야 괜찮지. 제주도에 폭탄이 터진 것도 아닌데…."

엄마는 짧은 한숨을 내쉰 뒤 덧붙였다.

"팔을 다쳤나 봐. 엄마도 자세히는 몰라…. 병원에 있다더라. 좀 전에 승아한테 전화 왔어. 강남 병원인가 봐."

"제가 지금 가볼게요. 너무 걱정하지 마세요."

"그래, 너도 조심하고."

전화를 끊고 난 후 차를 출발시켰다. 퇴근 시간이라 차가 막혔다. 라디오에서는 폭탄 관련 뉴스가 나오고 있었다. 폭탄은 택배로 배달되었다고 했다. 경찰 관계자의 말에 의하면 택배를 내려놓았을 때, 터지지 않은 게 천만다행이었다. 폭탄은 센서로 작동하는데 택배를 여는 순간 터지게 되어 있었다. 계획은 그랬을 텐데 사제폭탄은 조악하기 마련이라 언제 어느 때에 폭발했어도 이상하지 않다고 했다. 그러니까 여러 사람의 손을 거치고도 터지지 않은 건 하늘이 도운 거라고밖에 할 수 없었는데, 하필이면 그게 아라가 혼자 있을 때 터진 거였다. 범인이 누군지도, 누구를 타깃으로 했는지도 몰랐다. 그러면서도 테러를 확신할 수 없다는 말을 반복했다. 앵커는 보통 테러 사건의 범인이 잡히지 않는 경우도 있는지 물었다. 잡히지 않는 경우는 있어도 피의자를 알 수 없는 경우는 거의 없으며, 개인 원한으로 인한 사제 폭탄의 경우에는 대부분 범인 검거에 성공했을뿐더러 피의자를 특정하지 못한 적도 없었다고 덧붙였다. 우리나라에서는 흔한 일도 아니거니와 단 몇 시간 만에 해결되었다고 했다. 그러자 앵커는 자작극일 가능성도 있다고 보냐는 질문을 던졌다. "택배를 받은 두 모 씨가 무직인 상태로 밝혀졌어요. 사실 여부는 따져봐야겠지만, 제보에 의하면 작가 지망생으로 감정 기복도 심하고 우울증에 두문불출했다고 합니다. 자살 테러 같은 경우도 있지 않습니까?" 앵커는 합당한 의문을 제기하기라도 하는 듯 당당했다.

"미친 새끼."

현은 신경질적으로 중얼거리며 라디오를 꺼버렸다. 폭탄이 터진 지

몇 시간이나 지났다고 한 사람을 재단하는 건지. 아라는 자살할 애가 아니다. 폭탄을 받은 척 비열한 방법은 더더욱 쓰지 않을 터였다. 아라는 언제나 당당했다. 일이 어그러질 때도 자신의 인생에 한 치의 의심도 없는 것처럼 굴었다. 도덕관념은 제쳐두고 스스로 제 삶을 엉망으로 만들 애가 아니다.

병원에 도착해서 응급실에 들어선 현은 굳이 아라가 어디 있냐고 물어볼 필요도 없었다. 아라는 의사와 실랑이를 벌이고 있었다.

"그러니까 불구가 되는 건 아니라는 거잖아요. 제가 지금 깁스를 할 때가 아니라니까요."

의사는 한숨을 내쉬며 말했다.

"손가락까지 부은 거 안 보여요? 깁스 안 해도 이대론 못 써요."

"깁스하고 키보드를 어떻게 두드려요? 시간이 없다니까요."

두 사람 옆에서 승아가 어쩔 줄 모르는 얼굴로 서 있었다. 기가 막히면서도 다행이다 싶었다. 마침 현을 발견한 승아가 그제야 안도하는 기색을 보였다.

"의견은 묻지 마시고 그냥 깁스 해주세요. 말로 아무리 해도 설득 안 될 겁니다. 선생님만 힘드세요."

현의 말에 의사는 누군지 묻지도 않은 채 고개를 끄덕인 후 기다렸다는 듯 자리를 떴다.

"폭탄 터졌다고 할 땐 들은 척도 안 하더니, 내 팔에 왜 네가 이래라저래라 해."

말해봐야 소용없을 터였다. 현은 아라의 손끝을 살짝 건드렸다.

"악!!"

아라의 고함에 맞춰 현은 그것 보라는 표정을 지었다.

"키보드 하나 누를 때마다 소리 지를래?"

아라는 노려보면서도 더는 반박하지 않았다. 곧이어 간호사가 아라를 처치실로 데려가자 승아는 다리에 힘이 풀린 듯 침대에 걸터앉았다. 현이 그런 승아를 안쓰러운 눈길로 바라보았다.

"괜찮아? 폭탄 터졌을 때 넌 없었던 거 맞지?"

승아가 고개를 끄덕였다.

"경찰은…?"

승아는 질문에는 대답하지 않은 채 현을 빤히 쳐다보았다.

"쌍둥이는 쌍둥인가 봐. 30분도 넘게 설득했는데, 죽어도 깁스는 안 한다고 했거든."

"나 때문이 아니라 아파서 하는 거야. 누구든 툭 쳤으면 바로 하러 갔을걸?"

현은 사실을 말했을 뿐이지만, 승아는 어쭙잖은 위로라도 들은 듯 인상을 찌푸렸다. 그 모습이 괜히 쓸쓸해 보였다. 어릴 때부터 아라만 졸졸 따라다니던 승아는 현과 아라가 쌍둥이라는 사실을 부러워했다. 그럴 때마다 현은 승아와 자신이 바뀌었다면 좋지 않았을까 생각하곤 했다. 아라가 신경질적으로 변한 후로 승아는 말조차 쉽게 걸지 못하는 듯했는데 그럴 때도 아라 옆을 배회하곤 했다. 그 모습이 안쓰러우면서도 한편으로는 신기했다.

"마감했다면서, 깁스는 왜 안 하려는 거야?"

"몇 부 더 써서 내야 한대. 넘어질 때 뇌진탕도 와서 한 달 정도는 힘들 거래. 구역질도 했다던데, 그래도 입원은 절대 안 한대. 오빠도 거기까진 설득 못 시킬걸."

확신 없는 목소리였다. 현은 기가 막혔다. 그렇게까지 필사적인 아라가 이해되지 않으면서도 한편으로는 부럽기도 했다. 사람들이 어떻게 보든, 미래가 어떻게 되든 원하는 대로 밀어붙일 수 있다는 게.

"설득해서 뭐 해. 제멋대로 해야 직성이 풀릴 텐데."

무심코 뱉은 말이었다. 자기에게 하는 소리도 아니었는데 승아가 상처받은 표정을 지었다. 하지만 현은 피곤함이 몰려와 승아를 달랠 기운조차 없었다.

20분 쯤 지난 후에 아라가 깁스를 하고 돌아왔다. 꼴이 엉망이었다. 얼굴에는 긁힌 자국이, 팔다리에는 멍과 상처가 가득했다. 다리 역시 아픈지 걷는 게 불편해 보였다. 하루 정도는 입원하는 게 어떻겠냐고 물으려다 관뒀다. 실랑이를 벌여봤자 시간만 버릴 터였다. 수납하고 병원에서 나오자마자 경찰 두 명과 마주쳤다. 그중 남자 경찰이 아라를 보자마자 한숨을 내쉬었다. 제법 시달린 모양이었다.

"아직 안 가셨네요?"

그는 억지웃음을 지었다.

"잠깐이면 됩니다."

두 사람은 차례로 자신을 소개했다. 이용준 형사와 김민지 형사. 그때까지만 해도 현은 그 두 사람을 지긋지긋하게 보게 될 줄은 몰랐다. 형체조차 보지 못했던 폭탄이 자신의 삶을 완전히 헤집어놓을 것이라고는 상상도 할 수 없었다.

"통화가 참 힘듭니다. 그래도 이렇게 보네요."

이용준 형사가 웃으면서도 날을 세웠다.

"죄송합니다. 보이스 피싱인 줄 알았습니다. 액정이 망가져서 문자 확인도 힘듭니다."

현은 손에 쥐고 있던 핸드폰을 보여주었다.

이 형사는 핸드폰을 힐끗 쳐다본 후 말했다.

"그놈의 스팸 때문에 아주 죽겠습니다. 전화를 안 받는다니까요. 기껏 받아도 욕이나 먹고. 그래가지고 밥은 먹고 살겠냐고 호통 치는 사람도 있다니까요."

비난 섞인 농담에 현은 대답하지 않았다. 그러자 김민지 형사가 물었다.

"택배 시키셨죠?"

"뉴스에서는 수신자가 없다고 하던데요."

"하나는 없었죠. 하나는 두현 씨한테 왔고요. 택배 올 게 없었다는 건가요?"

놀라긴 했지만 현은 차분하게 생각했다. 형사들의 의심하는 눈길과 불안스레 쳐다보는 아라와 승아의 눈빛이 현을 향하고 있었다. 곧이어 최근에 카메라를 산 게 떠올랐다. 캠핑 앱을 기획 중이었는데 자금 문제로 매번 촬영을 맡길 수가 없어 직접 찍으려 구입했다.

"중고 거래로 카메라 구입했습니다."

최대한 침착하게 대답하긴 했지만 긴장감에 온몸에 힘이 들어갔다.

아라의 깁스가 눈에 들어왔다. 현이 주문한 카메라가 폭탄이었다면 아라가 가만있을 리 없었다.

"송장 번호나 거래내역 가지고 계시죠?"

"지금 핸드폰으로 확인할 수가 없어서…. 컴퓨터로 보내드리겠습니다."

"사이트로 거래하신 거면, 아이디만 치면 확인 가능하죠? 그럼 승아학생 핸드폰을 빌려도 될 것 같은데…"

현은 수긍하면서도, 묘하게 의심받는 기분이었다. 결국 승아의 핸드폰으로 거래내역을 보여주어야 했다. 이 형사는 거래내역을 확인하고도 메일로 다시 보내달라고 했고, 김 형사는 거래내역에 있는 연락처를 적었다.

"카메라와 같이 보냈을 수도 있는 겁니까?"

"그럴 수도 있고, 전혀 상관없을 수도 있습니다. 확인해봐야죠."

그때 구급차가 들어오는 바람에 응급실 앞에 서 있던 다섯 사람은 떠밀리듯 옆으로 자리를 옮겼다.

"여기서 계속하실 거예요?"

아라가 짜증스레 물었다.

이 형사는 그런 아라를 무시한 채 현을 보며 말했다.

"두현 씨와 관계가 있는지 없는지는 모르겠지만, 폭탄과 카메라가 같이 배달되었기 때문에 조사가 필요하긴 합니다. 물어볼 것도 있고…. 뭐 저희도 계속 이러고 있을 수는 없으니까, 내일 서로 나오시겠어요?"

"예, 알겠습니다."

이 형사가 승아를 힐끗 쳐다봤다.

"나오실 때, 승아 학생도 같이 나왔으면 합니다. 몇 가지 물어볼 게 있어서."

아라가 인상을 쓰며 끼어들었다.

"물을 만큼 물은 것 같은데, 미성년자를 경찰서까지 부를 일이 뭔가요?"

"걱정되면 보호자로 동행하시면 됩니다."

또다시 따져 물으려는 아라를 현이 가로막았다. 어차피 싸워봤자 좋을 게 없었다. 이 형사는 어쩔 수 없다는 듯 어깨를 으쓱했다.

"당연히 알고 계시겠지만, 당분간은 집에 머무시면 안 됩니다. 갈 곳은 있으십니까?"

그 순간 오피스텔이 떠올랐지만 말해봤자 시끄러워지기만 할 것 같았다. 굳이 더 보태고 싶지 않았다.

"호텔이라도 가야죠."

"그럼 방 잡고 위치 알려주세요. 사기꾼 아닌 거 아셨을 테니 전화도 꼬박꼬박 받으시고요. 연락드리겠습니다."

현을 향한 말이 아니라는 건 알았지만 사기꾼이라는 단어가 거슬렸다.

경찰이 가고 나자 온몸에 힘이 쭉 빠졌다.

"역시 사장님이라 다르네. 호텔 가겠다는 말이 바로 나오고. 난 집에 갈 거야. 엄마 아빠 오면 결정하지 뭐."

아라의 말에 정신이 들었다.

"고집부릴 걸 부려."

집으로 돌아가겠다는 아라를 겨우 설득해 호텔로 가기로 했지만 죽어도 노트북은 챙겨야 한다는 말에 어쩔 수 없이 일단 집으로 향했다. 승아 역시 교복을 입고 있어서 갈아입을 옷이 필요해 보이기도 했다. 차 안은 조용했다. 병원에서 전투력을 전부 불태우기라도 했는지, 아라는 말이 없었다. 뒷자리의 승아는 창밖만 보고 있었다. 옆에 앉아 있던 아라가 침묵을 깼다.

"차는 언제 바꿨어?"

현이 아라를 쳐다보았다. 그러자 아라는 왜 쳐다보냐는 듯 뜬금없다는 표정을 지었다.

"2년 전에."

아라가 더는 말을 붙이지 않자 어색한 침묵이 차 안을 가득 메웠다. 현은 마음이 복잡했다. 폭탄이 누구에게 온 건지, 현에게 왔다면 누가 보낸 건지, 카메라가 폭탄과 관련 있는지, 호텔비는 지원이 나오는지… 온갖 생각이 머릿속을 가득 채웠다. 아파트 앞에 도착했지만 사진을 찍히지 않고 집에 들어갈 방법은 없어 보였다. 통로 앞에 기자들은 물론 카메라가 바글바글했다. 그때까지 핸드폰을 보고 있던 아라가 창밖으로 고개를 돌렸다.

"내가 용의자라도 된 모양이네?"

말을 끝내자마자 아라는 손에 들고 있던 핸드폰을 현에게 건넸다. '가족 간의 불화가 만들어낸 비극'이라는 오보가 버젓이 포털사이트의 메인을 차지하고 있었다. 바로 밑에는 '자살 테러로 내몰리는 청년실업,

이대로 괜찮나'라는 기사가 보였다. 기가 막혔지만 화를 낼 기운도 없었다.

결국 집에는 들어가지 못한 채 차를 돌려 호텔로 향했다. 아라 역시 들어갈 마음이 사라진 모양이었다. 호텔에 도착한 현은 잠시 고민하다 두 사람이 머물 방 하나만 잡았다. 현은 로비에 서 있던 두 사람에게 다가가 카드키를 건넸다. 키를 받아든 아라가 기가 막힌다는 듯 쳐다봤다.

"사장님이 너무 쪼잔한 거 아냐? 셋이서 한 방을 어떻게 써."

"난 회사에서 잘게."

걱정스레 쳐다보는 승아와 달리 아라는 알아서 하라는 듯 고개를 끄덕였다.

현이 승아를 보며 말했다.

"내일 아침에 데리러 올게."

그러자 아라가 경찰에 대한 불만을 쏟아냈다.

"그냥 물어보면 될 걸, 꼭 오라 마라 귀찮게 해. 일 못하는 것들이 그렇게 티를 낸다니까."

두 사람이 엘리베이터를 타는 모습을 본 후에야 현은 호텔을 나왔다. 오피스텔로 가던 현은 괜히 싱숭생숭한 마음에 회사로 방향을 바꿨다. 어차피 잠도 안 올 것 같았다. 대체 무슨 일이 일어난 건지, 겪으면서도 알 수가 없었다. 불안한 마음을 애써 누르기 위해 아침까지 일하다가 호텔로 향했다.

호텔에서 만난 아라와 승아도 제대로 못 잤는지 피곤해 보였다. 승아만 데리고 가려고 했으나 아라가 함께 가겠다고 나섰다. 언제부터 승아를 챙겼나 싶다가 경찰과 한판 붙으려고 가나 하는 생각이 들자 찝찝했다. 경찰서로 가는 내내 승아는 말이 없었다. 경찰이 왜 승아까지 찾는지 이해가 되지 않았다. 인터넷이라도 좀 찾아볼 걸 하고 후회했지만 한편으로는 난무하는 가짜 정보에 휘둘리고 싶지 않았다.

이른 시간이라 그런지 경찰서는 조용했다.

"빨리 오셨네요."

어쩐지 원망하는 말투였다. 이용준 형사는 잠을 못 잔 사람처럼 부스스한 머리에 퀭한 얼굴을 하고 있었다. 김민지 형사 역시 피곤해 보이긴 했으나 이 형사와 달리 깔끔한 차림새였다.

이 형사가 커피를 마시며 물었다.

"스타트업 하신다고 하는데, 정확히 하는 일이 뭡니까?"

"앱 개발합니다."

"저희가 알 만한 겁니까?"

"아직 개발 단계입니다. 폭탄과는 전혀 상관없는 앱입니다."

이 형사가 떨떠름한 표정을 지었다.

"그건 저희가 판단할 일이죠."

"그 정도는 저도 판단할 수 있습니다. 폭력적인 요소도 전혀 없고, 기술적으로도 폭탄 제조와는 전혀 다른 일입니다."

"역시 대표님이라 그러신가, 말을 참 침착하게 잘하시네요. 늘 준비된 자세, 뭐 그런 걸 보는 것 같습니다."

현은 평소에도 필요한 말만 했다. 굳이 농담을 덧붙이지도 않았고,

애써 잘 보이려 괜한 말을 하는 법도 없었다. 그 때문에 날카로운 말이 아니었는데도, 차갑게 느끼는 사람들이 종종 있었다. 형사 역시 그게 못마땅한 모양이었다.

"그건 천천히 알아보기로 하고, 사이가 안 좋은 사람은 있습니까? 사업 하다 보면 감정 상하는 일이 적지 않을 텐데…."

"없습니다. 규모도 작고, 딱히 원한 살 일도 없습니다."

이 형사는 눈썹을 치켜올렸다.

"두아라 씨 말에 의하면, 전에 개발한 앱이 다른 업체 때문에 망했다고 하던데요."

현은 아라를 쳐다보았다. 의심을 샀다는 사실보다는 아라가 그 일을 알고 있다는 게 놀라웠다. 남의 일에도 관심이 있었나 싶었다. 아니면 그마저 언젠가 써먹을 소재처럼 여기는 걸까? 아라는 별일 아니라는 듯 어깨를 으쓱했다.

"비슷한 앱은 얼마든지 나올 수 있습니다. 경쟁에서 밀린 거고요. 개인적인 감정을 가질 일이 아닙니다. 그렇다고 해도 그쪽에서 폭탄을 보내진 않겠죠."

"뭐, 그것도 확인해보겠습니다."

어쩐지 현에게 폭탄이 온 거라 단정 짓는 듯한 뉘앙스에 기분이 좋지 않았다. 어째서 경찰이 날을 세우는지 이해가 되지 않았다.

"테러 여부는 확인되었습니까?"

현의 질문에 이 형사가 빤히 쳐다보았다.

"조사 중입니다. 그 부분에 관해서는 걱정 안 하셔도 됩니다."

"카메라에 대해서 나온 게 있습니까?"

"지금 분석 중입니다."

이 형사는 할 말이 끝났다는 듯 입을 다물었다. 고작 이 정도로 경찰서까지 굳이 나오라고 했다는 게 어이없었다.

"거래하신 분과는 정말 모르는 사이 맞죠?"

"예."

굳이 한 번 더 떠보는 모양새에 기분이 싸했다. 이 형사의 말에 아라가 현을 슬쩍 쳐다봤지만 굳이 덧붙이진 않았다. 순식간에 죄인이라도 된 것 같았다.

"두현 씨는 이만 가셔도 좋습니다. 필요한 게 있으면 또 연락드리겠습니다."

현이 승아를 슬쩍 쳐다봤다. 승아는 긴장해서 손톱을 뽑을 듯이 만지고 있었다.

"승아 조사 끝날 때까지 있겠습니다."

"우애가 참 좋으십니다."

비꼬는 듯한 말투에 아라가 인상을 찌푸렸다. 옆에 있던 김민지 형사가 이 형사에게 눈을 슬쩍 흘기더니 승아에게 질문하기 시작했다.

"그냥 확인하는 거니까 편하게 답하면 돼. 괜찮지?"

승아가 고개를 끄덕였다.

"폭탄 터지기 전에 옥상에서 교복 입은 학생을 본 사람이 있어. 혹시 승아 네가 올라간 거니?"

느닷없는 질문에 아라가 놀란 듯 승아를 쳐다보았다. 현 역시 당황스럽긴 마찬가지였다. 승아는 고개를 숙인 채 가만히 있다가 고개를 끄덕였다. 김 형사가 한결 부드러워진 목소리로 물었다.

"옥상은 왜 올라갔니?"

"그냥… 바람 쐬러 갔어요."

"문이 잠겨 있었다고 하던데, 우리가 잘못 안 거니?"

승아가 입을 닫았다.

아라가 끼어들려고 하자 현이 아라의 팔을 붙잡았다. 교복이니, 옥상이니, 당최 이해가 되지 않았지만 일단은 들어보는 게 좋을 듯했다.

"그냥 한번 돌려본 건데… 열렸어요."

"자물쇠를 따고 들어갔다는 거야?"

승아가 고개를 끄덕였다. 이번에는 현과 아라가 동시에 승아를 쳐다봤다. 똑똑한 아이라는 건 알았지만 자물쇠까지 따고 들어갈 정도로 발칙한 구석이 있다고 생각해본 적은 없었다. 대체 무슨 생각이었을까.

"쉽지 않았을 텐데, 그렇게까지 옥상에 가야 하는 이유가 있었니?"

대답하지 않은 채 승아의 손이 파르르 떨렸다. 긴장하는 모습이 낯설었다. 현 역시 초조하긴 마찬가지였지만 조심스레 승아의 손을 잡았다. 평소라면 징그럽다며 손을 뺐을 승아였지만 가만히 있었다. 승아의 손이 땀에 젖어 축축했다. 머릿속이 복잡했다. 일이 어떻게 진행되는지, 따라가기가 벅찼다. 아라가 더는 못 참겠다는 듯이 끼어들었다.

"지금 뭐 하시는 거예요? 옥상에서 폭탄 흔적이라도 찾았어요? 제 기억에는 분명히 아무것도 없다고 했었는데요."

"폭탄과 직접적인 연관이 없다고 해도 자물쇠까지 따고 들어갔다면 그냥 넘어갈 문제가 아닙니다. 무작정 편들어줄 일이 아닙니다. 지금 같을 땐 더더욱 그렇고요."

이 형사가 더는 들어줄 마음이 없다는 듯 고개를 돌렸다. 반면에 김 형사는 한결같이 다정한 표정으로 승아를 보고 있었다. 두 사람의 역할이 분명하게 나뉜 듯했다. 한 명은 윽박지르고, 한 명은 달래고. 현은 이 모든 상황이 마음에 들지 않았다.

"진짜 그냥… 바람 쐬러 올라간 거예요. 다른 건 아무 것도 안 했어요…. 자물쇠 따는 법은 유튜브에서 봤어요…."

승아가 겨우 내뱉었다. 그때 갑자기 경찰서 안이 시끌벅적해졌다. 문을 열고 들어오던 경찰들이 세 사람을 보고 입을 다물었다. 그러자 두 형사가 시선을 주고받은 뒤 말했다.

"오늘은 여기까지 하죠. 더 필요한 사항이 있으면 연락드리겠습니다."

아라가 신경질적으로 쏘아붙였다.

"범인이나 잡고 연락했으면 좋겠네요."

더 들을 것도 없다는 듯 자리를 박차고 나가는 아라의 모습에 현은 기가 막히면서도 웃음이 나왔다. 곧 죽어도 당당한 애가 우울증이라니, 누가 떠든 말인지 몰라도 너무 모른다 싶었다.

현은 여전히 긴장한 듯 보이는 승아를 데리고 경찰서를 나왔다. 먼저 나간 아라는 차 앞에서 담배를 피우고 있었다. 깁스를 한 채로 담배를 피우고 있는 모습을 보니 기가 찼다. 상황이 상황인 만큼 이해 못할 건 아니지만, 아라가 담배를 피우는 줄은 몰랐다. 어쩌면 아라가 현이 2년 전에 차를 산 사실도 모르는 것처럼, 현 역시 아라에 대해 모르고 있다는 생각에 불안감이 슬며시 밀려왔다. 아라는 두 사람이 다가오는 걸 보고 담배를 껐다. 그에 대해서 현은 굳이 말하지 않았다.

차에 타자마자 아라가 승아에게 물었다.

"설마 뛰어내리려던 건 아니지?"

"야."

현이 눈을 흘겼다. 조금 전까지 현 역시 똑같은 생각을 하고 있었지만 차마 입 밖으로 내뱉지 못한 말이었다. 아라는 전혀 개의치 않았다.

"자살 시도, 뭐 그런 거 아니지?"

승아가 고개를 저었다.

"진짜 그냥 바람 쐬러 올라간 거야."

"그럼 됐어."

그렇게 말하는 아라 역시 여전히 찝찝한 표정이었다. 현은 한참 동안 승아를 쳐다보았다. 두려워하는 모습이 역력했다. 승아가 폭탄을 터뜨릴 애는 아니라고 생각했지만 뭔가를 숨기고 있는 것은 확실했다. 하지만 이 시점에서 해줘야 할 말도 들어야 할 말도 찾기가 어려웠다.

오늘은 쉬고 싶다는 승아의 말에 현은 두 사람을 호텔에 내려주었다. 학교를 빠지는 게 좋은 생각은 아닌 것 같았지만 한창 시끄러울 테니 하루 정도는 쉬게 해도 괜찮을 것 같았다. 두 사람이 들어가는 모습을 보고 출발하려고 하는데 핸드폰이 요란하게 울렸다. 이름을 확인한 현은 순간 굳었다. 경찰이 물었을 때 어째서 그의 이름이 곧장 떠오르지 않았는지 의아할 지경이었다. 정말 현에게 온 폭탄이었을까? 어쩐지 폭탄 사건이 폭탄으로만 끝나지 않을 것 같다는 예감이 들었다.

7

708호

SBC 시사스페셜 〈폭탄을 말하다〉 인터뷰

좀 지겹긴 해요.

경찰은 똑같은 말만 늘어놓고, 인터넷에서는 별별 말이 다 나오지만 믿을 수가 있어야죠. IS(Islamic State: 이슬람 수니파 무장단체)라고 떠들어대는 애들도 있던데요? 그런 멍청한 말을 믿는 사람이 어디 있나 했더니, 저한테도 묻는 애가 있더라고요. 윗집에 IS 사는 거 알았냐면서…. 말도 안 되잖아요. 그런 거면 벌써 잡혀 갔겠죠. 아무리 경찰이 일을 못 한다고 해도, 그렇게까지 못 하려고.

저희 집은 직접적인 피해는 없어요. 폭탄 터졌을 때, 집에 있던 사람도 없고요. 근데 또 피해를 안 봤다고 하기에는 좀…. 피곤하긴 하죠. 별 미친놈들이 다 드나든다니까요. 유튜브 하는 애들은 진짜 장난 아니에요. 완전 미쳤어요. 광기에요, 광기. 윗집 드나드는 걸로도 모자라서 저희 집까지 찾아와서 뭣 좀 아는 거 있냐고 벨을 눌러대니까. 엄마가 화가 많이 났어요. 요즘 신고하느라 바쁘세요. 안 그래도 좀 예민한 분이긴 한데, 스트레스로 대상포진까지 왔으니 말 다했죠. 그 바람에 저도 좀 괴롭고요.

시대의 흐름을 따라야 한다느니 어쩌니 떠들어대는 게 다 지들 멋대로 하고 싶으니까 상관하지 말라는 거 아니냐, 피해를 주지 말아야지 몇 번을 신고했는지 모르겠다, 애초에 아파트로 이사 오는 게 아니었다, 아파트 오면 프라이버시 지켜질 줄 알았더니 옆집이나 윗집에 따라 삶의 질이 결정되는 게 말이 되냐, 밥 먹을 때마다 일장 연설이라니까요.

전 뭐, 작년이 아니라 올해 터진 게 어딘가 싶어요. 고3 때 그랬으면 와, 저도 정신 나가겠죠. 진짜 범인 잡으라고 1인 시위 했을지도 몰라요. 고3한테 일주일은 완전 영원의 시간이죠. 근데 진짜 아직 누구한테 온 건지도 모르는 게 맞아요? 그래도 일주일이나 지났는데….

죄송한데, 저도 808호 사람들은 잘은 몰라요. 가끔 엘리베이터에서 마주치는 게 다라서. 근데 제가 한 말이 고스란히 나가는 건가요? 괜한 사람 잡는 일은 없었으면 좋겠는데. 음모론에 이용당하거나 그런 것도 좀 찝찝하긴 하고. 뭐, 아무튼 잘 편집해주세요. 뭐라도 도움이 되면 좋긴 하겠죠.

이건 제 생각은 아니고, 부모가 문제라고 말하는 사람들도 있더라고요. 아니, 저희 엄마가 그랬다는 게 아니고, 뭐 동네 사람들 이야기하는 거 들었어요. 일리가 없진 않은 게, 폭탄 터진 날에도 두 사람만 집에 없었잖아요. 제주도에 있었다면서요. 태풍 때문에 비행기가 안 떴다고는 하지만…. 근데 제주도에 간 건 확실한 건가? 타이밍이 딱딱 맞아 떨어지긴 하잖아요. 두 분이 그리 이상한 사람처럼 보이진 않았는데. 하긴, 보이는 게 전부가 아니긴 하죠.

흠… 그러니까 어떤 사람이었냐면, 아, 제가 아는 걸 말하긴 하는데, 그래서 수상하다거나 폭탄을 받을 만하다거나 뭐 그런 건 절대 아니에요.

808호 아저씨와 아줌마 사이가 좋아 보이진 않았어요. 같이 다니는 것도 별로 못 본 거 같고. 한번은 두 분이랑 같이 엘리베이터를 탄 적이 있는데, 한마디도 안 하더라고요. 말은 안 할 수 있죠. 저도 모르는 사람 타면 말 안 하니까요. 근데 두 분이 저를 사이에 두고 양 끝으로 떨어져서 서더라고요. 보통은 모르는 사람이 타면 둘이 붙잖아요. 저희 엄마 아빠도 허구한 날 싸우면서도 남이랑 있으면 사이 좋은 척하거든요. 상관도 없는 사람들 눈치를 그렇게 보는데, 두 분은 안 그러더라고요. 와, 진짜 숨 막혀 죽는 줄 알았어요. 엘리베이터 내려서도 인사도 안 하고 각자 차에 타던데요. 그냥 그날만 싸운 걸 수도 있는데, 제 생각에는 두 분이 그리 사이가 좋진 않은 것 같아요.

저희 아파트가 오래되었잖아요. 소음이 진짜 장난 아니에요. 완전 최악. 화장실 물 내려가는 소리도 들리고, 소리 지른 것도 아닌데 아랫집에서 조용히 좀 해달라고 인터폰이 온다니까요. 근데 윗집은 그런 게 없어요. 진짜 조용해요. 아무리 조용한 사람들이라고 해도 좀 이상하긴 하죠. 그렇잖아요. 가족끼리 붙어 있으면 안 싸울 수가 없는데. 어디서 읽은 건데, 큰소리 나면 무섭다고 하지만 진짜 무서운 건 큰소리 한 번 안 나는 거라고 하더라고요. 맞는 거 같아요. 십수 년을 조용히 지내다가 폭탄 펑!

　제가 의심한다는 건 절대 아니고요. 그냥 뭐, 평범한 집은 아닐 거다, 정상처럼 보이는 것과 정상은 다르다. 우리가 모르는 뭔가 있을지도 모른다. 뭐, 그런 이야기죠. 그러니까 가족 사이에 일이지 않을까, 혼자 생각하고 마는 거죠. 아무튼 빨리 해결되면 좋겠어요.

8

신선아

808호. 56. 모

폭탄이 터진 날 밤, 신선아는 잠들지 못했다. 어디서부터 어떻게 잘 못되었는지 가늠할 수 없었다. 계획대로였다면 집에 도착했어야 했다. 아이들을 모아놓고 솔직히 말할 생각이었다. 미안하지만 더는 결혼을 유지할 수가 없다고. 더 이상 함께할 수 없으니 각자의 삶을 계획해야 할 때라고. 벌이라도 받는 걸까. 그래서 폭탄이 터지고, 당장 달려갈 수도 없게끔 비바람이 몰아치는 걸까. 말도 안 되는 생각이었지만 이미 모든 게 말이 되지 않는 상황이었다.

거세지는 비바람에 불안감을 안고 공항으로 가고 있을 때였다. 친구들은 이렇게 된 거 하루 더 놀고 가자고 했다. 선아와 달리 친구들은 자유로웠다. 성인이 된 아이들에게 벗어나서 취미를 만들고, 평생 받들던 남편에게 큰소리를 치기도 했다. 생활비에서 5만 원씩 떼서 매달 꼬박꼬박 넣은 곗돈을 이럴 때 안 쓰면 언제 쓰겠냐고, 기왕이면 좋은 호텔에 가서 요즘 젊은 애들처럼 호캉스를 즐겨보자고 했다. 선아는 웃으면서도 동의할 수가 없었다.

약국 휴가조차 어렵게 냈다. 병원 앞에 위치한 약국은 정기휴무일이 한 달에 두 번뿐이었고, 강도 높은 업무량에 일손은 늘 부족했다. 일주일에 한 번 겨우 쉬었다. 뒤늦게 시작한 일인 만큼 불평하지 않았다. 야간 근무를 하지 않는다는 것만도 편의라면 편의였다. 무리해서 휴가를 내고, 이미 거절했던 여행을 따라온 건 우연히 본 남편의 문자 때문이었다. '학회 참석한다고 말했어.' 학회를 간다는 말이 거짓이라는 걸 알았을 때, 바다를 건너서라도 둘만의 시간을 갖겠다는 남편의 의지에 눈이 돌아갔다. 현장을 잡아서 그 당황한 얼굴을 똑똑히 보고 싶었다. 선아 역시 망신당하리라는 것을 알면서도 멈출 수가 없었다. 하지만 제주도에 도착하자마자 후회했다. 그런 생각을 한 자신이 한심해서 견딜 수 없었다. 더 한심해지고 싶지 않아서, 그렇게 추한 마음으로 살고 싶지 않아서 이혼을 결심했다. 폭풍이 몰아친다고 해도 집으로 돌아가 이혼을 말하고 싶었다. 렌터카를 반납하다 말고 여정을 바꾸는 친구들에게 가봐야 한다고 말하고 있을 때, 아라에게서 전화가 왔다.

아라는 침착한 목소리로 폭탄이 터졌다고 했다.

"엄마, 폭탄이 터졌어. 누가 보낸 건지 모르겠는데 택배로 폭탄이 배달되었어. 엉망이야."

마치 "엄마, 이 이야기 어때?" 하며 줄거리를 읊어주는 것 같았다. 그러면 선아는 "좋은데? 너무 재미있겠다" 하고 대꾸하면 될 일이었다. 하지만 아라가 마지막으로 자기 글의 줄거리를 읊어준 게 5년 전이었다. 줄거리는커녕 일이 어떻게 되어가느냐고 질문해도 어깨 한 번 으쓱하고 말았다. 뻔히 알지 않느냐는 듯.

"그러니까 놀라지 마. 경찰이 와 있는데, 잠깐 통화하자고 하네. 바꿔 줄게."

무슨 일이냐고 궁금해하는 친구들을 뒤로 하고 경찰의 전화를 받았다. 묻는 말에 대답하고, 최대한 빨리 비행기를 탈 생각이었다.

결국 비행기를 못 타게 되었다는 전화를 다시 하고 흘러가는 상황을 전해 들으면서도 네 아빠는 왔냐고, 이 난리를 알긴 아느냐고 묻지 않았다. 그때까지만 해도 아라가 다쳤다는 사실을 몰랐다. 다쳤다는 걸 알았더라면 어떻게든 가려고 애썼을 거다.

TV에서는 폭탄 이야기가 계속 흘러나왔다. 모자이크 처리가 되긴 했지만 엉망이 된 집이 고스란히 보였고, 부상자가 있다는 말과 용의자가 없다는 말이 반복해서 흘러나왔다. 폭탄이 터진 지 하루도 채 지나지 않았지만 모든 채널에서 특집 방송을 하듯 현장을 중계했다.

"그 집 첫째가 문제죠. 작가라고는 하는데, 알 만한 작품 하나도 없이 작가라고 할 수 있나? 수상하지 않아요? 작가들 상상력 좋잖아요. 글 핑계 삼아 실제로 터뜨려봤을지 어떻게 알아요?"

모자이크 처리된 얼굴은 마치 집의 사정을 전부 알고 있는 것처럼 떠들고 있었다. 기자는 확인되지 않는 정보라는 말을 덧붙였지만 인터넷에서는 이미 아라를 범인으로 몰아세우고 있었다. 구급차에서 치료받는 아라의 모습이 모자이크 처리도 되지 않은 채 퍼졌고 '실패한 작가가 만들어낸 비극, 폭탄으로 주목받다'라는, 출처도 기자 이름도 없는 글이 공식적인 기사로 둔갑해 돌아다녔다. 단 몇 시간 만에 일어난 일이라는 게 믿기지 않았다. 밤새 뉴스와 인터넷을 살피던 선아는 끓어오르는 화를 애써 눌러야 했다.

다음 날 오후가 되어서야 비행기를 탈 수 있었다. 징글징글한 비바람이 잦아졌다고 안심했더니, 안개 때문에 뜰 수 없다며 몇 시간이나 연착되었다. 그때까지 남편과는 전화 한 통 하지 않았다. 전화도 메시지도 무시했다. 폭탄이 남편 때문에 터진 게 아니라는 건 알고 있었지만 그럼에도 불구하고 남편에게 화가 났다. 그가 아니었다면 제주도에 올 일도 없었다. 그러면 폭탄을 막을 수는 없었을지라도, 아이들 곁을 지킬 수는 있었다.

비행기를 탈 때까지 친구들은 폭탄에 관해 아무것도 묻지 않았다. 이게 다 무슨 일이냐고 하면서도, 지금은 어떤 질문도 감당할 수 없다는 걸 잘 아는 친구들이었다. 그들을 묶어주는 건 오래전 고등학교 때의 명랑함이 아닌 몰아치는 삶 속에서 자신의 한구석을 내려놓은 이들만이 가질 수 있는 동질감이었다. 선아는 그런 친구들이 있다는 데 감사하면서도 오직 자신에게만 벌어진 일에 더없이 외로워졌다.

옆자리에 앉은 경리가 손을 잡았다.

"아직도 손이 차네."

뜬금없는 말에 피식 웃음이 나와 경리를 쳐다보았다. 경리는 미소를 지었지만 걱정스러운 눈빛까지는 감추지 못했다.

"내가 너 많이 부러워한 거 모르지? 손 찬 것도 부럽더라. 도도하고 멋있어 보여서. 따라 해보겠다고 손에 얼음 쥐고 그랬다니까. 엄마한테 뭐 하는 짓이냐고 혼 좀 났었지."

"별게 다 부럽다."

"별게 다 부러웠지. 고등학교 때부터 최고로 멋있었다니까. 대학 갈 때도, 학업 그만두고 결혼할 때도, 쌍둥이 키우면서 남편 뒷바라지할 때도, 뒤늦게 다시 학교 간다고 할 때도 멋있더라. 기어코 약대 가서 약사 된 건 또 어떻고. 나 같은 건 상대도 안 되는 것 같더라고. 선아는 진짜 지는 법이 없다. 세상이 별 지랄을 다 해도 기어코 이겨내는구나. 뭐 저런 애가 다 있지. 로보캅이 따로 없네. 흐트러짐 한번 없고, 대단하다 진짜. 감탄밖에 안 나오더라고. 지금도 봐. 속이 속이 아닐 텐데, 이렇게 침착하고. 나라면 완전 미쳐서 날뛰고 있었을 텐데."

경리는 잡고 있는 손에 힘을 꽉 주며 덧붙였다.

"별일 없을 거야. 별일 있다고 해도 너라면 이겨낼 거야."

선아는 눈시울이 붉어졌다. 꼭 잡고 있는 손이 따뜻해서, 밤새 인터넷에서 보던 미친 엄마라는 말을 하지 않아서 고마웠다. 그래서일까, 절대로 내뱉지 않았을 말이 무심코 툭 튀어나왔다.

"바람피웠대."

경리가 놀라서 쳐다봤다.

"내 남편 바람났다고. 제자랑 바람난 그 뻔하고 뻔한 이야기의 주인공이 내 남편이라고."

경리는 말문을 잃은 듯 보였다.

석 달이 넘도록 혼자 떠안고 있던 말이다. 사람들이 어떻게 보든, 진작 실패를 인정하고 끝냈더라면 달랐을까. 애써 지켜온 삶이 한순간에 사라질 수도 있다는 것을 인정했다면 달랐을까. 그사이 승무원이 다가와 음료를 권했다.

선아는 커피를 받았고 경리는 물을 달라고 했다. 그러면서도 잡은 손을 놓지 않고 있었다. 경리는 물을 받자마자 벌컥벌컥 들이켠 후에야 말했다.

"미친놈."

단전에서부터 끓어오르는 듯한 분노 어린 목소리에 선아는 웃음이 튀어나왔다.

"미친 새끼 아냐? 그런 걸 가만 놔뒀어?!"

흥분하는 친구의 모습에 웃음이 나왔다.

"지금 웃음이 나와?"

경리는 어이없어하면서도 따라 웃었다.

지금 이 순간, 집에 폭탄이 터졌다는 데도 여전히 남편의 바람이 화가 난다는 사실에, 그의 배신이 가족에 대한 걱정보다 더 큰 스트레스를 불러일으키고 있다는 사실에 자신이 미친 것처럼 부끄러워서 견딜 수 없이 괴로웠다. 그런데 경리의 욕이 그래도 된다고 말하는 것 같아서, 폭탄은 폭탄이고 바람은 바람이라고 말하는 것 같아서, 이상한 게 아니라고 자신이 괴물이 아니라고 말해주는 것 같아서 웃음이 나왔다. 이때의 대화가 아니었다면 이후 벌어지는 시간을 선아는 쉽사리 이겨내지 못했을 터였다. 어디를 가도 폭탄이 달라붙었다. 그녀를 모르는 사람들도 아는 사람들도 오직 폭탄으로만 대화를 이어가겠다는 듯 떠들었다. 보름 동안 지속된 의심과 불신의 시간 속에서 끊임없이 지고 또 지는 기분을 견뎌낼 수 없었을 거다.

선아는 서울로 돌아오자마자 곧장 경찰서로 향했다. 아이들이 있는 호텔로 가서 괜찮다는 아라가 정말 괜찮은지 두 눈으로 확인하고 싶었지만 공항까지 나온 경찰을 뿌리칠 수가 없었다. 감정에 휩쓸려 절차조차 무시하는 사람처럼 보이고 싶지 않았다. 이용준과 김민지 형사는 신분을 밝히고 나서 곧장 질문을 던졌다.

"교수님은 같이 안 오셨나요?"

남편이 아직도 오지 않았다는 게 거슬렸다. 이 와중에도 곧장 돌아오지 않다니, 그 사랑이 대체 얼마나 잘났기에 딸을 다치게 한 폭탄도 제쳐둘 수 있는 건지….

"남편과는 일정이 달라서요."

인터넷과 다르게 경찰서 주변은 조용했다. 입구에 기자처럼 보이는 사람들이 몇 보였지만 선아를 알아보고 쫓아오지는 않았다. 하지만 안내받아 들어간 경찰서 내부는 부산스러웠다. 선아가 들어와도 누구 하나 눈길을 주지 않았다. 경찰서에 오게 될 일이 생길 줄은 몰랐다. 별별일이 다 일어나는 게 인생이라지만 집에 폭탄이 터졌다는 사실은 여전히 믿기 어려웠다.

이용준 형사가 가리키는 대로 선아가 자리에 앉자, 그는 맞은편에 앉았다.

"아시겠지만 택배에 이름이 없었습니다. 누구한테 온 건지 밝혀지지 않은 상태라 몇 가지 질문 드릴 겁니다. 간단한 질문이니 긴장하실 필요 없습니다."

선아는 고개를 끄덕였다. 간단한 질문이라면 전화로 끝낸 상태였기에 무슨 말이 더 필요하다는 건지, 굳이 경찰서까지 와야 하는지 이해가 되지 않았지만 지금으로서는 협조하는 게 최선이었다.

"최근에 다툰 일이 있습니까. 수상쩍은 사람을 봤다던가, 생각나는 건 뭐든 말씀해주시면 됩니다."

"없습니다."

"대답이 매우 빠르시네요."

선아가 언짢은 표정을 짓자 그가 덧붙였다.

"보통은 이런 경우에는 온갖 자잘한 것들이 다 쏟아져 나오기 마련이거든요. 너무 많이 나와서 되레 문제죠. 그런데 댁의 가족분들은 다들 딱 잘라 없다고 말하니까 진척이 없습니다."

"밤새 생각했어요. 폭탄을 받을 만한 일이 전혀 생각이 안 나네요. 원망을 살 정도로 가까운 사이도 없고요. 워킹맘으로 사는 게 그러네요."

이용준은 일단 알겠다는 듯 넘어갔다.

"가족 관계는 어떻습니까?"

"평범해요. 적당히 무심하고 적당히 진력내고 적당히 친밀하고."

"평범해 보이지는 않는데요."

선아가 쳐다보자 이 형사가 덧붙였다.

"아무리 일정이 다르다고 해도, 이런 상황에서 따로 온다는 게 흔한 일은 아니라 하는 말입니다."

선아는 침착하려 애썼다.

"저희 나이에 놀랄 일은 아니죠."

"남편분은 학회를 가셨다고 하던데…."

선아는 대답하지 않았다. 학회를 간 게 아니라는 것 정도는 이미 알고 있을 것이다. 떠보는 모양새가 불편했지만 선아는 감정을 눌렀다.

"직접 확인해보세요."

이 형사가 그 이상의 대답을 기대하는 듯 빤히 쳐다보았지만 그녀는 입을 다물었다. 스스로 남편의 외도를 입에 올리는 일은 절대 없을 것이다. 남편에게 확인하면 될 일이었다.

조사를 받는 동안 경찰서의 전화가 계속 요란하게 울렸다. 자세히 들을 수는 없었지만 일부는 폭탄에 관련된 전화였다. 정작 집에 폭탄이 터진 선아는 할 말이 없었는데, 다들 무슨 할 말이 그렇게 많은지 이해가 되지 않았다.

더는 물어볼 말이 없는 듯 침묵하는 이 형사를 앞에 두고, 선아는 잠시 망설였다. 오전에 아이들이 조사를 받고 갔다는 건 아라와 통화할 때 들었다. 어제 조사를 받지 않은 현이 경찰서까지 왔다는 건 이해한다고 해도, 아라와 승아까지 경찰서에 온 이유가 궁금했다. 현 때문에 오진 않았을 터였다. 특별한 이유 없이 함께 어울려 다니는 애들이 아니었다. 아이들에게 물어볼 수도 있었지만 굳이 헤집어서 더 힘들게 하고 싶진 않았다.

"아이들이 조사를 받고 갔다고 하던데…."

선아가 말끝을 흐리자 이 형사가 의외라는 듯 쳐다보았다. 곧이어 고개를 끄덕였다.

"일단 같이 온 택배가 두현 씨한테 온 거라 확인이 필요했습니다. 그리고 승아 학생한테도 물어볼 게 있었고요. 두아라 씨는 뭐, 그냥 따라왔습니다."

느닷없는 승아의 이름에 선아는 놀랐다.

"승아요? 승아는 왜…."

"어제 현장에서 한 유튜버가 라이브 방송으로 인터뷰를 하고 다녀서, 저희도 좀 살펴봤습니다. 옥상에서 교복 입은 여자애를 봤다는 인터뷰가 있어서요. 승아 학생이 교복을 입고 나가기도 해서, 확인 차원에서 물어봤습니다."

이용준 형사가 선아의 표정을 힐끗 살핀 뒤 덧붙였다.

"지금으로선 걱정하실 필요 없습니다. 답답해서 바람 좀 쐬러 갔다고 하더군요. 이해가 안 되긴 하지만 사춘기 애들을 이해하는 게 쉽지가 않죠."

"승아가 옥상에 올라갔다는 건가요? 그게 문제가 되나요?"

당황한 나머지 선아의 입에서 방어적인 질문이 튀어나왔다. 당황한 티를 내고 싶지 않았지만 '옥상'이라는 말에 아찔해졌다.

"지금으로선 문제 될 게 없지만, 유튜브에서 떠들어댔으니 시끄러워질 수도 있습니다. 폭탄과는 상관없다고 해도 승아 학생이라는 게 알려지면 말이 나올 겁니다. 저희 쪽에서 밝힐 일은 없겠지만, 주목도가 큰 사건이기도 하고… 사람들 말이 어디로 튈지 알 수가 없어서요."

이제까지와 달리 의심이라고는 전혀 느껴지지 않는 말투였지만 선아는 심장이 덜컥 내려앉는 듯했다. 그 바람에 아라가 의심받고 있는 게 사실이냐고 묻는 것조차 잊어버렸다.

조사가 끝난 후 김민지 형사가 아직은 집에 머물 수 없으니 집에서 챙겨야 할 짐이 있다면 같이 가주겠다고 했다. 사양했는데도 퇴근하는 길이라며 다시 권유했다. 퇴근이라고 하기에는 이른 시간이었지만 입씨름해봤자 소용없을 듯했다. 선아가 차에 타기도 전에 이 형사가 자신도 퇴근하는 길이니 태워달라며 뒷자리에 올라탔다. 여전히 조사가 끝나지 않은 기분이었지만 실랑이를 벌일 기운이 없었다. 집으로 가고 있는데 어딘가로 끌려가는 기분이었다. 뒷좌석을 슬쩍 돌아보니 이 형사는 눈을 감고 있었다.

평일 낮인데도 차가 막혔다. 차에 드리워진 침묵이 불편하긴 마찬가지인지, 김 형사가 라디오를 틀었다. 마침 시사 프로그램이 흘러나오자 채널을 바꾸려고 하는 걸 선아가 막았다.

— 현재 테러 경보는 해제된 상태입니다. 경찰은 '테러로 보이진 않는다'고 발표했는데요. 불분명한 표현에 따른 논란이 일고 있어요. 어떻게 생각하세요?

— 많은 분들이 폭탄과 테러를 동일하게 여기는데, 테러 유형의 행위라 해서 테러로 단정할 수는 없습니다. 테러로 규정되기 위해서는 범행 동기를 따져봐야 합니다. 사상, 정치, 종교, 갖가지 이유들이 있겠죠. 그게 아니라도 불특정 다수를 공격해 사회 전체에 공포심을 극대화시킵니다. 사회를 마비시키는 거죠. 9.11 테러나 지하철 가스 살포 사건을 떠올리면 됩니다. 이럴 경우엔 보통 목적을 가지고 성명을 밝힙니

다. 이번 사건과의 차별점이죠. 평범한 가정집을 타깃으로 하면서도 아무런 말이 없어요. 일대도 깨끗했고요. 테러라고 볼 만한 증거가 나오지 않았으니 테러로 볼 수는 없다는 겁니다. 아직 수사가 진행 중이니 확신은 어렵습니다.

— 올바른 수사 방향이라고 보시는 겁니까?

— 지금으로서는 최선이었다고 봅니다. 섣불리 테러가 아니라고 단정하기도 위험하긴 마찬가지니까요. 공포감을 줄이되 가능성을 차단하진 않아야 합니다. 수사가 진행 중이다, 정도로 보면 됩니다.

— 일각에서는 국제 인공지능 스마트 박람회 때문에 서둘러 봉합하고 있다는 의문을 제기하고 있습니다.

— 이런 사건일수록 확대 해석을 경계해야 합니다. 무엇보다 박람회에 원인이 있다면 어떤 식으로든 행사에 영향이 있었을 겁니다. 오히려 수사 진행이 더 빨랐을 겁니다.

— 그렇다 해도 너무 빠른 결론으로 보이기도 하는데요. 일단 테러로 상정하고 수사를 진행해야 하는 것 아닌가요?

— 말처럼 쉽지 않습니다. 상당한 혼란을 가져올 겁니다. 만에 하나를 위해 감수해야 할 일이 너무 큽니다. 경찰로서는 절대 바라지 않는 최악의 방향일 겁니다.

— 숨길 수도 있다는 건가요?

— 바란다는 게 숨긴다는 뜻은 아닙니다. 신뢰를 흔드는 방향은 옳지 않아요. 대중들은 의심을 품어야만 사건이 해결된다고 생각하겠지만 되레 혼선을 가중시킬 확률이 높습니다. 지금은 믿고 지켜보는 게

맞습니다.

— 그렇군요. 테러가 아니라고 가정하면 어떻게 되는 겁니까?

— 증오 범죄 아니면 단순 범죄라고 볼 수 있죠. 먼저 증오 범죄라고 하면 테러와 크게 다르지 않습니다. 소수자나 특정 집단에게 이유 없이 증오심을 갖고 폭력을 휘두릅니다. 지금까지 밝혀진 바에 의하면 이 역시 관련이 없어 보입니다. 사제 폭탄이 흔한 경우는 아니지만, 최근 몇몇 사례를 보면 개인적 원한으로 인한 범죄였습니다. 이번 사건 역시 가족 구성원 중 누군가에게 원한을 갖고 있을 확률이 큽니다. 보통 범인을 잡고 보면 지인입니다. 특이한 점이 있다면 이번 사건에는 대상이 없어요. 누구에게 온 건지 확신할 수가 없죠. 정확하게 기록된 건 주소뿐이에요. 피해자 역시 특정할 수 없기 때문에 해결되는 데 시간이 필요할 겁니다.

김민지 형사가 더는 못 듣겠다는 듯 라디오를 껐다.

"신경 쓰지 마세요. 다들 사건 터지면 아는 척하면서 목소리 얹기 바빠요. 자기 목소리 한번 내보자고 다른 건 안중에도 없어요."

"틀린 말도 아닌 것 같은데요."

선아는 고개를 돌려 김 형사를 쳐다보았다.

"누구한테 왔다고 생각하세요?"

김 형사가 멈칫했다. 곧이어 빤한 대답을 내놓았다.

"누구라고 속단하긴 일러요. 모든 가능성을 열고 수사하는 중입니다. 느려 보여도 결국 가장 빠른 방법이에요."

선아는 경찰이 열어둔 가능성이 어디까지 뻗어 있는지 궁금했다. 승아가 옥상에 올라갔다는 사실을 알려주면서도 선을 그은 것과 달리 아라에 대해서는 아무 말도 하지 않는 게 신경 쓰였다. 뉴스에서 떠드는 것처럼 경찰 역시 아라를 의심하고 있을까?

"아라와… 관련 있다고 생각하세요?"

김민지 형사는 백미러를 통해 뒷좌석을 힐끗 쳐다본 후 되물었다.

"혹시 짚이는 게 있으신가요?"

아니라는 대답이 나오지 않자 가슴이 철렁 내려앉았다. 선아는 창밖으로 고개를 돌렸다. 잠시 호흡을 가다듬으면서 침착해지려고 했다.

"짚이는 게 있어서 묻는 게 아니에요. 폭탄이 터진 지 하루도 지나지 않아서 아라가 범인인 것처럼 떠들어 대는 사람들 때문에 묻는 거죠. 어째서 피해자 신원이 전혀 보호되지 않는지 궁금하네요."

그러자 뒷좌석에서 목소리가 들렸다.

"저희가 신상 공개를 한 게 아닙니다. 막는다고 막아도 한계가 있습니다. 사진 한 장, 이름 하나만 있어도 사방에서 안다는 인간들이 튀어나옵니다. 진짜든 가짜든 상관하지도 않고요. 인터넷에 도는 말들에 일일이 신경 쓰실 것 없습니다."

선아가 대답하지 않자 이용준이 덧붙였다.

"최대한 빨리 해결할 수 있도록 최선을 다할 겁니다."

선아는 숨이 콱 막혔다.

"아라와 관련 있냐는 질문에 대답 안 하셨어요."

"…지금까지 밝혀진 바로선 관련 있다고 보진 않습니다."

이 형사의 대답을 들은 후에도 선아는 찜찜함이 가시지 않았다.

"내 가족은 내가 안다, 나는 그렇게 장담할 수 있는 엄마가 아니에요. 솔직히 말하면 그렇게 장담하는 엄마들, 우스웠어요. 가족이라고 다 알 리가 없지 않나. 애들도 나를 모르는데 어떻게 내가 애들을 다 안다고 장담할 수 있을까. 엄마가 신이라도 되나? 나는 신이 아닌데."

김 형사가 공감한다는 듯 고개를 끄덕였다.

"가족이라고 다 알 수는 없죠. 다들 그래요. 알고 있다고 믿었던 사람들 역시 후회하고 자책합니다. 그럴 필요가 없는데도요. 어머님까지 의심하실 필요는 없어요."

"제가 의심한다는 말이 아니에요. 폭탄을 받았다는 이유만으로 제멋대로 의심하고 말을 지어내는 사람들한테 화가 나는 거지. 아라는 그런 애가 아니에요. 그 정도는 알아요."

누구도 선아의 말에 대답하지 않았다. 딸이 범인으로 의심받는 것에 대한 분노가 테러의 피해자가 되었다는 공포, 내 가족이 파괴되고 죽기를 바라는 사람이 있다는 공포보다 컸다. 절대 그럴 리가 없다고 누군가 말해줬으면 했다.

아파트에 들어서는 순간, 경찰서에는 없어서 안심이 되었던 기자들이 아파트 앞에 다 모여 있었다는 사실을 깨달았다. 방송국 차량을 보는 순간 표적이 되었다는 느낌을 떨쳐버릴 수 없었다. 모든 게 비현실적으로 다가왔다.

형사의 차에서 내리기 전에 뒷자리에 있던 이 형사가 말했다.

"가능하면 인터뷰는 하지 마세요. 단어 하나, 뉘앙스 하나까지 조각나서 분석될 겁니다. 헛소문을 바로잡고 싶은 마음도 알고, 답답한 마음도 알지만 그럴수록 더 힘들어질 겁니다. 하이에나가 따로 없어요."

선아는 대답하지 않았다. 애초에 인터뷰 할 생각도 없었다. 그저 그 마음이 바뀌지 않도록 상황이 빨리 마무리되기만을 바랄 뿐이었다. 그렇다 해도 경찰의 충고에 고개나 끄덕일 생각은 없었다. 하지만 형사의 차에서 내리자 이미 그녀가 누구인지 알고 있는 듯한 기자들이 몰려들면서 누가 먼저랄 것 없이 질문을 쏟아냈다. 두 형사가 기자를 막아서며 선아를 먼저 들여보냈다. 선아는 엘리베이터를 기다리지 않은 채 계단으로 올라갔다. 금방이라도 토할 것처럼 메스꺼웠다. 그러고 보니 한 끼도 먹지 않았다는 사실이 떠올랐다. 뭐라도 먹어야겠다는 생각이 들었다. 어쩔 수 없이 이 상황이 계속된다면 강해져야 한다. '세상이 별지랄을 다 해도' 늘 이겨왔다는 경리의 말을 되새기며 계단을 올라갔다. 감상에 빠지지 말아야 한다고, 지금까지 지켜온 인생을 한순간에 망가뜨릴 수는 없다고 의지를 다졌다.

계단을 오르면서 떨쳐버렸던 무력함이 집을 보는 순간 언제 그랬냐는 듯 순식간에 돌아왔다. 사건 현장이 되어버린 집에 가슴이 철렁 내려앉았다. 그을음으로 뒤덮여 시커메진 가족사진을 보자 다리에 힘이 풀렸다. 뒤따라오던 김민지 형사가 아니었다면 넘어졌을지도 몰랐다.

그때 아라가 방에서 나왔다.

"두아라 씨, 여기서 뭐 하는 겁니까?"

뒤늦게 따라온 이 형사가 놀라서 소리쳤다.

선아 역시 놀라긴 마찬가지였다. 깁스하지 않은 오른팔에는 노트북과 프린트물을 잔뜩 안고 있었다. 사춘기 때도 여드름 한 번 나지 않았던 얼굴에 군데군데 상처가 보였다. 가슴이 아프면서도 기가 막히고, 기가 막히면서도 다행이다 싶었다.

"소리 지르지 마세요. 머리 울리니까."

그러고는 선아를 보며 말했다.

"엄마 왔어? 기절초풍하겠지?"

선아는 어이없으면서도 부럽기까지 했다. 경리가 본다면 '선아 너는 아무것도 아니었구나' 할 터였다.

"두아라 씨, 여긴 현장이에요. 밖에 기자들도 많던데 어떻게 들어온 겁니까? 자꾸 이러시면 의심을 안 하려야 안 할 수가 없어요."

"현장이기 전에 내 집이죠. 현장 조사도 끝났잖아요. 노트북 좀 챙기려고 들렀어요. 설마 지금 범인 취급하시는 거예요?"

이용준 형사가 한숨을 내쉬었다.

"진짜 미치겠네. 제가 언제 범인 취급을 합니까?"

"어제부터 계속 그런 느낌이 드는데요."

아라의 모습에 선아는 아직은 주저앉을 때가 아니라는 생각이 들었다. 망가지면 고치면 될 터였다. 이제껏 그렇게 살아오지 않았나. 당연히 아라가 일부러 너스레를 떨고 있다는 것도, 숨을 들이쉬지 못할 만큼 패닉이 왔었다는 것도 알지 못했다.

9

경찰

테러 경보가 3단계인 경계 단계까지 올라가긴 했었지만 808호 폭탄 사건이 원인은 아니었다. 행사 규모가 크든 작든 국제 행사가 개최될 경우 통상적으로 벌어지는 일이었다. 덕분에 사건 출동 역시 빨리 이루어졌다. 테러로 보이진 않는다는 게 경찰의 공식 발표였고 내부적으로도 테러가 아니라는 확신이 굳어지는 모양새였다. 추가 폭발도 없었을뿐더러 특정 단체의 동향도 파악이 끝난 듯했고, 사이버상에서도 수상쩍은 움직임이 보이지 않았다. 인근 CCTV는 물론 교통카드 이용내역까지 살피고 있었지만 특이한 정황은 포착되지 않았다고 했다. 그럼에도 불구하고 이용준은 찝찝함이 가시지 않았다. 뉴스에서 떠들어대는 것처럼 사제 폭탄이 흔한 사건도 아니거니와 벌어졌다고 해도 몇 시간 내에 끝났었다. 그러니까 뭐가 나와도 나왔어야 했다. 괜히 인터넷이나 뒤적거리고 있는데, 반장이 불쑥 옆으로 다가왔다.

"범인은 잡고 딴짓하는 거지?"

"무슨 딴짓이요?"

반장은 답답하다는 듯 고개를 내저으면서도 이 형사의 어깨를 꾹 누르며 말했다.

"내 고과 깎아먹을 거 아니지? 믿는다?"

"진짜 테러 아닌 건 맞아요?"

"그걸 내가 어떻게 아냐. 아니라고 하니까 아닌 줄 아는 거지. 싹 뒤져도 뭐가 없다잖아. 걔들이 좀 독하냐."

"IS에 남파 간첩에, 종말론에 별별 헛소리 지껄이는 애들이 넘쳐나는데, 아닌지 맞는지 그걸 어떻게 알아요?"

"인터넷에 떠도는 게 다 진짜면, 이 나라가 남아나길 하겠니? 그러니까 너도 발 빠르게 움직이란 말이야. 쟤네가 괜히 저러겠냐. 털 거 빨리 털고 가겠다는 거 아냐. 잘못하면 우리가 다 뒤집어쓴다."

"우리가 폭탄 터뜨렸어요? 뒤집어쓰게."

애초에 경찰특공대 테러팀과 합동 수사를 하라고 할 때부터 마음에 안 들었다. 말이 합동 수사였지 네가 잘했니 내가 잘했니 따지고 들다 되레 수사만 망치기 일쑤였다.

'발뺌할 거면 손을 완전히 떼든가, 우리와는 상관도 없는 것처럼 굴 거면 지들이 다 하든가.'

"잘 좀 하자. 쟤네 저러고 있는 동안 피해자 하나 특정 못한 게 말이 돼? 빨리빨리 하자."

할 만만 하고 변명 따위는 듣지 않겠다는 듯 반장은 재빨리 경찰서를 빠져나갔다.

한숨이 절로 나왔다.

이 형사는 옆자리의 김 형사를 슬쩍 살폈다. 아까부터 전화를 붙잡고 있었지만 별다른 말이 없었다. 경찰특공대 폭발물 분석팀으로부터 폭탄 분석 결과를 기다리는 중이었다. 경찰특공대 폭발물분석팀에서는 폭발한 폭탄과 유사하게 자체 제작한 다음 상이한 조건 아래 검증한다. 폭발물로 판단할 수 있는지 확인하는 절차였는데, 폭탄 사건을 맡은 게 처음이기 때문인지 이 형사는 이 모든 과정이 더디게만 느껴졌다.

답답해진 그가 전화를 끊으라는 듯 손짓했다. 김 형사가 한숨을 내쉬고 다시 걸겠다는 말을 한 뒤, 전화를 끊었다.

"아직 안 끝났대?"

"파이프 이용한 건 맞나 봐요. 다량의 배터리를 이용해서 기폭 장치를 만들었고, 점화회로 방식으로 터졌는데, 흔하고 전통적인 방식이라네요. 염소산칼륨, 황, 또 뭐더라… 아무튼 폭죽용 화약 성분이 사용되었다고요. 아, 동작 감지 센서도 붙어 있었다고 하고. 나사니 철이니 온갖 것들까지 다 넣어서 폭발력이 커졌을 거래요. 지문 나온 건 없고요."

"흔적이 전혀 없다는 거야? 재료 접근이 쉽진 않을 거 아냐"

"인터넷 해외 구매하면 누구나 다 쉽게 구할 수 있대요. 화공약품상에서 구입할 때 신상 정보를 남기긴 하지만, 지금으로서는 그쪽도 별것 없는 것 같아요. 사고 대비 물질 관련 신고 들어온 것도 없고요."

이 형사는 한숨을 내쉬었다.

"재료는 쉽게 구한다고 쳐도, 쉽게 만들진 못 할 거 아냐?"

"그렇지도 않아요. 손기술만 있으면 누구나 가능하대요. 만드는 방법도 해외 유튜브 들어가면 얼마든지 볼 수 있고."

"테러 청정 국가라더니, 안심할 일도 아니구먼."

김민지가 어깨를 으쓱했다.

"카메라는? 상관없는 거래?"

"일단은 아닌 걸로 보인답니다."

"일단 아닌 걸로 보인다는 건 뭐야? 무슨 수수께끼라도 내? 왜 자꾸 말장난이래?"

"카메라도 산산조각 났으니 어쩔 수 없죠. 카메라 보낸 사람도 별거 없어 보이긴 했잖아요."

일말의 기대감이 사라지는 순간이었다. 지금으로서는 카메라와 연관성을 캐는 게 최선이었다. 이유야 어찌 되었건 범인을 잡는 게 우선이니까. 신변 확보가 된 상태니, 카메라가 연관이 있다면 사건은 해결된 거나 다름없었다. 하지만 카메라를 보낸 사람은 너무도 흔쾌히 협조했다. 지독한 사이코패스가 아니라면 그 정도의 평정심은 쉽게 나올 수 있는 게 아니었다. 심지어 카메라가 망가졌다는 사실에 슬퍼하기까지 했다. 하지만 그것 말고는 단서가 전혀 없는 상태였다. 테러로 보이지 않는 것만큼이나 원한으로 보일만 한 것도 없었다.

인터넷에서는 808호 가족을 범인으로 몰고 가려는 분위기였지만 지금으로서는 그렇게 볼 이유가 없었다. 승아가 옥상에 올라가긴 했어도 옥상에서 의심되는 물체가 발견되지도 않았고, 행적 역시 분명했다. 극장 CCTV에 잡힌 승아의 모습에서도 수상쩍은 움직임은 전혀 보이지 않았다. 다른 가족 역시 마찬가지였다. 보통 테러 사건이 벌어지면 테러팀에서는 피의자가 IS 등 극단주의 단체와 연관이 있는지 살피는데, 피의자가 없는 만큼 가족을 살폈다. SNS부터 온라인 검색 내역까지 깨끗했다. 인정하고 싶진 않지만 테러팀은 제 할 일을 거의 다 끝낸 상태였다. 테러팀에서 말이 없는 걸 보면 두진혁 역시 별 관계가 없는 듯했지만 혹시나 하는 마음에 물었다.

"로봇 박람회인지 뭔지에서 연락 왔어?"

"인공지능이라니까요."

"그게 그거지."

"두진혁 씨 말 맞아요. 이름만 올린 거예요. 그것도 그냥 학교 추천이었나 봐요."

"하긴 뭐, 팔자 좋게 애인하고 제주도 놀러 간 사람한테 굳이 폭탄 보낼 일이 있겠어? 자문위원이 한둘도 아니고. 일단 밥이나 먹자."

이 형사가 일어났다. 이때까지만 해도 그는 한 이틀이면 사건이 해결될 거라 여겼다. 사적 복수의 경우에는 흔적이 없을 리가 없었다. 조금만 들쑤셔도 나오기 마련이었다. 협박을 받든 싸움을 벌였든 뭐든 나오게 돼 있었다. 경찰의 판단과 달리 테러라면 그 역시 못 참고 기어나올 테고. 나쁜 놈들은 도무지 조용할 줄 모르는 족속들이니까. 어느 쪽이든 폭탄을 만들 정도의 분개심이 숨기려야 숨겨질 리 없었다. 그저 할 일을 하면 그만이라고 생각을 정리하면서도 어째서 계속 찜찜함이 남는지 모를 일이었다. 김 형사가 자리에서 따라 일어났다.

"그 전에 택배 기사부터 만나야 돼요."

"아는 거 없다고 하지 않았어? 굳이 만나서 할 말 있겠어? 시간 낭비만 하지."

"모르죠. 그럴 수 있다고는 하지만 이상하긴 하잖아요. 택배 던질 때 충격이 보통이 아닐 텐데."

"가족부터 조사해야 하는 거 아냐?"

"파고들 게 없잖아요. 할 만한 건 다 했고요. 우리도 일단 의심쩍은 것부터 다 털어내요."

이 형사는 투덜거리면서도 수긍했다. 얽히고설킨 복잡한 사건인지, 간단한 사건을 멀리 돌아가고 있는 건 아닌지 감이 잡히지 않았다. 쉽게 끝나지 않을 거란 예감이 강하게 들었다.

10

유튜버

SBC 시사스페셜 〈폭탄을 말하다〉 인터뷰

당연히 가야죠. 명색이 1인 미디어잖아요. 발 빼고 있으면 안 되죠. 네, 몰상식한 유튜버들 많죠. 근데 다 그렇진 않거든요. 기자님도 공감하실 거 아니에요. 기자라고 다 기레기는 아니잖아요.

군이 자랑하고 싶진 않지만 전 속보 뜨기 전에 갔어요. 도착해서 30분이 지나서야 속보가 뜨더군요. 무전이라도 들은 거 아니냐고 하는데, 말이 되는 소리를 해야죠. 말 지어내는 것 보면 다 작가라니까요. 그냥 뉴스가 존나게 느린 거에요. 트위터에선 이미 난리가 났었어요. 말 새어나가는 게 싫었으면 주변에 있는 핸드폰부터 다 뺏어야죠. 요즘 같은 세상에 비밀이 어딨어요? 119에 테러팀에 난리도 아니었던데. H 아파트라고 해서 곧장 갔죠. 구급차는 이미 빠져나간 뒤였고, 경찰차 와 있었고. 분위기야 말해 뭐해요. 지옥이 따로 없죠. 경찰이 막아서 집까지 올라가진 못했어요. 현장까지 담았으면 조회 수 장난 아니었을 텐데. 괜히 카메라만 뺏겼으려나?

급하게 나가긴 했지만 라이브 방송 준비 정도는 하고 나갔죠. 이 바닥은 속도가 생명이에요. 꾸물대다간 한발 늦는 정도가 아니라 그냥 도태되는 거예요. 인터뷰가 특기는 아니지만 기회가 왔을 때 놓칠 수는 없잖아요. 난리 치는 아줌마를 겨우 진정시키고 인터뷰했죠. 옆집이라고 하더군요. 공치사를 어쩌나 하는지, 했던 말만 계속 반복해서 좀 지겹긴 했는데, 생각해보면 뭐 그럴만하죠. 어쨌든 빨리 신고하긴 했으니까 공이 없다고 할 수도 없고요. 알아주길 바라는 게 그 아줌마뿐이겠어요? 그 뒤에 방송국하고 신문사에서도 나왔는데, 아줌마는 정말 열심히 인터뷰하더라고요. 저와 할 때의 당황함은 없었고요. 심지어 저한테 다시 와서 지워달라고 하더라고요. 라이브라 이미 나간 건 어쩔 수 없다고 하는데도 지우라면 지우라고 화내기에 편집본 영상에선 뺀다고 했어요. 속상하긴 하지만 어쩌겠어요. 그 나이대 사람들은 다 그래요. 공중파에 이름 있는 신문 정도는 돼야 언론이라 여기죠. 그런 것까지 일일이 다 신경 쓰면 유튜버 못 하죠. 그래도 아줌마가 인터뷰해준 덕분에 다른 사람들도 경계심을 풀기도 했고요.

모르긴 몰라도 그날 제가 인터뷰를 가장 많이 했을 거예요. 큰 사건이 벌어지면 사람들은 말하고 싶어 해요. 아는 게 있어서 그런 게 아니라 그렇게라도 해야 공포가 수그러들거든요. 무사하다는 안심도 하고요. 제가 심리학 공부를 좀 했어요. 실제로 그 영상이 조회 수가 가장 많기도 했고요. 특별한 질문을 한 건 아니에요. 그냥 듣는 수준이었죠. 같은 통로에 사는 사람도 있었고, 앞 동에서 온 사람도 있고, 청소하시는 분도 있고, 아, 경비분은 인터뷰를 안 해주시더라고요. 쫓아내진 않았지만 불쾌하게 여기는 기색이 역력했죠. 뭐, 이런 사람도 있고 저런 사람도 있는 거니까. 지나가다가 들린 학생도 있고, 인터넷에서 보고 달려온 사람도 있었죠. 다른 유튜버도 있긴 했지만, 어딜 가나 경쟁자는 있으니까요. 4시간 좀 넘게 있었어요. 정리하고 가려고 하는데 경찰이 와서 번호를 묻더군요. 협조를 부탁할 일이 있으면 연락한다고 하는데, 뻔하죠, 뭐. 명함 없는 사람이 설치고 다니는 게 거슬린 거죠. 진짜 연락 올 줄은 몰랐어요.

솔직히 말하면 H 아파트 사제폭탄 사건에서 저보다 공정하게 취재한 사람은 없다고 생각해요. 전 사적인 이야기는 하나도 안 담았어요. 주민들 취재하고, 전문가들 인터뷰 따고, 시간별 구성하고, 철저하게 객관적으로 분석했죠. 수사를 방해하기는커녕 도움도 줬고요. 그 집 막내가 옥상에 올라간 것도 제가 한 인터뷰에서 나온 거잖아요. 그땐 누군지 몰랐어도 얘길 듣는데 뭔가 있구나 싶었죠. 유튜브 한다는 이유만으로 관종 취급이나 당하고, 미친놈들과 같은 취급당하는 거 좀 불쾌해요. 아, 저도 이득이 전혀 없었던 건 아니에요. 조회 수도 떡상하고 구독자도 늘었으니까. 실버 버튼도 받고, 광고도 좀 붙었고. 근데 그게 왜요? 거짓말한 것도 아니고, 있는 그대로 보여준 게 죄는 아니잖아요.

11

두진혁

808호. 56. 부

폭탄이 터진 지 일주일이 지났지만 범인은 잡히지 않았다. 뉴스에서는 테러가 아니라는 말만 지겹도록 반복했고, 정치인이나 소위 지식인이라 말하는 작자들은 어떻게든 이용해보려 안달이 났고, 시사 프로그램이든 범죄 탐사 프로그램이든 기자든 808호 가족의 뒤꽁무니를 캐기 바빴다. 진혁에게도 업무가 마비될 정도로 연락이 쏟아졌다. 그제는 강의실까지 기자들이 몰려들어 휴강마저 해야 했다. 조교들 역시 넌더리가 난 모양이었다. "어쩔 수 없죠"라고 말하면서도 원망하는 기색이 역력했다. 당사자인 진혁이라고 다를 바 없었다. 차라리 손안에서 폭탄이 터지는 게 낫겠다 싶을 만큼 피곤했다.

학교 측의 배려로 임시 연구실을 마련했다. 정확히 따지면 배려라고 할 수는 없었다. 진혁이 별 상관도 없는 박람회의 자문을 맡은 이유가 학교 측의 권유였기 때문이다. 구색만 갖추면 되니 이름을 올리라는 거였다. 그런 관행이 괜히 수면 위로 올라와 문제가 될까 봐 격리한 것이나 다름없었다. 경찰은 관련 없다고 판단한 것 같지만 여전히 물고 늘어지는 이들이 있었다. 지난해 물의를 일으키고 나간 교수의 방이라 찝찝하긴 했지만 시달리는 것보다는 나았다. 논문 작업 역시 밀릴 대로 밀려 있었다. 일단 이번 주까지 휴강하긴 했지만 다음 주에도 이런 식이면 다음 학기에는 강의를 할 수 있을지 장담할 수 없었다. 진혁은 조교에게 부탁한 자료를 건네받은 뒤, 연구실로 향했다.

연구실 앞에는 기자로 보이는 사람이 기웃거리고 있었다. 머리가 지끈거렸다. 돌아설까도 했지만 오늘이 아니더라도 계속 찾아올 터였다. 어쩔 수 없이 진혁은 그에게 다가갔다.

"인터뷰 안 합니다."

명함을 내미는 기자에게 진혁은 단호하게 말했다.

"몇 가지만 물어보면 됩니다. 따님이 다쳤는데 할 말 없으세요? 아직 용의자도 없다는 게 이상하다고 생각하지 않으십니까?"

자문위원 일을 물고 늘어질 줄 알았던 기자는 뜬금없이 아라를 거론했다.

"지금 두아라 씨나 두승아 양이 의심받고 있는 상황인데 알고 계십니까? 두아라 씨야 직업적 특성에 의한 소문이라고 해도, 두승아 양은 충분히 의심스러운 정황이던데요. 폭탄을 건네고 옥상에 올라간 것 하며, 아파트를 빠져나간 것까지 타이밍이 절묘합니다. 그에 관해서 할 말 없으십니까? 억울한 부분이 있다면 저희가…."

진혁은 기자의 말이 끝나기도 전에 연구실로 들어갔다. 기자는 돌아가지 않은 채 문 앞에서 혼자 구시렁거렸다. 한바탕 욕이라도 쏟아내고 싶었지만 그래봤자 좋을 게 없었다. 먹잇감을 던져주는 멍청한 짓은 하고 싶지 않다. 승아의 행적에 관해서는 진혁 역시 신경이 쓰였지만 아내의 반응으로 봐서는 폭탄과 관련 없다는 것만큼은 분명했다. 인터넷에 떠드는 헛소리에 휘둘리고 싶지 않았다. 시간이 지나면 잊힐 터였다. 범인이 잡히지 않았다는 사실이 세간의 관심을 붙들고 있었는데, 어쨌든 범인은 잡힐 테고 그때까지만 참으면 될 일이었다. 그렇게 불안함을 달래고 있었지만 시간이 지날수록 초조해지는 것도 사실이었다. 용의자는커녕 아직까지 피해자조차 명시하지 못하고 있었다. 808호 전부를 겨냥했는지, 특정인을 목표로 삼았는지 알 수 없었다.

경찰은 일단 진혁에게 온 것으로 여기지는 않는 듯했다. 진혁을 노렸다면 연구실로 보내는 게 확실했다. 그런 식으로 따진다면 아라에게 왔다고 생각하는 걸까? 그 시간에 집에 있는 사람은 아라밖에 없다. 하지만 그 역시 확실한 게 아니니 진혁은 폭탄을 보낼 정도로 앙심을 품을 사람이 있는지 생각해봐야 했다. 아무리 생각해도 떠오르는 사람이 딱히 없었다. 동료들과의 관계도 나쁘지 않았고, 학생들 사이에서도 평판이 나쁜 편은 아니었다. 교수 평가도 꾸준히 잘 나왔다. 굳이 앙심을 품을 사람을 꼽자면 문영이었는데, 문영이 그 정도로 멍청한 짓을 할리가 없었다. 정말이지 미치고 팔짝 뛸 노릇이었다. 당최 어떻게 생겨먹은 놈이 남의 집을 풍비박산 내는지 화가 끓어올랐다.

경찰은 아내가 사실을 알고 있을 거라는 뉘앙스를 풍겼다. 학회를 갔다는 아이들과 달리 학회에 대해선 전혀 말하지 않았다고 했다. 제주도에서 전화를 걸었을 때, 선아는 받지 않았다. 전화해달라는 문자에도 답하지 않았다. 바빠서 정신이 없을 거라 여겼다. 뒤늦게 전화를 걸어온 아라가 엄마 역시 제주도에 갔다고 알려주지 않았으면 제주도에 있었다는 것도 몰랐을 것이다. 계모임에 관해 말하지 않은 건 처음부터 알고 있었기 때문일까? 어디까지 알고 있을까? 속내를 잘 비추는 사람이 아니었기에, 무슨 생각을 하는지 두려웠다.

마지막 만남이었다. 문영은 이혼 아니면 이별이라고 했다. 이혼은커녕 진지한 연애도 감당하고 싶지 않다고 말하던 문영이 느닷없이 자신을 택하라고 했다. "나를 만났을 때부터 가정은 버린 거야. 인정하기 싫은 일들이 부록처럼 따라오는 게 선택이야. 이제 와서 가정은 못 버리겠다는 개소리 하지 마. 내가 그 정도밖에 안 되는 인간한테 빠졌다고 하지 말라고." 하지만 진혁은 그 정도밖에 안 되는 인간이었다. "한번 망가진 건 절대 안 돌아와. 결국 둘 다 잃을 거야." 그리고 문영은 먼저 제주도를 떠났다. 하룻밤도 함께 하지 않은 채 마지막 비행기를 타고 서울로 돌아갔다. 진혁은 잡지 않았다. 가정을 깨뜨릴 마음은 전혀 없었다. 파국으로 치닫지 않으려면 더 늦기 전에 끝내야 한다는 생각은 늘 했었다. 마음대로 되지 않던 일을 먼저 끝내준 게 다행이라는 생각까지 들었다. 마지막 말이 저주나 다름없었다는 게 께름칙하긴 했지만.

경찰이 제주도에 간 이유를 물었을 때, 잠시 고민했다. 문영에 관해 말해야 하는지, 숨겨야 하는지. 불필요한 일이라는 생각에 굳이 말하고 싶지 않았다.

"교수님이 생각하기에 별일 아니라 여기는 것도 다 말해주셔야 합니다. 시간이 흐르면 더 힘들어질 겁니다."

경찰은 혼자서 갔다는 말을 믿지 않는다는 것을 분명하게 드러냈고, 어쩔 수 없이 문영의 이름까지 밝혔다. 반년 가까이 만났다는 것, 함께 제주도를 갔지만 혼자 돌아왔다는 것까지 고스란히 털어놓았다. 다 끝난 일을 들쑤시는 기분이 들어 찝찝했지만 막내까지 의심받는 마당에 알리바이를 숨겨서 좋을 게 없을 듯했다. 다행히 문영에게서는 연락이 없다. 먼저 연락을 해볼까도 했지만 좋은 소리를 들을 것 같지 않았다. 끝난 인연이었다. 그 끝난 일이 기어코 발목을 잡을까 두려웠다. 진혁에게는 폭탄보다 무서운 게 이혼이었다.

진혁은 밤 12시가 넘어서야, 호텔에 들어섰다. 로비에 들어서는 순간 소파에 앉아 있는 아라가 보였다. 무릎 위에 노트북을 두고 있었지만 손은 움직이지 않았다. 아라를 볼 때면 만감이 교차했다. 아라가 계속해서 실패하는 게 꼭 자신을 닮아서 그런 것만 같았다. 진혁 역시 아이가 생기지 않았더라면, 결혼하지 않았더라면 아라와 비슷한 삶을 살았을 터였다. 어떤 상황에서도 제 몫을 다하는 현이 엄마를 쏙 빼닮았다면, 어딘가 붕 떠 있는 아라의 모습은 철부지 자신을 보는 것만 같았다. 이제 그만 정신 차리고 다른 일을 찾아보라고 하고 싶었지만 그럴 때마다 아내는 하고 싶은 대로 하게 내버려 두라고 했다. 마치 그 말이 '나는 당신 때문에 하고 싶은 걸 못 했다'는 말처럼 들렸다.

진혁은 잠시 망설이다 아라에게 다가갔다. 아라는 인상을 잔뜩 쓰고 있었다. 무엇에 집중하고 있는지, 맞은편에 앉는데도 눈길조차 주지 않았다. 손톱을 깨무는 모양새가 어찌나 초조해 보이는지 폭탄을 받았다고 광고라도 하는 듯했다. 진혁이 아라의 얼굴 앞에 손을 흔들자 아라가 화들짝 놀랐다. 노트북이라도 던질 기세였다.

덩달아 놀란 진혁 역시 마음을 가라앉히고 머리 위로 치켜든 노트북을 아라의 손에서 조심스레 빼 들었다.

"범인 잡기도 전에 사고 치겠다."

"놀랐잖아."

아라가 짜증을 살짝 내며 노트북을 다시 가져갔다. 지나가던 커플이 힐끗거리자 프런트에서도 시선이 날아왔다. 진혁은 별일 아니라는 듯 가볍게 목례한 뒤에 아라 옆으로 자리를 옮겼다.

"피곤해 보이는데 들어가서 자. 글은 나중에 써도 되잖아."

"잠 안 와."

아라가 무뚝뚝하게 대답했다.

노트북에 떠 있는 문서창에는 5부라는 두 글자만 적혀 있었다. 드라마 작가 지망생이라는 이유만으로 자작극이라는 말까지 듣는 판에 대체 무슨 짓인가 싶기도 하고, 그 모습이 안쓰럽기도 했다.

"다친 데는 괜찮니?"

깁스를 쓰다듬으려는 순간 아라가 슬쩍 몸을 돌리며 팔을 피했다.

"괜찮아."

화내는 것은 아니었지만 대화를 허락하지 않는 사람처럼 무심하고도 빠른 대답이었다. 괜히 민망해서 헛기침을 했다. 그러고 보니 아라와 대화를 나눈 게 언제였는지 기억조차 나지 않았다. 폭탄이 터지기 훨씬 전부터 얼굴 마주치는 일도 드물었다. 진혁은 슬쩍 아라를 바라보았다. 머리는 언제 감았는지 떡이 된 상태였고, 눈은 퀭한 게 다크서클이 잔뜩 내려앉았다. 눈 옆에 긁힌 상처가 아직 선명했다.

"괜찮을 거야. 곧 잡힐 테니까 걱정하지 마."

아라가 미간을 찌푸렸다.

"아빠도 나한테 왔다고 생각해?"

"아빠 말은 그런 게 아니라…."

말이 끝나기도 전에 아라는 고개를 돌렸다. 그런 게 아니라고는 했지만 확신은 없었다. 굳이 예민하게 받아들일 필요 없다고 하고 싶었지만, 아라의 상태를 보니 말을 아끼는 게 좋을 듯했다. 막 일어나려고 하는데 아라가 물었다.

"아빠 폭탄이 왜 터진 것 같아?"

뜬금없고 황당한 질문이었다. 그 이유를 몰라서 이러고 있는 것 아닌가. 어쨌거나 그렇게 말할 수는 없었다.

"우리 잘못이 아니야."

아라는 진혁을 빤히 바라봤다. 원했던 대답은 아니었나 보다. 마치 그걸 말이라고 하냐는 표정을 지었다.

"운도 더럽게 없지. 안 되는 사람은 어떻게 해도 안 되는 건가…."

아라는 심각한 표정으로 말했다. 폭탄이 아라의 처지와 상관이 있을 리가 없었지만 이 기회에 다른 일을 생각해보는 것도 나쁘지 않겠다는 생각이 들었다. 하지만 이 말을 굳이 해서 원망을 사고 싶지도 않왔다. 지금 필요한 건 위로이겠거니 했다. 아무래도 지금 가장 힘든 사람은 아라일 테니까. 꼭 폭탄 때문만은 아닌 것 같았지만.

"그래도 하고 있잖아. 그게 중요한 거지. 새벽이 오기 직전이 가장 어둡다고 하잖아."

제대로 짚었다는 예상과 달리 아라는 어이없다는 듯 진혁을 쳐다보았다. 대꾸조차 없는 모습에 괜히 민망해져 자리에서 일어났다. 아라는 움직일 생각이 없어 보였다.

"들어가서 자."

"어차피 들어가도 못 자. 눈만 감으면 폭탄이 터지니까. 차라리 이러고 있는 게 나아."

진혁은 비난이라도 받은 것처럼 움찔했다. 결국 아라를 혼자 내버려 둔 채 방으로 올라올 수밖에 없었다. 엘리베이터 안에서 진혁은 아라의 말을 곱씹었다. 운이 더럽게 없다, 안 되는 사람은 어떻게 해도 안 된다… 진혁의 상황에 비한다면 폭탄으로 인해 다 끝난 일이라 여긴 일이 끝나지 않을 거란 경고라고 할 수 있지 않을까. 힘들어하는 딸을 두고 이런 생각이나 하는 자신이 한심하기 짝이 없었다.

문 앞에 선 진혁은 크게 숨을 내쉰 뒤, 문을 두드렸다.

답이 없었다. 다시 한번 문을 두드렸지만 마찬가지였다. 프런트에 가서 키를 받아 와야 할지, 이대로 다른 방을 얻어야 할지 헷갈렸다. 순간 짜증이 나 문을 살짝 찼다. 인기척에 돌아서자 한심하게 쳐다보는 선아가 서 있었다.

"당신이 애야?"

문을 열고 들어가며 아내가 핀잔을 주었다. 진혁은 머뭇거리다 따라 들어갔다.

"늦었네?"

"한잔했어."

"누구랑?"

"왜? 남자랑 마셨을 까봐?"

아내의 빈정거림에 진혁은 멈칫했다. 불안감이 몰려왔다. 아내가 알고 있다. 예상보다 더 많이, 어쩌면 전부 알고 있을지도 모른다는 생각이 들었다. 그 이상 언쟁을 벌였다가는 무슨 말이 나올지 몰라 진혁은 말을 돌렸다.

"약국에서 무슨 일 있었어?"

아내가 힐끗 쳐다본 뒤, 비꼬듯 말했다.

"무슨 일 아닌 게 없지. 당신은 참 태평하네."

아내는 대화할 마음이 없다는 듯 곧장 욕실로 들어갔다. 곧이어 물소리가 들렸다. 혹시 전부 알고 있는 걸까. 모를 거라고 자신을 달래고 싶었지만 평소 아내는 비아냥거리는 사람이 아니었다. 분명하게 달라진 이유가 있을 터였다. 알고 있다면 왜 아무 말도 하지 않을까. 진혁은 초조하게 방을 서성였다.

30년이 넘도록 함께해왔지만 여전히 아내가 어려웠다. 아내를 만나기 전까지 진혁은 미래에 대한 계획이 전혀 없었다. 어떻게든 흘러가는 게 인생이라 생각했고, 무언가를 이루기 위해 크게 애쓰는 법이 없었다. 쉽게 말해 자신의 인생에 대한 책임감이 전혀 없는 상태였다. 아이가 생기고 난 뒤 모든 게 변했다. 아내에게는 목표도 의지도 있었지만 불러오는 배 앞에서는 무용지물이었다. 아이가 생겼다는 이유로 곧장 무책임하다는 말이 아내에게 따라붙었고, 결혼을 앞두고는 철없이 인생을 망쳐버린 사람이 되어버렸다. 결국 아내는 졸업을 포기했다. 덕분에 진혁은 한 사람의 인생을 망쳤다는 죄책감을 안아야 했다. 교수가 되었어야 하는 건 진혁이 아닌 아내였다.

잠시 후 아내가 욕실에서 나왔다. 로션을 바르고 머리를 말리고 샤워 가운을 잠옷으로 갈아입고 나올 때까지도 말이 나오지 않았다. 냉장고에서 물을 꺼내고 차를 끓여, 소파에 앉을 때까지도 멍하니 앉아 있었다. 새벽까지 술을 마시고 들어와서도 한 치의 흐트러짐이 없는 모습이 신기하기까지 했다. 그 완벽함이 경이로울 때도 있었지만 어느 순간부터 숨이 막힌 것도 사실이다. 매 순간 나와 어울리지 않는 사람이라고 말하는 듯했다. 부부간에 대화를 하기 위해 용기를 내야 한다는 사실이 씁쓸했지만, 진혁은 애써 아무렇지 않은 척 말을 걸었다.

"애들은 어때? 아라가 좀 힘들어 보이던데."

선아는 대답이 없었지만 진혁은 계속 말을 이었다.

"승아는 정말 옥상에 왜 올라간 거래? 아라나 승아한테 온 걸까?"

"우리끼리라도 그런 말 하지 말자. 안 그래도 시달리느라 피곤한 애들한테, 부모로서 도와주지는 못할망정."

"그런 게 아니라…."

진혁은 변명하려다 관두고 정정했다.

"그래, 내가 실언했어. 승아는 좀 어떤 거 같아? 현이는 얼굴 보기도 힘드네."

"직접 물어보지 그래?"

"그냥 대답 좀 해주면 안 돼?"

진혁이 신경질적으로 되묻자 선아가 천천히 고개를 들어 그를 빤히 쳐다보았다. 아내의 눈빛 속에는 아무것도 없었다. 증오도 분노도 애정도 보이지 않았다. 인생에서 가장 긴 시간을 함께해 온 사람인데 지금 이 순간 가장 모르는 사람이 되어 있었다.

"아빠 노릇이라도 하고 싶으면 적응해. 난 당신이랑 계속 살 생각 없어. 이번 일만 해결되면 끝낼 거야. 그러니까 애들 일이 궁금하면 직접 물어봐. 나도 엄마 노릇만 할 테니까."

아내의 목소리에는 화도 슬픔도 없었다. 그 담담함에 가슴이 덜컥 내려앉았다. 진혁은 겨우 정신을 가다듬고 목멘 소리로 물었다.

"무슨 말이야?"

아내는 정말 모르겠냐는 듯 빤히 쳐다보았다.

"몰라서 물어?"

진혁은 대답하지 않았다.

"시간 가면 저절로 해결되겠지, 그렇게 대충 뭉개는 게 당신 특기긴 하지."

아내는 잠시 숨을 고른 뒤 덧붙였다.

"나 당신 쫓아간 거야."

"뭐?"

"제주도 당신 쫓아간 거라고. 나도 내가 그럴 줄 몰랐는데, 거짓말하면서 바다까지 건넌다니 눈이 뒤집히더라. 마주치면 표정이 어떨까 싶었는데, 지금이라도 궁금증 해결한 기분이네."

차가운 말투에 진혁은 어쩔 줄 몰랐다. 머릿속이 새하얘졌다.

"오해야. 아니, …끝냈어. 끝내려고 간 거였어. 내 말 좀 들어봐. 여보."

"그렇게 부를 날도 얼마 안 남았네. 내 맘 안 바뀌어."

미쳐버릴 것 같았다. 심장이 터질 것 같았고, 머리가 깨질 것 같았다. 알 수 없는 초조함이 온몸을 가득 채웠다. 선아는 얼굴색 하나 변하지 않은 채 이미 마음을 굳혔다는 듯이, 다시 학교를 가겠다고 말하던 그날처럼 굳건한 표정을 짓고 있었다.

"당신 속인 거 진짜 미안해. 진짜 미안한데…"

"한순간 실수라고 하지 마. 실수 아니잖아. 설명할 필요 없어."

"끝난 일이야. 끝났다고."

진혁은 애원하듯 말했다.

"내가 진짜 화나는 게 뭔지 알아? 그날 당신을 쫓아가지 않았더라면, 적어도 애들 곁에는 있었을 거란 사실이야. 폭탄이 터진 것도 화가 나 미치겠는데, 내 집을 쑥대밭 만든 걸 보고 있지만은 않았을 거라고. 당신 잘못이 아니라고 해도, 이런 생각을 하게 만든 당신을 용서할 수가 없어."

"폭탄이 터진 게…. 내가 어떻게 할 수 있는 일이 아니잖아."

"터졌잖아. 이미 터져서 어쩔 수가 없어."

12

청소부

SBC 시사스페셜 〈폭탄을 말하다〉 인터뷰

내 이야기를 듣겠다는 사람이 다 있네요. 투명 인간 취급이나 받을 줄 알았지, 이거 참, 민망하네요.

7, 8호 라인은 오전 10시부터 12시 사이에 청소해요. 길어도 2시간? 보통은 1시간 30분 정도면 끝나요. 그래야 나도 좀 쉬지, 아니면 쉴 수가 없어요. 앉아서 닦는 게 쉬워 보여도 종일 무릎을 굽혔다 폈다 하니까 통증이 심해요. 팔이야 닦다 보면 요령도 생기고 해서 괜찮은데, 허리 통증은 아무리 해도 소용이 없어요. 아파트 뒤편에 운동 기구 있는데 가서 좀 움직이기라도 해야 그나마 버틸 만하지. 보통 때 같았으면 8층 근처에 있었겠죠. 아휴, 그 생각만 하면 아찔해요. 내 앞에서 폭탄이 터졌다고 생각하면 소름이 끼치잖아요. 하늘이 도운 건지, 그날은 내가 좀 빨랐어요. 꿈자리도 뒤숭숭하고 허리도 아프고 해서 빨리 내

려왔어요. 안 했다는 게 아니라 빨리 했다고요. 어휴, 안 하면 큰일 나죠. 청소라는 게 그래요. 열심히 해도 티는 안 나는데, 안 하면 바로 티가 나요. 깨끗한 건 몰라봐도 더러운 건 알아보는 게 사람이거든요.

특별한 거라…. 글쎄, 딱히 특별한 건 없었어요. 사람 사는 게 다 똑같죠. 사실 808호 식구들은 양반이에요. 1308호는 배달만 시키면 그릇에 온통 쓰레기를 얹어가지고 내놔요. 음식 찌꺼기도 그대로 섞어서. 비닐은커녕 신문지 한 장 안 덮어요. 그럴 때마다 냄새가 어찌나 진동을 하는지. 한번은 이러면 안 된다고 했더니 신경 쓰지 말라고 하더군요. 그러다 엎지르기라도 하면 누가 치워야 하는데. 307호는 매번 계단 창문에다가 꽁초를 끼워놔요. 어찌나 세게 비벼 끄는지 닦기도 힘들게. 1008호는 엄청난 음치고, 노래 같지도 않은 노래를 어찌나 크게 부르는지. 807호는 강아지가 계단에 똥을 싸도 한 번 치우는 법이 없고, 508호는 매번 여자가 바뀌죠. 907호는 닦은 부분을 굳이 밟고 내려가요. 엘리베이터로 내려가면 될 걸 굳이 옆에 와서 발자국을 내고 간단 말이죠. 다른 통로도 똑같아요. 그런 걸로 폭탄이 터지면 무사할 집이 몇 집이나 되겠어요.

잘 생각해봐도 별게 없는데…. 808호에서 폭탄이 터지기 전까지 808호 사는 사람들한테 관심 가져본 적 없어요. 아, 그러고 보니 생각나는 게 하나 있긴 한데, 가끔 소리 지르는 게 들려요. 답답한 건지 화나는 건지 모르겠는데, 한번은 대뜸 "악!" 하고 비명을 질러서 신고를 해야 하나 고민한 적이 있었어요. 욕하는 게 들리는 것 같기도 했고. 벨을 눌러봐야 하나 어쩌나 고민하는데, 그 뒤로 별소리가 안 들려서 그

냥 넘어갔죠. 사실 알았다고 해도 신고까진 못했을 거예요. 그렇잖아
요. 남의 집 일에 끼어들기가 좀…. 특히 우리 같은 사람이 그러면 더
안 좋아하기도 하고.

먹고는 살아야 하니까 하는데, 솔직히 무섭죠. 왜 안 무섭겠어요.
택배만 봐도 움찔움찔하고. 경찰은 걱정할 필요가 없다고, 평소처럼
하라지만 한 번 터진 게 또 터지지 말라는 법이 어딨어요? TV 보니까
만들기 어려운 것도 아니라던데…. 그런 거 보고 괜히 따라 하는 사람
도 있을 거 아니에요. 너나 할 것 없이 폭탄 보내면 어째요. 문 앞에 택
배 상자 두는 게 예사인데…. 내가 옆에 있을 때 터지면 어떡해요. 이
번에야 안 다쳤다고 하지만 다음번에도 무사하다는 법칙이 있는 것도
아니고…. 그런데도 일을 해야 하니, 요즘처럼 나 자신이 비루하게 느
껴진 적이 없었어요.

13

경찰

김민지 형사가 출근 하자마자 이용준 형사가 신문을 툭 내던졌다.

'사제폭탄, 결국 미제로 남나? 불안감에 휩싸이는 시민들'.

1면에 실린 헤드라인에 김 형사가 인상을 찌푸렸다. 폭탄이 터진 지 일주일이 지났다. 폭탄이라는 특수성에 불안해지는 건 알겠지만, 지구 멸망이라도 일어날 듯 요란을 떠는 것처럼 보였다. 그녀는 별일 아니라는 듯 신문을 옆으로 밀며 말했다.

"언론에서 떠들어대는 게 하루 이틀이에요?"

"내 말이. 근데 우리 반장님께선 포기를 모르신단다. 가죽 다 뜯어먹히기 전에 해결하라신다."

"얼마나 되었다고 난리예요?"

"다들 우리 보고 느려 터졌다던데."

이 형사의 자조 어린 농담에 코웃음이 나왔다. 처음 겪는 일도 아닌데, 짜증이 나긴 그녀도 마찬가지였다. 일주일째 잠도 제대로 못 자면서 매달렸지만 별다른 진척이 없었다. 인근 편의점에서 택배를 접수한 범인이 CCTV에 찍히긴 했는데 알아볼 수가 없었다.

이용준 형사가 컴퓨터를 켜며 말했다.

"다섯 명 다 피해자라고 보자. 누가 피해자인지 고르지 말고, 전부 피해자라고 생각하고 싹 뒤지는 수밖에 없어. 주변 탐문 수사 하고."

"잘못 건드렸다간 난리 나요. 무작정 쑤셨다가 인권위니 어쩌니 들먹이고 난리도 아닐 텐데. 지금도 인터넷에 피해자 정보 나도는 거 가지고, 경찰이 흘린 거 아니냐고 말 많은데."

김민지 형사는 이 형사의 말을 듣는 둥 마는 둥 하면서 출근길에 받아 온 CCTV 화면 캡처 사진을 확인했다. 사진 속 범인은 검은 후드를 뒤집어쓰고 있었다. 어느 각도에서 봐도 얼굴이 전혀 보이지 않았다.

"범인이야?"

"남자로 추정되고, 168에서 173센티미터 정도…. 옆 아파트 편의점에서 접수했더라고요. 카메라 보낸 사람도 거기서 보내긴 했던데…."

"아는 사이 같아?"

"그건 아닌 것 같아요. 시간도 제법 차이 나고, 다른 택배 상자를 보는 건지 아닌지도 애매해요. 지문 나올까 봐 장갑까지 끼고 있는 것 같아요. 제법 똑똑해요. 골치 아프게 생겼어요. 어떻게 이거라도 발표할까요?"

"얼굴도 안 보이는데, 괜히 냈다가 또 지랄할라. 그때 일하던 사람은 뭐 특별히 본 거 없대?"

김 형사가 고개를 저었다.

"전혀 모르는 기색이던데요."

"근데 카메라 거래자는 이렇게 근처에 사는데 왜 굳이 택배로 보낸 거야? 보통 직거래 하지 않나?"

"직거래는 절대 안 한다잖아요. 이상한 사람 많다고."

"아, 그랬나?"

이 형사가 정신이 없다는 듯 고개를 흔들었다.

"일단 편의점 인근 동선에 있는 CCTV 다 확보하고. 반장님도 아셔?"

"모르죠. 근데 이거 진짜 우리가 하는 게 맞는 거예요? 테러팀에서 하는 게 맞지 않아요? 우리가 해봤자 여기저기 부서만 옮겨 다니느라 시간만 더 걸리지. 테러팀에선 완전히 손 뗀 거래요?"

"계속 주시는 한다고 하는데 모르지. 어쨌든 테러 아니라잖냐. 가족한텐 나온 건 없어? 두아라 성격 보면 폭탄을 내가 보내고 싶던데. 진짜 없어?"

김민지 형사가 인상을 찌푸렸다.

"선배, 그러다 진짜 실수해요."

"내 인생 자체가 실수다, 실수. 뭔 영광을 보겠다고 경찰에 발을 들여서…. 알았어, 그렇게 보지 마. 조심할게. 됐지? 일단 두아라부터 파보자고. 어쨌든 폭탄 받았잖아. 그 뭐냐, 청소부 아줌마도 두아라 소리 지르는 거 들었다며?"

"그걸 두아라라고 어떻게 특정해요. 직접 본 것도 아니고. 다른 집

하고 헷갈렸을 수도 있죠. 그리고 알잖아요. 이런 일 있으면 없는 일도 툭툭 튀어나오는 거. 다들 자기 목소리 높이느라 바빠요."

"그러니까 알아보자고. 그거 아니라도 이상하긴 하잖아. 폭탄 받아 놓고 다음 날 집에 가고 싶어? 고작 노트북 때문에? 당장 방영하는 것도 아니고, 그깟 공모전 하나에 목숨 거는 게 말이 되냐고. 범인 잡히고 난 뒤에도 안 들어가겠다고 우길 판에."

김민지는 한숨을 내쉬었다.

"넘겨짚지 말자고요. 그러니까 두아라가 범인 취급 하는 거 아니냐고 화내는 거 아니에요."

"넌 안 이상해?"

김 형사가 잠시 망설였다.

"그냥 좀 유난스러운 거죠. 그리고 폭탄까지 받았는데 제정신인 게 더 이상하죠."

"그니까 범인 잡으라고 날뛰어야지, 왜 노트북에 날뛰냐 이거야."

김민지는 의구심 가득한 눈으로 이 형사를 쳐다봤다.

"쓸데없는 의심 말고 범인 잡으라고 잘만 날뛰던데요. 선배, 처음부터 은근 모는 거 같은 거 알죠? 괜히 흥분하고…. 내가 모르는 뭔가가 있어요?"

"있긴 뭐가 있냐. 그냥 뻔한 거지. 잡고 보면 지인이나 가족인 게 한두 번이야? 가능성이 제일 높은 걸 건드릴 뿐이다."

완전히 동의하는 건 아니었지만 일리는 있었다.

"그런 식으로 따지면 승아죠. 자물쇠 여는 법도 유튜브로 보는데 폭탄 만드는 건 못 보겠어요?"

"해외 접속 기록이 없잖냐. 국내 계정으로는 못 보던데. 그리고 내가 우리 딸한테 물어봤는데, 요즘 그런 애들 쌔고 쌨더라. 요즘 중2병은 옛날과는 급이 달라. 급이."

김 형사가 피식 웃었다.

"넌 안 이상해?"

"뭐가 그렇게 이상한데요?"

"그렇잖아. 이 집 식구들은 화만 내지 무서워하질 않아. 보통 무서워하는 게 정상 아냐?"

"정상이니, 그런 게 어딨어요? 사람마다 다 다른 거지. 온갖 말이 다 도는데, 화를 안 내는 게 더 이상하죠."

그렇게 말하는 김민지 역시 틀린 말은 아니라는 생각이 들었다. 그렇다고 증거가 없는 마당에 의심만 할 수도 없었다. 균형을 잃어선 안 된다고 마음을 다잡았다.

"아무튼 가족 들쑤시는 거 전 반대예요. 딱히 협조적이진 않아도 방해는 안 하잖아요. 별의별 소리를 다 듣고 있는데, 인터뷰 안 하는 것만 해도 천만다행이죠. 일단은 CCTV 좀 더 돌려볼게요. 싹 뒤져보면 뭐가 나와도 나오겠죠."

"하기 싫든 좋든, 그게 우리 일이다. 폭탄이 그 집에 온 이상 우리가 어쩔 수 있는 게 아니야."

김 형사는 탐탁지 않은 표정을 지었지만, 더 좋은 방법이 생각나지 않았다. 그저 할 일을 할 뿐이라고 되새기는 수밖에 없었다.

14

택배 기사

SBC 시사스페셜 〈폭탄을 말하다〉 인터뷰

할 말 없습니다. 경찰한테도 말했지만 화장실 갈 정신도 없어요. 기억나는 게 없어요. 하루에 300건도 넘는 걸 어떻게 다 기억해요. 오배송은 아니죠. 맞는 주소로 배달된 건데. 더 말할 게 없어요. 바빠서 이만 갑니다. 당연히 옆에 타면 안 되죠. 저희도 규정이 있어요. 규정 아니라도 옆에서 정신없이 굴면 배송 사고 나요. 그거 다 제가 물어내야하고요. 정 궁금하면, 택배 접수한 데 가서 알아보세요.

15

편의점 아르바이트생

SBC 시사스페셜 〈폭탄을 말하다〉 인터뷰

전 사실만 말했어요. 의심스럽다고 한 게 아니라 본 것만 말한 거예요. 인터뷰 안 하고 싶어요. 괜한 일에 엮이고 싶지 않아요.

16

두아라

808호. 33. 장녀

범인은 옆 아파트 상가의 편의점에서 택배를 접수했다. 범인이 택배를 접수하기 2시간 전, 아라 역시 그 편의점을 방문했다. 후드를 뒤집어쓰고 담배를 사러 갔었다. 우중충한 표정으로 담배를 사 갔다고 중언한 아르바이트생이 아라의 얼굴을 똑똑히 기억한 것과 달리 아라는 그 사실을 경찰이 말하기 전까지 잊고 있었다.

택배를 받은 것도 두아라, 택배가 접수된 곳에 나타난 것도 두아라였다. 놀랍긴 했지만 당황할 것도 없었다. CCTV만 확인하면 될 일이었다. 담배만 사서 나왔으니까. 편의점에 들어가 곧장 카운터로 가서 담배를 사고 나왔다. 그게 전부였다. 고작 그 일로 경찰서까지 부른 건가. 아라는 짜증이 났다.

경찰서가 처음은 아니었다. 지난번에 현과 승아와 왔을 때 말고도 보조 작가로 일할 때 자료 조사 차원에서 방문한 적이 있었다. 로맨틱 코미디였는데, 주인공이 술에 취해 유치장에 들어가는 장면이 있었다. 유치장이 책상 바로 옆에 붙어 있는 게 아니라고 말했지만 작가는 아랑곳하지 않고, 조사를 받는 사람이 유치장 안의 사람과 대화하는 장면을 넣었다. 어차피 무시할 거면 조사는 왜 시키나 싶었지만 그런 게 보조의 역할이었다. 그러거나 말거나 시키면 하는 것. 경찰서에 와서 조사받고 있으니 그때가 떠올랐다. 작가에겐 모든 경험, 특히나 안 좋은 경험일수록 더더욱 큰 재산이 된다고 하던데, 이런 일들이 써먹을 날이 오긴 할까 의문스러웠다. 기회를 잡지 못한다면 불쾌함은 그저 불쾌함으로만 남을 뿐이다.

"CCTV 확인해보세요."

"확인했습니다."

"그런데 뭐가 문제죠?"

이용준 형사가 짐짓 뜸을 들인 뒤 대답했다.

"범인도 후드를 뒤집어쓰고 있습니다."

"그래서요? 후드를 뒤집어쓴 사람은 다 조사한다는 건가요?

사건의 진척이 없으니 답답한 건 알겠지만, 어떻게든 쥐어짜서 이어 붙이는 건 아니지 않나 싶었다. 드라마를 쓰고 있는 건 자신이 아닌 다른 사람들이었다. 경찰도 예외는 아니었고.

"일단 확인은 해야 하니까요."

아라는 기가 막혔다.

"두아라 씨도 빨리 범인이 잡히길 바라잖아요. 협조 부탁드립니다."

"제가 범인이길 바라는 거 아니고요?"

이 형사가 미간을 찌푸렸다.

"제가 왜 이런 이야기를 들어야 하는지, CCTV부터 보여주시겠어요? 구별이 안 될 정도로 비슷한가 보죠?"

"그건 아닙니다."

그럼 이게 대체 무얼 위한 절차인지 아라는 짜증이 났다. 담배 생각이 간절했다. 담배 때문에 이 꼴을 당하고 있는데, 담배 생각이 나다니…. 담배를 끊은 게 2년 전이었다. 딱히 건강 때문에 끊은 건 아니었다. 어느 날 메인 작가 곁에 섰는데 찌든 담배 냄새가 코를 찔렀다. 끔찍한 상사에게서 나는 냄새가 자신에게서도 풍길 거라고 생각하자 소름이 확 끼쳤다. 그날 이후 자연스레 담배 생각이 사라졌다. 멈출 수는 있어도 끊을 수는 없는 게 담배라고 했던가, 폭탄이 터지기 전날, 마지막 장면을 쓰는데 담배 생각이 간절했다. 머리를 쥐어짜도 도무지 떠오르지 않아서 담배라도 한 대 피우면 생각이 날까 싶어서 나간 거였다.

"굳이 옆 아파트까지 간 이유가 뭡니까?"

이용준 형사는 허를 찌르기라도 한 듯 자신만만한 표정이었다.

"엄마한테 안 들키려고요."

"네?"

"들으셨잖아요. 엄마한테 안 들키려고 옆 아파트까지 갔다고요. 그 편의점에서 바로 옆 동을 돌아가면 구석에 흡연 장소가 있어요. 그냥 쉼터인데, 재떨이 있는 휴지통 아시죠? 그게 있어요. 거기서 피웠어요. 거기도 CCTV 달려 있는 것 같던데, 확인해보시든가요."

"십 대도 아니잖아요."

이용준이 황당하다는 듯 말했다.

"서른셋에 빌붙어 살아보세요. 눈치를 안 볼 수가 있나. 이 나이에 담배 때문에 잔소리 듣는 건 좋겠어요? 좋은 게 좋은 거라고 모르고 지나가면 좋잖아요."

이 형사는 한심하다는 표정을 지어야 할지, 안쓰럽다는 표정을 지어야 할지 헷갈리는 듯했다.

"우리 집에서는 승아보다 제가 더 골칫거리에요. 나잇값을 못 하니까. 뭘 한다고 하는데, 되는 게 없거든요. 이해한다고 하지만 우리 부모님 같은 사람이 정말 이해할 수 있을 것 같아요? 원하는 건 기어코 제 것으로 만드는 사람들이 실패만 하는 걸 진심으로 이해할 수 있을 거라 믿어요? 두 분이 보기에 전 그냥 놈팡이에요. 일 때문에 며칠 밤을 새도 도무지 뭘 하는지 모르는 애일 뿐이라고요."

"그 일로 부모님과 사이가 안 좋았나요?"

"형사님은 뭐든 말로 해야만 아시나 봐요?"

"부모로서 그 정도는 할 수 있죠. 대부분이 그 정도는 합니다."

"저희 부모님은 그 대부분의 범주에 안 들어가나 보죠."

불쾌한 건지 당황스러운 건지 모를 오묘한 표정을 짓고 있는 이 형사를 보니 괜히 심술이 났다.

"의심할 줄 알았어요."

"왜 그렇게 생각하십니까?"

그가 좀 전의 당황스러움은 감춘 채 물었다.

"범인은 늘 가까이에 있으니까요."

"짚이는 게 있습니까? 아는 게 있으면 다 말씀해주셔야 합니다."

아라는 이 형사의 진지한 모습이 우습기까지 했다.

"드라마 안 보세요? 상관도 없는 사람이 갑자기 뜬금없이 툭 튀어나오면 사람들이 좋아하겠어요?"

"두아라 씨, 장난치면 안 됩니다. 지금 상황이 좋지 않아요."

"다들 드라마 한 편씩 쓰고 있는 것 같은데, 전 그러면 안 되나 봐요?"

이 형사의 얼굴이 모욕이라도 당한 듯 붉어졌다. 아라는 자신이 당하고 있는 모욕에 비하면 별것 아니라는 생각이 들었다. 폭탄이 터지는 순간에 집에 있었다는 이유만으로 범인 취급을 당했고, 담배 좀 몰래 피웠다는 이유로 용의선상에 올랐다. 빈정거리지 않으면 이 순간을 참아내기가 힘들었다.

아라에게 집은 무엇 하나 가지지 못하는 삶에서 유일하게 노력 없이 주어진 것이었다. 그 사실에 감사해야 한다는 건 알지만 바로 그 때문에 아라는 더 작아졌다. 담배조차 당당하게 피울 수 없도록 만드는 비참함이 거기에 있었다. 그렇다고 할지라도 망가뜨릴 마음은 없었다. 갈 곳이 없었으니까. 호텔에서 지내지 않겠다는 말을 내뱉을 능력이 없었으니까.

"두아라 씨가 쓴 대본을 봤습니다. 가족 이야기를 쓰셨던데…"

예상한 일이었다. 사실 경찰서에 오라고 했을 때도 대본 때문일 거라 생각했다. 처음 공모전에 당선된 단막극 대본이 인터넷에 돌고 있었다.

질리도록 수정을 말하며 타이밍 좀 보자고 하던 피디가 흘렸는지, 보조라도 해보겠다고 포트폴리오로 냈던 게 떠돌아다니는지 알 수 없었다. 마음 같아서는 고소라도 하고 싶었지만 그 이상 주목받고 싶지도 않았다.

가족 이야기라기보다는 살인에 관한 이야기였다. 그 무렵 한창 스릴러에 빠져 있었고, 유달리 가정 폭력을 다룬 뉴스가 많았다. 젊은 부부가 아이를 죽인 일로 떠들썩할 때였다. 그것 말고는 다른 의미가 없었다. 사람들이 말하는 것처럼 가족을 향한 케케묵은 원한이 아니었다. 스릴러를 쓰는 데 개인적 분노가 꼭 필요할까? 그렇다면 스릴러 작가는 모두 예비 범죄자라는 소리다. 드라마는 드라마일 뿐이지만 그 사실을 아는 사람은 많지 않은 듯했다. 아니면 그저 제멋대로 떠들고 싶을 뿐이다. 모두가 그녀를 자작극을 벌여야만 하는 구제 불능 인간으로 보는 것 같았다.

침착히 대응하겠다고 다짐하고 왔지만, 형사와 대화를 할수록 수치심이 온몸을 감쌌다. 더 나빠지는 일은 없을 거라는 생각에도 매번 상황은 더 나빠졌다. 놓지 않으려 단단히 동여 잡았던 끈이 순간 뚝 떨어져 나간 듯했다. 다시 한번 해보겠다는 마음이 다시는 할 수 없을 것 같은 마음으로 변했다.

아라의 표정을 살피던 이용준이 차분하게 말했다.

"쉽지 않다는 것 압니다. 어떤 사건이든 조사를 하다 보면 피해자가 고통받을 수밖에 없죠. 다른 방법이 있다면 다른 방법을 썼을 겁니다."

"그래서 하고 싶은 말이 뭔가요? 가족 이야기를 썼으니까. 가족이라는 게 구제 불능이라고 말하고 있으니까 내가 그랬다는 건가요? 드라마가 나쁜 영향을 끼친다는 말도 좀 우스웠는데, 이건 진짜 우습네요. 연쇄살인범이 연쇄살인 스릴러를 썼다는 이야기는 한 번도 못 들어봐서요. 내 이야기를 쓰고 싶었으면 에세이를 썼겠죠. 백번 양보해서 그렇다 쳐도 가족이 싫은데 왜 내 손에서 터뜨렸겠어요. 바보도 아니고. 요즘 수사는 인터넷으로 하는가 봐요?"

이 형사의 표정이 싸하게 굳었다. 하지만 아라는 아랑곳하지 않고 일어났다.

"자꾸만 여기서 억울한 사람이 참 많았겠다 싶네요. 끝났으면 가봐도 되죠?"

아라는 대답을 듣지 않은 채 경찰서를 빠져나왔다. 이 형사 역시 잡지 않았다.

경찰서에서 나온 후 어디로 가야 할지 갈피를 잡지 못했다. 당장 근처를 벗어나고 싶었지만, 힘이 쭉 빠졌다. 경찰서 앞 버스 정류장에서 한참을 앉아 있었다. 멍했다. 조금 전까지 눈물이 터져 나올 듯 머리끝까지 화가 났는데, 막상 경찰서를 나오자 눈물은 나오지 않았다. 모든 게 엉망이었다. 그럴 리가 없다는 걸 알면서도 모든 게 드라마 때문에 벌어진 일 같았다. 드라마를 쓰지 않았더라면, 당선된 단막극의 촬영이 취소되었을 때 돌아섰더라면, 보조 작가마저 잘렸을 때 공무원 시험을 봤더라면, 기어코 7년을 버티지 않았더라면 이 모든 일이 벌어지지 않았을까. 갑자기 모든 게 버겁게 느껴졌다. 이런 식으로 잘못된 삶의 굴레를 쓰게 될 줄은 몰랐다.

아라는 두 손에 얼굴을 파묻었다. 잠시 후 앞을 가로막는 기척에 고개를 들었다. 검은 봉지가 불쑥 눈앞에 다가왔다. 짜증스레 봉지를 잡아채자 승아가 멋쩍게 웃고 있었다.

"여긴 어떻게 알고 왔어?"

아라가 놀라서 물었다.

"소문 다 났어. 언니 잡혀갔다고."

"잡혀가긴 누가 잡혀가. 내 발로 걸어 들어갔는데. 온종일 인터넷만 들여다보고 있니?"

승아는 당연하다는 듯 고개를 끄덕인 후 옆에 앉았다.

아라는 그런 승아를 가만히 쳐다보았다. 동생에게 이런 모습을 보였다는 게 창피했지만 생각해보면 멋있는 모습을 보인 적도 없었다. 사람답게나 보이면 다행이었다. 승아가 건넨 검은 봉지 속에는 투명 비닐로 쌓인 두부가 있었다.

"내가 감방 갔다 왔냐?"

"영화나 드라마 보면 다 이렇게 하던데?"

"TV가 애들 망친다는 건 예나 지금이나 똑같구나."

"다신 가지 말라는 거 아니야? 그냥 먹어."

"새사람 되라고 주는 거야."

"그거나 그거나."

"단백질 보충하라고 주는 거였나?"

"어쨌든 좋은 거네 뭐."

긴장한 모습은 어느새 사라지고, 너스레 떠는 승아의 모습에 웃음이 나왔다. 아라는 두부를 한 입 깨물었다. 생각보다 텁텁했다. 드라마 따위 다시는 안 쓰고 싶다고 생각하면서도, 비슷한 장면을 쓰게 된다면 반드시 맛없다는 듯 뱉어내는 묘사를 해야겠다고 생각했다. 감동따위 한순간에 날려 버리는 텁텁함이랄까.

"근데 너, 학교 빠졌니?"

"아니, 갔다가 나왔어."

승아가 갑자기 고개를 휙 돌렸다.

"언니, 나 학교 그만둘까?"

심장이 덜컥 내려앉았지만 짐짓 태연한 척 물었다.

"누가 괴롭혀?"

"폭탄 받을까 봐 무서워서 괴롭히겠어?"

아라가 무슨 말을 하기도 전에 승아는 두부를 낚아채 가더니 한 입 베어 물었다. 그러고는 두부를 오물거리며 덧붙였다.

"언니만 오해받는 거 아니야. 우리 학교 애들은 다 내가 터뜨린 줄 알아. 사실 언니가 내 엄마고, 그 사실을 안 내가 빡쳐서 다 죽어버리라고 폭탄 만들었다나 뭐라나."

"미쳤네."

"미쳤지. 근데 언니, 누구나 다 미친 구석이 좀 있어. 희망이 없지."

무미건조한 말투였다. 누가 이 아이를 염세주의자로 만들었을까. 자기 자신만 멀쩡하다고 생각하는 중2병의 일환일까, 미쳐 돌아가는 인터넷 세계의 영향일까. 그것도 아니라면 제 살기 바쁜 가족 때문일까.

모두가 제 일처럼 헛소문을 만들어내고 떠드는 게 이해가 안 되는 건 아니다. 어떤 면에서는 아라가 하는 일과 비슷하기도 했다. 가족 중에 범인이 있다는 건 쉽고 안전한 결말이었다. 그렇다면 이건 오로지 남의 가족 문제일 뿐이고, 자기 가족은 안전하다는 뜻일 테니까. 자기 가족에 진력을 내는 이들조차도 '내 가족은 다르다'고 믿는 건 놀라운 일이 아니다. 하지만 정말로 가족 중에 범인이 있다면 누가 안전을 말할 수 있을까? 가장 안전해야 할 곳에서 뒤통수를 맞는 일이 생기는 게 타인에게만 벌어지는 일이 아니라는 걸 왜 모를까. 뭐, 주야장천 떠들어봐야 소용없는 일이다.

아라는 승아를 가만히 쳐다봤다.

그러고 보면 승아에 대해 아는 게 별로 없다. 자신의 모교가 아니었다면 승아가 어느 학교에 다니는지조차 몰랐을지도 모른다. 학교 가는 척하고 영화관에 갈 만큼 영화를 좋아하는 건지, 입을 옷이 없어서 교복을 입은 건지, 어떤 신념 같은 거라도 있는지 아는 게 없었다. 캐묻지는 않았지만 승아가 그 시간에 왜 옥상에 올라갔는지 이해가 되지 않긴 다른 사람들과 마찬가지였다. 승아가 한 말을 그대로 믿어도 될까. 캐묻는다고 달라지는 게 있을까. 이제 와서 언니 노릇을 하려 한다고 비난하지 않을까.

"진짜 그냥 답답해서 올라간 거야. 옥상에 올라가면 숨이 쉬어져. 순간이지만 답답한 가슴이 뻥 뚫리고 평화가 찾아와. 그게 좋았을 뿐이야."

마치 아라의 생각을 읽기라도 한 듯 승아가 말했다.

"아무 말도 안 했어."

"이 기회에 유튜브나 할까? 폭탄 터진 썰 푼다, 하면 조회 수 장난 아닐 텐데. 욕만 먹으려나? 뭐, 먹으면 어때. 신상 다 털린 판에. 그거 알아? 헛소리에 욕 좀 달면, 너 두승아지? 댓글 달린다니까."

"댓글 쓰고 다니니?"

"못 봐주겠잖아."

"괜히 쓸데없는 짓 하지 말고 인터넷 좀 그만 봐. 너까지 경찰서 드나들래?"

킥킥 웃는 승아를 보니 마음이 조금 풀렸다. 어쨌거나 이 아이에겐 회복력이 있었다. 너무 걱정하지 않아도 될지 모른다. 어쩌면 지금 가장 잘 대처하고 있는 건 가장 어린 승아일지도 모른다. 부끄럽게도 그 사실이 부럽기까지 했다.

"범인은 지금쯤 좋아하고 있겠지? 잡히긴 할까?"

"글쎄다."

"잡히기만 해봐. 내가 아주 사돈에 팔촌까지 다 털어버릴 거야."

"쓸데없는 소리 하지 마. 미친놈 때문에 인생 망칠 일 있어?"

"더 망칠 것도 없는데 뭐."

아라는 그런 승아에게 살짝 꿀밤을 먹였다. 긁적이는 승아를 보면서도 마음이 복잡했다. 대체 어떤 놈인지, 왜 이런 일을 당해야 하는지 이해가 되지 않았다. 미친 듯이 화가 나는데도, 화를 낼 곳이 없었다. 이러지도 저러지도 못하는 상황에 답답하기만 할 뿐이었다. 사돈의 팔촌까지는 아니어도 범인의 팔 하나 정도는 부러뜨려도 될 것 같았다. 그래도 공평하다고 할 수는 없었지만….

"언니도 써."

"쓰긴 뭘 써. 상관없는 이야기에도 범인이라고 지랄하는 판에."

"그러니까 써야지. 어차피 의심받는데, 돈이라도 벌어야 덜 억울하지."

"속물이세요? 범인도 안 잡힌 마당에 무슨…."

"그것이 알고 싶다, 몰라? 언니라고 못하라는 법도 없지. 다들 우리에 대해서 캐고 난린데, 언니가 좀 더 캔다고 해서 뭐가 다르겠어? 위기는 기회라잖아."

아라는 그렇게 말하는 승아를 가만히 쳐다보았다.

승아의 표정은 더없이 진지했다. 아라 역시 생각하지 않았던 건 아니지만 지금의 아라에겐 그럴 힘이 없었다. 차라리 그때 폭탄을 껴안고 있어야 했다고, 어쭙잖게 다치는 게 아니라 끝나버렸어야만 한다고, 그랬더라면 삶의 밑바닥까지 보는 일은 없었을 거란 생각만 들었다. 얼마나 더 밑바닥으로 떨어질까. 더는 떨어질 곳이 없다고 여겼지만 오늘 경찰서에 온 것처럼, 상상치도 못한 일이 더 남아 있을까. 엄포를 놓고 나오긴 했지만 경찰이 이대로 물러설 거란 생각은 들지 않았다. 예상대로 경찰이 다시 찾아오기까지는 오랜 시간이 걸리지 않았다.

예전에 함께 일했던 작가는 시놉시스가 완성되면 하루 동안 호텔에 머물렀다. 다른 장소에 가야만 보이는 게 있다는 말을 덧붙이면서 절대 찾지 말라고 했다. 아라는 그런 작가의 여유가 부러웠다. 언젠간 자신도 그럴 수 있을 거라 믿던 때가 있었다. 이런 식으로 호텔에 머물게 될 줄은 꿈에도 생각 못 했다. 시놉시스가 눈에 들어오기는커녕 폭탄이 터진 후 한 줄도 못 썼다. 모두가 제 할 일을 하러 간 오후 호텔 방에 머물러 있으면 지옥이 따로 없다는 생각만 들 뿐이었다. 그렇다고 딱히 갈 곳도 없던 아라는 노트북을 들고 호텔 로비로 나왔다. 며칠째 호텔 로비 소파에 앉아 시간을 보냈다. 승아에겐 인터넷 좀 그만 보라고 했지만 하염없이 인터넷만 들여다보기는 아라 역시 마찬가지였다.

"믿기지가 않네요. 서울 한복판에서 이런 일이 벌어졌다는 게, 심지어 잘사는 아파트잖아요. 폭탄이 말이 되나요? 주민은 아니고, 지나가다가 봤어요. 아, 폭탄이 터진 걸 봤다는 게 아니라 어떤 여자애가 옥상에 서 있기에 혹시나 해서. 그러다 보니 폭탄까지 봤네요. 그냥…. 우리나라에서 이런 일이 벌어질 수 있다는 게 놀랍네요. 영화에서나 벌어지는 일인 줄 알았는데…. 중요한 사람들인가요? 아, 그러니까 뭔가 큰일 하시는 분이라든가. 평범한 사람들한테 이런 일이 일어날 수 있나요?"

아라는 보고 있던 유튜브를 껐다. 폭탄이 터진 다음 날 경찰서에서 나온 뒤 몇 번이고 본 인터뷰였다. 순진무구한 표정을 지으면서도 옥상에 여자애가 있다는 말을 묘하게 강조하는 듯했다. 그렇다고 승아를 저격한다고 할 수도 없었다. 그저 사실을 말했을 뿐이고, 온갖 추측이 더해졌을지도 모른다. 옥상에 올라간 애가 승아라는 걸 사람들이 대체 어떻게 알게 되었는지는 알 수 없었다. 인터넷에서 돌아다니는 대부분의 정보가 그랬다. 일단 우겨보는 건지, 대충 끼워 맞춘 건지, 그럴싸한 증거를 갖고 있는 건지 알 길이 없었다. 설사 승아가 아니었다고 해도, 교복을 입은 이상 승아라고 몰았을 것이다. 생각할수록 혈압이 오르는 게 느껴졌지만, 그렇다고 할 수 있는 일도 없었다. 아라는 포털 사이트에 접속해 '폭탄' 두 글자를 쳤다. 그러자 기사가 쏟아졌다. 하나씩 눌러보지만 별다른 게 없었다. 폭탄이 터졌고, 범인은 모르고, 노력은 하고 있고, 반복 또 반복일 뿐이었다.

"여기 계셨네요."

고개를 드니 김민지 형사가 서 있었다. 비가 오는 모양인지 어깨가 젖어 있었다. 그 뒤로 엘리베이터에서 내려서 다가오는 이용준이 보였다. 호텔 방까지 다녀온 모양이었다. 여전히 갈 곳이 없다는 것, 기껏해야 호텔 로비에 나오는 게 전부라는 사실이 폭탄 사건이 안긴 가장 큰 비참함이었다.

"앉아도 되죠?"

김 형사는 대답을 바란 건 아니라는 듯 앞에 앉았다. 곧이어 뒤따라온 이용준 형사가 맞은편에 앉았다. 첫날부터 거슬렀던 것처럼 그는 무심히 내뱉었다.

"호텔이 좋네요. 신혼여행 이후론 호텔에 가본 적이 없어서. 그러고 보니 한국에선 호텔에 머문 적이 한 번도 없네요."

"형사님도 집에 폭탄 배달되면 오실 수 있을 거예요."

"에이, 못 오죠. 공무원 월급으로 호텔 생활이 말이나 되겠어요?"

공격할 의도는 전혀 없는 듯 너스레를 떨었다. 아라는 그 부분이 더 공격적으로 느껴졌다.

"몸은 좀 괜찮으세요?"

김 형사가 자상한 말투로 물었다. 좋은 형사 나쁜 형사 흉내라도 내려는지 같이 와서 속을 뒤집는 게 탐탁지 않았다.

"안부가 궁금해서 오신 건 아니죠? 범인은 잡았나요?"

"곧 잡을 겁니다. 지금 조사하러 다니잖아요."

헷갈렸다. 자신이 자격지심에 오해하는 건지, 아니면 그의 차분한 말투에 정말 날이 숨어 있는지.

"글 쓰고 계셨어요?"

아라는 대답 대신 노트북을 돌려 화면을 보여주었다. 그러자 이 형사의 얼굴에 조소가 스쳐 지나갔다.

"이상한 사람들 참 많죠. 인터넷에 글 올리는 것도 시험 좀 봤으면 좋겠다니까요. 전 국민이 다 경찰이고 판사고 아주 난리에요."

"위험한 발상인 것 같은데요."

"이것 봐요, 진짜 불공평하다니까. 저 사람들은 마음껏 지껄이는데 우린 사석에서도 한마디를 마음대로 못해요."

"사석, 아니잖아요."

트집을 잡을 거라는 예상과 달리 그는 고개를 끄덕였다.

"그러네요. 그럼 얼른 일해야죠. 박미진 씨 아시죠?"

"박미진이요?"

"두아라 씨와 같이 보조 작가로 근무하셨던데."

박미진. 한 달을 못 버티고 나간 애였다. 작가가 일을 시킬 때마다 구시렁거리며 못마땅해했고, 종이 하나를 내려놓을 때도 곱게 내려놓는 법이 없었다. 근데 그 애가 갑자기 왜…?

"두 분이 크게 싸운 적이 있다던데요."

"걔가 폭탄을 보낸 건가요?"

"그건 아직 모르고요. 아무래도 두아라 씨가 폭탄을 받았으니, 조사하는 겁니다."

그는 여전히 아라를 조사하고 있다는 사실을 굳이 숨기지 않았다. 예상한 바였지만 그렇다고 불쾌감이 사라지는 건 아니었다. 크게 싸운 적이 있었던가. 기억나지 않았다. 폭탄 사건으로 인해 멍청해진 건지, 이전부터 신경도 안 쓰던 일이었는지.

"불만이 많던 애였어요. 보조할 깜이 아닌데 보조나 하고 있다고, 그래서 한두 마디 했을 수는 있죠. 크게 싸운 건 기억이 잘 안 나네요."

"정말 안 나세요? 두아라 씨가 박미진 씨 노트북에 물을 부었다고 하던데."

순간 말문이 막혔다. 침묵이 떠도는 사이에 뒤늦게 예전 기억이 떠올랐다. 그것 때문에 폭탄을 보낸다고? 물을 부은 건 사실이었지만 시작한 건 박미진이었다. 박미진이 원고를 지우지 않았더라면 물을 붓는 일도 없었을 거다. 그 무렵 아라는 보조 생활을 하면서도 제 원고를 쓰고 있었다. 메인 작가는 할 일만 하면 무슨 짓을 해도 터치하지 않았다. 그 시간이 잘 나지 않는다는 게 문제였지만. 그렇게 쪼개고 쪼개서 원고를 쓰는 게 꼴사납다며, 그 탓에 자기에게만 일이 몰린다고 화를 내며 아라의 노트북에 커피를 부었다. 그러니까 물을 부은 건 받은 만큼도 돌려주지 못한 일이었다. 심지어 화를 내다 실수로 쏟았을 뿐, 복수를 하겠다고 부은 것도 아니었다. 그런데 폭탄을 보냈다고? 심지어 2년도 더 된 일 아닌가?

"고작 그것 때문에 폭탄을 보냈다고요?"

"고작은 아니죠. 두아라 씨도 노트북 챙기겠다고 사건 현장까지 다시 가셨잖아요. 별것 아닌 것처럼 보여도 인생을 걸 만한 사건이었을 수도 있죠. 두아라 씨는 그걸 잘 모르는 거 같아요."

"꼭 받을 만해서 받았다는 말처럼 들리네요."

"세세한 것까지 뒤질 수밖에 없다는 거예요."

아라는 눈을 질끈 감은 채 관자놀이를 짓눌렀다. 피곤함이 몰려왔다. 굳이 과거를 끌고 오는 게 불쾌하긴 했지만 생각해보면 꼭 싫어할 일도 아니었다. 박미진이 범인이라면 곧 끝날 일이었다. 한바탕 시끄러워지겠지만 범인으로 몰리는 것보다야 나았다.

아라가 말없이 관자놀이를 누르자 김 형사가 조심스레 말했다.

"상담받아 보세요. 이렇게 계속 있으면 범인을 잡는다고 해도, 좋아지지 않아요. 트라우마를 혼자 이길 수 있는 사람은 많지 않아요."

혼자 이겨내려는 게 아니었다. 상담을 받는다고 해서 달라질 것 같지 않았을 뿐이다. 늘 그랬다. 원하는 건 손에 들어오지 않았다. 글은 다를 줄 알았다. 애초부터 손에 들어올 거라 여긴 거였으니까. 글이 미친 듯이 좋다기보다는 들어올 것 같아서 더 좋았으니까.

더 이상 나눌 말이 없을 거라 생각했는데, 두 사람은 일어날 생각이 없어 보였다. 결국 아라가 먼저 일어나려 했다.

"아직도 뭐가 남았나요? 제가 좀 피곤해서요."

그러자 소파에 한껏 기대앉았던 이 형사가 자세를 바로잡으며 물었다.

"하나만 더 물어보면 됩니다. 우드스탁 기억하시죠?"

"페스티벌이라도 가시게요?"

"두아라 씨, 장난하는 거 아닙니다."

누가 장난을 하고 있는 걸까. 기억은커녕 그들이 말하는 우드스탁이 지역을 말하는지, 페스티벌을 말하는지, 캐릭터인지조차 알 수 없었다.

"4월 28일, 밤 11시에 토킹 앱에 대화 기록이 있던데요."

여전히 무슨 말인지 알 수 없었다.

"증거가 없으면 만들기라도 하겠다는 건가요? 토킹 앱이고 우드스탁이고 처음 들어요."

"두아라 씨, 그냥 넘어갈 수 있는 문제가 아니에요. 토킹 앱에 라이터라는 아이디로 가입하셨던데요. 또 오해하실까 봐 미리 말씀드리는데, 저희가 먼저 뒤진 게 아니고 제보가 들어왔어요. 아이디 우드스탁과의 대화 내용도 확인했고요."

처음 듣는 앱이었다.

"어디서 무슨 소리를 들었는지 모르겠는데요. 전 그런 앱 한 적도 없고, 채팅을 한 적도 없어요. 그럴 시간에 한 줄이라도 썼겠죠."

애초에 박미진은 감정이나 들쑤시려고 말한 모양이었다. 헛소문에 경찰이 끌려다니는 걸 보니, 멀어도 너무 멀었다 싶었다. 범인을 잡기는커녕 집으로 돌아갈 수나 있을까?

"두아라 씨. 결국에는 다 밝혀져요. 어려운 길로 가지 맙시다."

"그런 거라면, 저한테 뒤집어씌우고 있다는 것도 밝혀지겠네요. 아무리 성과가 중요하다지만 너무 무모하지 않나요? 하긴, 인터넷 보면

다 제가 범인이라고는 하더라고요. 끼워 맞추기 좋겠죠."

"기록이 다 있습니다. 증거도 확보가 된 상태고요. 두아라 씨가 4월 28일에 앱에 가입했고, 그날 밤 11시에 대화를 했다는 기록이 있단 말입니다."

말도 안 되는 소리에 아라는 질려버렸다. 될 대로 되라는 마음으로 일어서려는 찰나, 쫄딱 젖은 승아가 눈에 들어왔다.

"그거 저예요."

세 사람은 승아를 물끄러미 바라보았다.

"제가 가입한 거예요. 언니는 상관없어요."

충격이었다. 아는 게 없다는 사실의 한계는 어디일까. 승아에 대해 잘 모르면서, 어째서 뒤통수를 치는 아이는 아니라고 장담할 수 있었을까. 가족이니까 별반 다르지 않은 생각으로 살 거라고 안일하게 여겼던 걸까. 학교에 가지 않았다는 사실에도, 습관적으로 옥상에 올라갔다는 사실에도, 그럴 수 있다고, 사춘기가 다 그런 것 아니겠냐고 의심을 꾹꾹 눌러 담았다. 승아의 입에서 나오는 말을 있는 그대로 받아들이려고, 그 표정이 거짓은 아니라고 여겼다.

아라는 혼란스러웠다. 왜 자신을 사칭까지 했는지 이해가 되지 않았다. 사람들의 말처럼 한심한 언니를 골려주려고 한 걸까. 방에 처박혀 있는 언니가 못마땅해 이 사태를 만들고 만 걸까? 비에 젖어 추위에 떠는 모습을 보면서도 물기를 닦아줄 엄두조차 내지 못했다. 침묵을 깨뜨린 건 김민지였다.

"일단 옷부터 갈아입고 올래? 감기 걸리겠다."

승아가 허락을 구하기라도 하듯 아라를 쳐다보았지만 아라는 눈을 피했다. 김 형사가 승아를 엘리베이터 쪽으로 이끌었고, 아라는 그 모습을 지켜보기만 했다.

"괜찮으십니까?"

이 형사의 말에 정신이 들었다. 아라는 그를 쳐다보았다. 승아의 말대로 투블럭이 전혀 어울리지 않는 남자였다. 젊어 보이려고 애쓰는 아저씨처럼 보일 뿐이었다. 폭탄이 터진 와중에도 해맑은 생각이나 하고 있다고 여겼는데, 자신이 짠 판을 즐기고 있었을까. 알고 보면 머리 위에서 놀고 있었던 게 아닐까, 불현듯 의심이 찾아왔다. 동시에 그런 의심을 하고 마는 자신이 한없이 한심하게 느껴졌다.

"아니요."

처음으로 날 선 대답이 아닌, 과장된 당당함도 아닌 솔직한 말을 내뱉었다. 왼팔을 휘감고 있는 깁스가 돌덩이처럼 무거웠다.

"저 나이 때 애들이 참 어렵죠. 우리 딸도 그래요. 아빠, 아빠 하던 애가 지나가는 사람보다 멀게 느껴지곤 합니다."

"승아는 제 딸이 아니에요."

"나이 차이를 무시할 수는 없으니까요."

"갑자기 친절하시네요. 이제야 용의 선상에서 벗어난 건가요."

"두아라 씨가 처음으로 날을 세우지 않고 있으니까요?"

놀리는 듯한 말투와 달리 동정 어린 눈빛에 아라는 미간을 찌푸렸다.

"누누이 말하지만 범인으로 몰려고 하는 게 아닙니다. 드러난 사실

143

을 하나씩 짚다 보면 그렇게 느껴질 수는 있겠지만….”

“그 말, 이젠 좀 지겨워지려고 하네요.”

그는 어쩔 수 없다는 듯 어깨를 으쓱했다.

“토킹 앱이 대체 뭔가요?”

“말 그대로 대화하는 앱입니다. ‘타인에게 위로받고 싶을 때’라는 슬
로건으로 운영하는 덴데, 모르는 사람과 대화하는 게 필요하다고 하
더군요. 그게 얼마나 위험한지 모르는지…. 나름 보호 장치가 있긴 합
니다. 성인 인증을 받아야 되고, 동네 설정도 하고. 근데 그게 다 무슨
소용 있겠어요. 일이 터지고 난 뒤에 밝혀낸다고 한들 없던 일이 되는
것도 아니고. 애초에 조심하는 게 맞죠. 우리 입장으로서는 그런 장치
라도 있는 게 다행이긴 하지만.”

틀린 말은 아니었다. 이미 벌어진 일이 없던 일이 되는 게 아닌데. 이
모든 게 무슨 소용인가 싶었다. 아라는 묻고 싶었다. 승아가 범인일 수
도 있냐고, 우드스탁인지 뭔지, 대화에서 폭탄 이야기가 오간 거냐고.
그렇다면 어떻게 되는 거냐고. 갑작스레 머릿속에서 전개되는 의심을
어떻게 받아들여야 하느냐고.

입을 떼려고 하는 찰나, 옷을 갈아입고 온 승아와 김 형사가 다가왔
다. 승아는 고개를 푹 숙이고 있었다. 김 형사가 앉은 후에야, 승아도
아라 곁에 앉았다. 호텔 로비에서 대화를 나누는 게 편하지는 않았지
만 굳이 자리 이동을 하지 않는다는 게 안심되기도 했다. 연행할 정도
로 심각한 일은 아니라는 뜻이니까.

“왜 언니 주민번호를 쓴 거니?”

김민지 형사의 질문에 승아가 눈치를 살폈다. 아라는 그런 승아에게 시선조차 주지 않았다. 마음 같아서는 벌떡 일어나서 방으로 돌아가고 싶었지만 차마 그럴 수 없었을 뿐이다. 어쨌거나 언니였으니, 미성년자를 두고 갈 수 없었다.

"성인 인증이 필요하다고 해서…."

"그렇게까지 해야 하는 이유가 있었니?"

승아가 재빨리 고개를 저었다.

"그냥 안 하려고 했는데. …. 언니 지갑이 보였어요. 가입만 하는 거니까…. 문제가 될 줄 몰랐어요."

아라는 더는 참지 못하고 쏘아붙였다.

"너 미쳤니? 그거 범죄야."

아라의 격한 반응에 다소 놀란 이 형사가 아라를 저지했다. 속이 점차 끓어올랐지만 일단은 입을 다물었다.

"무슨 이야기를 했는지, 말해줄 수 있을까?"

승아가 다시 한번 아라의 눈치를 살폈다. 아라는 결국 못 참고 내뱉었다.

"그만 쳐다보고 말해."

"그냥 답답하다고 했어요. 집에 있는 게 숨이 막힌다고."

"왜?"

"…그냥요. 근데 집에 있는 것만 그런 건 아니에요. 학교에서도 마찬가지였으니까. 성인인 척해서 말 못 했을 뿐이에요."

김민지는 아라를 힐끗 쳐다본 후 다시 물었다.

"가족이라는 게 대체 뭔지 모르겠다고 했던데, 사실이니?"

곧장 수긍하는 승아의 모습에 아라는 놀랐다. 가족이라는 게 뭔지 모르겠다니, 벌써 그런 생각을 할 땐가? 아라 자신이 살가운 언니는 아니라는 건 알고 있었지만, 다른 가족은 다르지 않나? 모두가 승아의 한 마디에 껌뻑 죽었다. 어디 그뿐인가, 아라가 클 때보다 훨씬 좋아진 형편은 갖고 싶은 건 다 갖고, 하고 싶은 건 다 하면서 살 수 있게 해주었다. 거짓말, 옥상, 앱… 대체 무슨 생각을 하고 있는 걸까.

"…기억 안 나요."

김 형사가 잠시 뜸을 들였다.

"말하기 곤란하니?"

"아뇨. 정말 기억이 안 나요. 그냥…. 다 싫었어요. 특별한 일이 있는 게 아니라…."

"또 기억나는 거 없니?"

"없어요. 만나서 이야기하는 게 어떠냐고 하기에 그냥 나왔어요. 그게 전부예요."

아라가 더 참지 못하고 끼어들었다. 승아를 위해서가 아니었다. 지금 이 순간이 너무 피곤했고, 들어가서 눕고 싶었다. 그 어떤 말도 더는 듣고 싶지 않았다.

"그만하죠. 대화 내용이 궁금하면 앱에 정식 요청해도 되잖아요. 제보자가 누군지 모르겠지만 말 지어내는 사람이 한둘도 아니고."

"대화 내용이 저장되진 않습니다."

"그럼 더 신빙성이 없네요. 인터넷에선 제가 범인이라고 그래요. 어떻게든 엮고 싶었던 사람일 수도 있죠."

그 순간 떠오른 생각에 아라는 멈칫했다.

"근데, 그 정도로 저라는 걸 어떻게 안 거죠? 집이 답답한 게 한둘도
아니고."

두 형사가 쭈뼛거리며 눈빛을 주고받았다. 그러고 나서 김 형사가 짧
은 한숨을 내쉰 뒤 말했다.

"드라마 작가라고 밝혔다네요."

둔탁한 흉기가 머리를 때린 것처럼 멍해졌다. 순간 어질했다. 한동안
지속적으로 찾아올 수 있다는 뇌진탕 증상의 일부인지, 지금 상황을
견딜 수 없는 건지 알 수 없었다.

경찰은 승아에게 몇 가지 질문을 더 한 뒤, 돌아갔다. 다른 뜻은 없
었다는 말들을 믿어도 될까? 폭탄만 아니었다면 모르고 지나쳤을 일
들을 기어코 알게 된 걸 어떻게 받아들여야 할까? 폭탄이 삶을 망치고
있는 건지, 이미 망가져 버린 삶을 폭탄이 보여주고 있을 뿐인지 헷갈
렸다.

얼마나 더 앉아 있었을까. 팔을 살짝 흔드는 손길에 정신이 들었다.

"언니."

아라는 승아를 빤히 쳐다보았다.

"언니… 무슨 말이라도 좀 해…"

새파랗게 질린 얼굴로 눈물을 글썽이는 승아의 모습에 화가 났다.
아라는 온 힘을 다해 겨우 마음을 가라앉혔다.

"왜, 아직도 숨기는 게 있어?"

"미안해…. 나는…."

"재밌었겠다. 멍청하게 아무것도 모르고 편들어주니까 얼마나 우스웠겠어."

"아냐, 진짜 그런 거 아냐."

다급하게 고개를 젓는 모습에 기가 막혔다.

"아니긴 뭐가 아니야. 얼마나 쉽게 봤으면 아무렇지 않게 언닐 팔고 다녔겠어."

승아가 무슨 말인가 하려고 입을 떼려는 순간 아라는 곧장 일어났다. 대체 왜 그랬는지, 가족 이야기는 또 뭐고, 도용을 넘어 사칭까지 한 이유가 무엇인지 낱낱이 알고 싶었다. 하지만 차마 들을 수가 없었다. 열여섯 살이나 어린 동생마저 무시하는 삶이라는 게, 폭탄보다 심각한 게 자신의 삶이었다는 사실을 목도하고 싶지 않았다. 승아가 봤다는 지갑은 있지도 않았다. 지갑이라는 걸 쓰지 않은 지 몇 년인지도 모르겠다. 서랍 속에 아무렇게나 처박혀 있는 신분증을 기어이 찾아낸 이유가 무엇인지 물어볼 자신이 없었다. 지금 아라를 범인으로 몰고 있는 모든 일들이 잘못된 삶이었다고, 더는 미래가 없다는 경고처럼 느껴졌다. 더는 감당할 자신이 없었다.

17

김○○

드라마 작가, 두아라 전 상사

SBC 시사스페셜 〈폭탄을 말하다〉 인터뷰

난 아니라고 봐요. 똑똑한 애예요. 폭탄을 터뜨리기로 했으면 확실히 터뜨렸을 애죠. 폭탄으로 자살할 생각이었으면 자기 몸에 둘둘 감았을 거고요. 독한 구석도 있고, 밀어붙이는 패기도 있고, 남들이 뭐라 하건 무시하는 용기도 있고. 운은 좀 별로지. 늘 될 것 같은데 안 되었거든.

맞아요. 난 걔 좋아했어요. 마음에 들었어. 또박또박 대꾸하면서도 할 일은 했거든. 시간이 아무리 빡빡해도 투정 부리는 법도 없고. 우리 일이 그래요. 글발보다 중요한 게 마감이거든. 소설 쓰고 뭐 그런 사람들은 마감도 어기고 하던데, 우린 마감 어기면 바로 아웃이죠. 아무리 잘 쓰면 뭐 해. 방송을 못 하는데. 걘 한 번도 어긴 적이 없어요.

굳이 자른 이유가 뭐냐, 분명 뭐가 있다, 의심하는데… 사람들 참 이상해. 본인들이 잘리면 회사 탓하면서, 걘 개 탓이야? 남 얘긴 참 쉬워요. 그렇죠? 난 거짓말은 안 해요. 내가 사람 부릴 여유가 안 돼서 잘랐어요. 나야 어떻게든 시키고 싶었지. 근데 돈 안 주고 부려먹는 시대는 지났잖아요? 쪽팔린 일이기도 하고.

이런 말 하면 또 편들어준다고 하겠죠. 감싸는 걸 보니 뭐가 있다고 할 테고, 나도 폭탄 범으로 몰리려나. 뭐라 하는 건 아니에요. 인간이 원체 의심하는 동물이잖아요. 난 그런 거 좋아해요. 의심이 없으면 드라마가 안 되잖아. 굳이 말해도 오해할 사람은 오해하겠지만 말은 해줘야죠. 빚이 좀 있어요. 돈은 벌 만큼 버는데, 그게 또 우수수 나가요. 여기저기서 돈 달라고 하는 사람들은 넘쳐나고, 근데 난 또 그게 귀찮아서 그냥 보내주고 말아요. 거절하는 것도 일이잖아요. 얼마나 많은 에너지를 써야 되는데. 근데 사람들은 참 거절을 쉽게 하는 줄 알아요. 본인이 무리한 부탁을 하는 건 모르고, 매정하다고나 할 줄 알지. 염치없는 사람들이 참 많죠. 스트레스받으면 그냥 막 써버리기도 하고. 그러다 보니 돈이 없더라고. 우리 같은 사람들은 일이 언제 생길지 모르니 벌 때 모아둬야 하는데, 난 그걸 못 한 거죠. 근데 들어가려는 작품도 엎어지고, 갑자기 붕 떴으니 어째요? 줄 돈은 없고, 나도 먹고는 살아야 하고. 걔도 알아요. 사람 미안하게, 그럴 땐 또 참 의리 있어. 자기 때문에 잘린 게 아니라고 말도 안 하고, 입 꾹 닫고 있잖아요.

나갈 때도 군말 없이 나갔어요. 장기적으로 보면 개한테도 꼭 나쁜 일은 아니에요. 폭탄 터뜨려서 죽자, 할 일이 아니라고요. 여기 있어봤자 내 뒤치다꺼리밖에 더 해요? 결국 자기 글 써야 하는데, 여기선 못

쓰죠. 보조 일하다가 보조로만 끝나는 애들 수두룩해요. 걔네가 다 그것밖에 안 돼서 그러는 게 아니라, 사는 게 그래요. 이 일이 무조건 시간을 들여야 하는데, 먹고사는 게 그런 걸 기다려줄 리가 있나. 버티고 버티다 이 바닥 뜨는 거죠. 근데 걘 결국 자기 글 썼잖아요. 될지 안 될지는 나중 문제고. 글 쓴다는 게 인생 말아먹는 일인 줄은 알았지만 또 이런 식으로 얽힐 수도 있다는 건 몰랐네요.

암튼 경찰한테도 말했어요. 그럴 애 아니라고, 걘 내가 암만 지랄해도 종이 한 번 내팽개친 적 없어요. 나가봐 하면, 밖에 나가서 신경질적으로 대본 툭 던지는 소리가 들리는데, 그런 게 없어. 그냥 자기 할 일 해요. 말대꾸를 하긴 하는데, 그건 뭐, 어떻게 보면 건강한 거죠. 자기 의견이 있다는 거니까. 그런 애한테 폭탄이니 뭐니, 참… 답답해서.

아, 물론 다른 애랑 사이가 안 좋았다는 것도 알아요. 그 정도 가지고 무슨…. 그 정도 화도 안 내면 그게 더 이상한 거 아닌가? 폭력성이라는 말을 너무 쉽게 붙인다고 생각하지 않아요? 난 요즘 사람들 그게 마음에 안 들어. 하나만 알면 그게 전부인 것처럼, 쪼끄만 정보 하나 얻고 전문가라도 된 것처럼 떠들어대거든. 위험한 건 그런 사람들이에요. 자기가 휘두르고 있는 게 뭔지도 모르니까.

드라마 쓰다 보니까 현실 구분 못 한다고 하는데, 그건 모르는 소리예요. 가끔 구분 못 하는 인간들이 있긴 하죠. 근데 그런 건 드라마에 빠져서 그런 게 아니라 그냥 이용하는 거지. 핑계 삼아서 지 꼴리는 대로 하려는 인간인 거고. 현실이 드라마처럼 흘러가지 않는다는 걸 누구보다 잘 아는 게 우리예요. 삶은 핍진성이 없어. 그냥 막무가내로 팍

팍 튀어나와. 정신 못 차리다가 어떻게든 살아 보려고 온갖 예후들을 뒤늦게 끼워 맞추는 거라고요. 근데 드라마가 그래요? 처음부터 차곡차곡 쌓는 거거든. 없어서 안 되는 일은 일어나지 않아. 꼭 일어나야 할 일만 일어난다고요. 떡밥 회수된다는 말 알죠? 그게 다 그런 거예요. 근데 현실에서 떡밥이 회수가 돼요? 그냥 시간 지나면서 잊히고 마는 거지. 폭탄을 터뜨리면 머릿속에서 터뜨려야지 현실에서 터뜨리진 않아요. 그러면 안 되니까? 아니, 그래봤자 남는 게 없거든. 그 정도 사리 분별은 할 애라고요.

잘 모르시겠지만 이 생활이 참 지리멸렬해요. 지겨워 죽겠는데, 안 되는 거 붙잡고 시달리는 거 이제 그만하고 싶다가도 도망칠 방법도 모르겠고. 그만두면 되지 않느냐고 하는데, 그게 참 안 되는 거거든요. 이거라도 안 하면 진짜 낙오자니까. 낙오자로 안 남으려고 발버둥 치는 심정을 알아요? 그런 게 폭탄 하나로 사라질 거 같아요? 남은 인생은 안 망치려고, 망한 인생 한번 구제해보려고 꾸역꾸역 쓰는 기분이 어떤지 알아요? 모르겠죠. 멋대로 말하고 사실이 그렇다 하면 그만이니까. 근데 드라마는 그런 게 아니에요. 사실이 아니라 그럼에도 불구하고 살 만한 거라고 말해야 하는 거예요. 세상 망한다고 지껄이면서도 그래도 인간한테 위로받고 사는 거라고 전하려 애쓰는 인간이 비겁하게 숨어서 폭탄을 떠드릴 수 있다고 생각해요? 우리 일이 기본적인 인류애 없이는 못 하는 일이에요. 그런 애가 소재 좀 얻겠다고 그런 짓을 할 리가 없죠. 이해는 못 해도 모함은 말아야죠.

18

두승아

808호. 17. 막내

옥상에 올라갔다는 사실이 만천하에 드러난 후, 승아는 요주의 인물
이 되었다.

인터넷에서 떠드는 것처럼 언니에게 폭탄을 투척한 후 자살을 시도
한 철부지 여고생으로 취급하는 건 아니었지만 바람 좀 쐬러 올라갔다
는 말을 믿는 것 같지도 않았다. 엄마는 시시때때로 기분이 어떠냐고
물었고, 얼굴 보기 힘든 아빠는 필요한 게 있으면 말하라는 문자를 보
냈다. 심지어 오빠는 호텔에서 지내지도 않으면서 매일 아침 학교까지
데려다주었다. 화를 내야 할지, 좋아해야 할지 헷갈렸다. 분명한 건 이
런 식의 관심을 원한 건 아니었다는 점이다. 무엇보다 언니는 그날 이
후 말이 없다. 인터넷에서 우드스탁이라는 사람이 떠들고 다니는 바람
에 자작극으로 몰리고 있었는데도, 캐묻거나 화내지 않았다. 눈앞에

사람이 없다는 듯 쳐다보지도 않을 뿐이었다.

언니는 아침부터 인터넷을 하고 있었다.

"똑똑한 척은 더럽게 하더니, 범인은 안 잡고 뭐 하나 몰라. 폭탄이 뻥뻥 터지는 나라도 아니고, 엿 먹으라는 건지 뭔지."

언니는 신경질적으로 노트북을 덮었다.

언니가 짜증을 낼 때마다 승아는 움찔했다. 무슨 말이라도 하고 싶었지만 입만 뻥긋해도 언니는 자리를 피했다. 언니와 경찰서 앞에서 대화를 나눴던 게 먼 옛날처럼 느껴졌다. 다시는 그날로 돌아갈 수 없을 것 같았다. 모든 게 후회스러웠다. 옥상에 올라가지 않았더라면, 대화를 하지 않았더라면 이 모든 게 일어나지 않았을 거라는 생각이 떠나지 않았다.

가방을 메기 무섭게 노크 소리가 들렸다.

"보디가드 왔나 보네."

언니는 빈정거린 후 욕실로 들어갔다. 쾅 닫히는 문에 눈물이 쏟아질 것 같아서 승아는 재빨리 방에서 나왔다.

차에 올라탄 후, 두 사람은 한참 동안 말이 없었다. 신호에 걸리자 오빠가 슬쩍 돌아보더니 물었다.

"아라하고 싸웠어?"

승아는 고개를 저었다. 차라리 싸웠다면 좋았을 거다. 적어도 사과는 할 수 있을 테니까. 사과는커녕 변명할 기회조차 주지 않았다.

"네가 이해해줘. 별일 아닌 척해도 충격이 클 거야. 외상 후 스트레스 장애, 너도 들어본 적 있지? 치료받아야 할 텐데, 그 고집을 어떻게

꺾겠냐."

이해받아야 할 사람은 승아였지만 그 누구에게도 이해받을 수 없을 것 같았다.

"학교는 좀 어때? 괴롭히고 그런 애들은 없지?"

"괴롭히긴 누가 괴롭혀. 무서워서 말도 못 거는데."

"괜찮아질 거야."

오빠의 친절함에 괜히 심통이 났다. 승아는 퉁명스레 물었다.

"호텔에서 지내지도 않으면서 아침마다 왜 오는 거야? 꼭 감시하는 것처럼."

"감시는 무슨, 그냥 답답해서 드라이브하는 거야."

그렇게 말하는 오빠의 모습이 어쩐지 쓸쓸해 보이기까지 했지만 심술이 나는 것을 막을 수는 없었다.

"왜 아무것도 안 물어봐?"

"하고 싶은 말 있으면 언제든지 해도 돼. 옥상에 올라간 다른 이유가 있는 거야?"

승아는 오빠를 가만히 쳐다보다 고개를 돌렸다.

"없어."

자물쇠는 밝혀졌지만 캠핑 의자까지는 밝혀지지 않았다. 경찰은 옥상에 캠핑 의자가 왜 있는지, 아니 있기나 했는지 신경도 안 쓰는 듯했다. 오빠 의자까지 훔쳐 갔다는 걸 알면 어떻게 될까. 언니를 죽이고 자살을 시도한 다음에 오빠에게 뒤집어씌우려고 했다는 이야기가 만들어질까? 승아는 순간 떠오른 말도 안 되는 상상에 어이가 없었다. 다정한 스타일은 아니었지만 오빠는 늘 친절했다. 그렇다고 무슨 이야기든 털어놓을 수 있는 사이는 아니었다. 그저 오빠로서 할 일을 하는 것처럼 느껴졌고, 가끔은 그마저 언니의 반대로 행동하려는 심리 아닌가싶을 때가 있었다. 그렇다 하더라도 화를 낼 수는 없었다. 오빠 같은사람이 못난 마음을 품을 것 같지 않았으니까.

잠시 후 오빠가 다정하게 말했다.

"누구나 말하고 싶지 않은 게 있어. 너도 마찬가지겠지. 근데 승아야, 어떤 일들은 말을 안 하면 점점 커져. 별거 아닌 게 별게 되기도 하고, 비밀은 아닌데 비밀이 되어버리고. 그러다 보면 속에서 곪아서 감당할 수 없는 일이 되기도 해. 그러니까 내가 하고 싶은 말은 해도 된다는 거야. 막상 하고 나면 별것 아닌 것처럼 느껴지기도 하니까."

승아는 오빠를 빤히 쳐다보았다.

"오빠도 있어?"

"응?"

"비밀 아닌데 비밀이 된 게 있냐고."

오빠가 멈칫했다. 그러고는 승아를 쳐다보지 않은 채 대답했다.

"나라고 예외는 아니지."

오빠의 비밀은 뭐냐고 물어보려는 찰나, 오빠가 차를 세웠다. 어느새 학교 앞이었다. 한숨이 나왔다. 이대로 바람이나 쐬러 가자고 하고싶었지만, 오빠가 들어줄 리 없었다. 차라리 언니라면 모를까. 완벽하디완벽한 오빠가 그럴 리는 없었다. 폭탄이 터진 후에도 흔들림이라곤전혀 보이지 않는 사람 아닌가. 자신도 예외는 아니라는 말 역시 승아가 듣기 좋으라고 하는 말이 틀림없었다.

"무슨 일 있으면 전화하고. 마칠 때도 데리러 올까?"

"내가 무슨 애야? 됐어."

승아는 입을 삐죽거리며 내렸다. 승아가 교문에 들어설 때까지 오빠 차는 움직이지 않았다. 옥상에 출입하던 때도 학교를 빠진 적은 단 한 번도 없었는데, 그마저 의심하는 모양이었다.

교문에 들어서자 힐끗거리는 시선이 느껴졌다. 폭탄이 터진 후로 조용한 학교생활은 끝났다. 주목받고 싶은 마음은 털끝만큼도 없었는데 어딜 가나 시선을 끌었다.

교실에 들어서기 전까지 "폭탄이 쟤야?"라는 말이 당연하다는 듯 따라붙었다. 사실과 거짓이 뒤범벅된 소문을 듣고 있자면 승아 자신조차 스스로가 어떤 사람인지 헷갈렸다. 자물쇠를 따고 옥상에 올라갔다는 사실이 도둑질을 일삼았다는 루머를 만들었고, 인스타그램에 올리던 셀카 몇 장에 '만성 셀카 증후군'이라는 병명까지 붙여가며 사이코패스로 몰아갔다. 그것뿐만이 아니었다. 가정폭력에 시달렸다는 둥, 중학교 때부터 문란한 생활을 해왔다는 둥, 그저 소문을 위한 소문이 넘쳤다. 그렇게 공포의 대상의 되는 바람에 그나마 잘 지내던 애들도 슬그머니 피하기 바빴다.

1교시가 시작되기 5분 전, 반장이 다가왔다.

"교무실 가봐. 담임이 불러."

담임은 폭탄이 터진 후로 매일 아침 반장을 통해 승아를 불렀다. 헛소문을 하나하나 열거하며 귀찮게 굴었다. 매번 비슷한 말이 반복되었지만 그만 좀 부르라고 반항할 수도 없었다. 그랬다간 또 무슨 오해를 받을지 몰랐다. 승아는 어쩔 수 없이 교실을 나와 교무실로 향했다.

첫날과 달리 교무실에 들어서도 딱히 반응이 없었다. 힐끗 시선을 던진 선생님들도 곧장 제 할 일로 돌아갔다.

1교시가 시작되었지만 담임은 개의치 않았다. 위험인물이라 격리라도 하는 건가 싶었다. 이럴 거면 차라리 경찰서에 데려다주는 게 낫지 않나 싶은 반항심이 들었다.

담임은 잠시 뜸을 들였다.

"많이 힘들지?"

승아는 어깨를 으쓱했다.

"범인은 아직이지? 잡혔으면 뉴스에 나왔겠지. 이런 일은 나도 처음이라 마음이 많이 쓰이네. 음, 언니와 사이는 어때? 언니가 잘해주니?"

승아가 얼굴을 찡그렸다.

"폭탄 제가 터뜨린 거 아니에요. 언니도 아니고요."

담임은 억울하다는 듯 손사래를 쳤다.

"선생님 말 오해하지 말아줘. 걱정돼서 그러는 거니까. 팩트 체크를 해야 대응도 하니까. 당연히 승아 네가 터뜨렸을 리가 없지. 뭐가 아쉬워서 그런 짓을 하겠어."

제삼자인 담임이 무슨 대응을 한다는 건지, 상관도 없는 사람들이 어째서 폭탄 사건에 지분이라도 있는 것처럼 떠들어대는지 이해가 되지 않았다. 차라리 범인이 잡힐 때까지 대신 감옥이라도 들어가고 싶은 심정이었다. 대체 누가 터뜨린 걸까? 승아 역시 자신에게 온 건가, 의심의 눈길로 주변을 살피긴 했지만 아무리 생각해도 폭탄을 보낼 만한 애가 없었다. 폭탄처럼 극적인 사건을 좋아하는 건 건희밖에 없었는데, 건희라면 만들 때부터 입이 근질거릴 거다. 무엇보다 승아한테 보낼 일도 없었고.

"나도 묻고 싶어서 묻는 거 아니야. 근데 전화가 너무 많이 와. 기자들이야 무시한다고 해도, 학부모까지 외면할 수가 없잖아. 소문이라는 건 나도 알지. 그냥 분명하게 하는 거야. 어려운 일 있으면 말하고, 당분간 조용히 지내자. 괜한 의심 불러일으켜봤자 좋을 것 없잖아."

"왜요? 제가 학교에 폭탄이라도 터뜨릴까 봐 걱정된대요?"

순간 담임의 눈에 의심의 빛이 스쳐 지나갔지만 이내 웃으며 대답했다.

"폭탄보다 무서운 게 소문이지. 수업 늦었네. 얼른 가봐."

담임이 서둘러 말을 끊었다. 소문이 싫으면 수업 중간에 들어가라는 말은 안 해야 하는 것 아닌가. 어이가 없었다. 일어서서 교무실을 나오려다 돌아서서 물었다.

"근데, 제가 왜 아쉬울 게 없어요?"

"좀 더 크면 네가 얼마나 많은 걸 누리는지 알 수 있을 거야."

승아는 그 순간 담임이 자신을 좋아하지 않는다는 확신이 들었다. 승아가 고개를 끄덕이고 나가려는 찰나에 담임이 느긋하게 말했다.

"혹시나 해서 하는 말인데, 옥상 문 잠겼어."

그 말을 듣는 순간 승아는 참을 수 없이 옥상으로 가고 싶어졌다.

6개월 전, 승아는 친구들과 함께 생일 파티를 했다. 고등학교 입학을 앞두고 마지막으로 함께하는 자리였다. 미국으로 유학을 가는 친구도 있었고, 제주 국제 고등학교로 진학하는 친구도 있었고, 승아와 마찬가지로 배정받은 학교로 진학하는 친구도 있었다. 새로 생긴 L 쇼핑몰에서 만나 가방이니 신발이니 쇼핑을 하고, 패밀리 레스토랑에 가서 파티를 하기로 했다. 그때까지만 해도 승아는 친구들과 어울리는 데 전혀 어려움을 겪지 않았다. 뭘 해도 관심이 없는 집에 있는 것보다 시시콜콜한 일까지 나누는 게 재밌기도 했다. 생일을 앞두고 용돈 역시 두둑하게 받은 터라 전혀 걱정이 없었다. 엄마는 사고 싶은 걸 사라며 카드를 줬고, 오빠에게도 10만 원을 받았다. 계획대로 쇼핑하고, 패밀리 레스토랑에 간 것까지는 좋았다. 케이크가 나오고 생일 축하 노래를 부르고, 촛불을 불면 그만이었다. 그때 친구 한 명이 엄마한테 재밌는 노래를 배웠다며 생일 축하 노래를 대신 하겠다고 했다.

"왜 태어났니~ 왜 태어났니~ 공부도 못하면서 왜 태어났니."

유치하기 짝이 없는 노래에, 애들은 인상을 찌푸리면서도 굳이 다 같이 불렀고, 숨이 넘어가도록 웃었다. 그때까진 승아 역시 아무렇지 않게 웃어넘겼다. 그야말로 장난이었으니까. 승아는 늘 공부를 잘했으니까. 집에 가서 언니한테 말해주면 뭐라 하려나, 무슨 애들이 그런 걸 부르냐면서 타박하지 않을까, 시시한 상상을 했다. 그렇게 넘어갈 줄 알았다. 패밀리 레스토랑에서 나오는 순간, 갑자기 숨이 막혔다. 심장이 빠르게 뛰기 시작했다. 손발이 떨리고 온몸에 식은땀이 흐르면서, 눈앞이 노랗게 변하면서 어질어질했다. 숨을 쉴 수가 없었다. 괜찮으냐는 친구들의 말이 들리지 않았다. 몇 분쯤 지나면서 괜찮아졌지만 그날 이후로 똑같은 증세가 반복되었다. 인터넷을 찾아보니 공황 장애라고 했다. 공황 장애와 노래 사이에 아무런 상관관계가 없을 수도 있었다. 그럼에도 불구하고 숨이 막힐 때마다 머릿속에서 노래가 울려 퍼졌다.

왜 태어났니.

어느 날 갑자기 나타난 삶의 장애물. 언제부턴가 승아는 자신을 그렇게 정의했다. 애써 외면해온 진실을 기어코 목도한 기분이었다.

승아가 다섯 살 때, 엄마는 제2의 인생을 살겠다며 공부를 시작했고 뒤늦은 나이에 다시 대학생이 되었다. 언니 오빠 역시 대학생이었다. 가장 많은 시간을 보냈던 이들이 한순간에 사라졌다. 다섯 살 아이에게는 청천벽력과도 같은 소식이었지만 어른들은 태연하게 설득시키려 했다. "엄마에게도 엄마 인생이 있어." "여자라는 이유로 삶을 포기할 수는 없어." "모두가 제 몫을 해야 하는 거야." 그때부터 승아가 해내야 할 몫은 혼자서도 잘 있는 거였다. 유난히 특별하다고는 할 수 없는 환경이었지만 그들 사이에 있는 시간의 무게는 결코 평범하지 않았다. 가족이라는 존재가 세상 속에서 한배에 타고 있는 거라고 했을 때, 그 배에 타고 있는 아이는 오직 승아 한 명뿐이었다. 배 위의 삶이 얼마나 고단하고 외로운지 이해하고 공감해줄 수 있는 사람이 없다는 말과 다르지 않았다. 모두가 "나도 겪어본 일"이라고, "아직 뭘 모른다고" 말할 뿐이었다. 막둥이라서 사랑만 받고 자라 제멋대로라는 말은 멋모르는 사람의 오해에 불과했다. 승아는 기대고 싶은 순간조차 혼자 서 있어야 했다.

그날 이후 갖은 애를 써봤지만 예전으로 돌아갈 수 없었다. 공황 장애는 시시때때로 나타났고, 사람들이 많을 때면 더더욱 심해졌다. 그렇게 승아는 중학생 때와는 전혀 다른 고등학생이 되었다. 말수가 적고 혼자 있기를 즐기는 아이로, 친구들 사이에서 속 모를 아이가 되고 있었다. 그런 승아가 특별하다고 여기는 건희가 아니었다면 진즉에 왕따가 되었을지도 모를 일이었다. 건희와 함께 있을 때도 증상이 나타난 적이 있었다. 다음 날 건희가 청소년심리상담센터의 번호를 줬다.

"그냥 가면 돼. 돈도 안 받고 비밀 유지도 해줘. 나도 안 물을 테니까, 어떻게 알았냐고 묻지 마라."

승아는 몇 번을 망설이다 심리상담센터를 찾았다.

결과적으로 말하면 크게 도움이 되지 않았다. 있는 그대로 전부 말해야 한다는데, 승아는 무슨 말을 어떻게 해야 할지 알 수가 없었다. 애초부터 태어나지 말았어야 한다는 말이 쉽게 나오지 않았다. 다시는 오지 않을 것을 눈치챘는지, 상담사는 안심할 수 있는 장소를 찾으라고 했다. 아무것도 설명하지 않은 채 자신을 온전히 느낄 수 있는 곳이어야 한다고 했다. 완전한 해답은 될 수 없어도, 안정을 취하는 데 도움이 될 거라고. 그때는 무슨 말인지 이해가 되지 않았는데, 옥상에 올라간 후에야 비로소 알았다. 옥상 문을 열고 나가는 순간 탁 트인 하늘이 보였다. 발밑으로 불빛이 어른거렸고, 바람 소리만 가득했다. 그 순간 자신도 모르게 눈물이 흘러내렸다. 그날 이후 틈만 나면 옥상에 올라갔다. 눈물이 나는 일은 없었지만 숨통이 트이는 효과는 계속되었다. 옥상에서 시간을 보내고 나면 조금은 나아졌다. 더는 옥상에 갈 수 없어지자 승아는 그야말로 길을 잃어버린 기분이었다.

교무실에서 나와 교실로 걸어가는데, 점점 숨이 가빠왔다. 가슴이 꽉 조이기 시작하더니, 누가 목을 조르기라도 하는 것처럼 답답했다. 등에서 땀이 묻어나기 시작했고, 미친 듯이 심장이 두근거리며 머릿속이 새하얘졌다. 가까스로 걸음을 옮겨 교실 문을 여는 순간 시선이 쏟아졌다. 선생님이 자리에 앉으라는 말을 떼기도 전에 승아는 돌아서서 내달렸다.

19

박○○

학생, 두승아 친구

SBC 시사스페셜 〈폭탄을 말하다〉 인터뷰

남자친구가 아니라 '남사친'이요. 남자 사람 친구. 분명하게 해주세요. 이성이 아니라 인간적으로 잘 통한다고요. 아, 그럼요. 중요하죠. 오해 풀어주려고 나온 건데, 다른 오해가 생기면 안 되잖아요. 솔직히 제가 인터뷰하는 거 승아는 싫어할 거예요. 근데 제가 안 하면 다른 사람 찾으실 거잖아요. 승아에 대해서 잘 모르는 애가 나와서 지껄이면, 또 무슨 말을 할지 모르는데, 친구로서 그 꼴은 못 보죠.

저도 좀 곤란을 겪긴 했어요. 폭탄 터진 날 같이 있었거든요. 그러니까 승아가 폭탄 터지는 거 보고 좋아했다느니 어쩌니 하는 말은 다 헛소문이에요. 그래서 제가 인터뷰하는 거라니까요. 아무튼 경찰이 학교까지 찾아왔더라고요. 끝날 때까지 기다렸다면서 배려하는 척하는데, 그게 배려예요? 소문나라고 작정한 거지. 경찰이야 승아 알리바이 확인하는 거라고 하지만 같이 있었다고 하면 애들은 공범인 줄 알아요. 아니라고 해봤자 소용없어요. 왜긴 왜겠어요. 범인인 게 더 재밌는 거죠. 뭐, 제가 영화를 좋아하기도 하니까 그러고도 남을 놈이라나.

제가 폭탄을 만들 정도로 똑똑하긴 하죠. 근데 그런 짓을 하면 들킬 것도 잘 알거든요. 그리고 폭탄을 만들면 그걸 왜 승아한테 보내요, 우리 집이라면 모를까.

저도 그렇지만 승아는 폭탄을 만들 애가 아니에요. 귀찮아서라도 안 할 애예요. 뭐랄까, 꼭 필요한 일만 하는 애거든요. 영화도 제가 조르지만 않았어도 안 봤을걸요. 걔 드라마도 안 봐요. 언니가 쓰는 드라마도 아닌데 뭐 하러 보냐고 시간 아깝다고 하는 애예요. 그런 애가 언니한테 폭탄을 보낸다는 게 말이 안 되잖아요.

옥상에 간 건 뭐, 그럴 수도 있죠. 아, 저도 모르긴 했어요. 근데 굳이 말할 필요가 없었으니까 안 했겠죠. 친구라고 모든 걸 다 말할 필요는 없잖아요. 솔직히 그 정도로 이상하다고 하면 학교 절반은 테러범일걸요? 혼자 있으면 죽을 것처럼 굴면서도 혼자 있고 싶을 때가 있잖아요. 저도 답답하면 가는 데 있는데요, 뭘.

폭탄이 터지고 난 뒤에 좀 변하긴 했어요. 학원은 아예 안 나왔고 학교도 왔다가 말없이 가기도 하고, 멍 때리고 있는 시간도 늘었죠. 이상한 건 아니죠. 전 당연한 거 같은데. 범인이 안 잡혔잖아요. 범인이 또 죽이려고 들면 어떡해요? 폭탄이라는 게 그렇잖아요. 죽이려고 보낸 거지, 재미로 보낸 건 아닐 거 아니에요. 가족 중 누굴 죽이겠다는 뜻이잖아요. 게다가 가족은 차례차례 범인으로 의심받는데, 솔직히 말하면 미치지 않은 게 다행이죠. 저 같으면 완전히 미쳤을걸요. 안 그래도 힘든 애를 이상하게 몰아가기나 하고, 진짜 환멸 대잔치예요.

가족 관계요? 딱히 별말 없었어요. 그게 좀 이상해 보이려나? 사이가 좋은 애들도 밖에선 욕하니까요. 사이 안 좋은 척, 이해 못 받는 척하는 게 멋있어 보이는 줄 알거든요. 엄마 아빠는 날 이해 못 한다, 세상 누구도 나에 대해 모른다, 뭐 그런 거. 근데 승아는 그런 말을 아예 안 했어요. 그렇다고 딱히 좋다고도 안 했고. 저도 그냥 딱 그 정도만 알았어요. 엄마 아빠 직업 알고 언니 오빠 나이 많은 거 알고. 성격이 어떤지 사이가 좋은지 그런 건 몰랐죠. 가끔 언니 얘길 하긴 했는데, 별건 아니었고요. 승아하고 있으면 제가 더 말을 많이 하는 편이기도 하고요. 걘 좀 과묵한 편이죠.

말하고 보니까 딱히 할 말이 없는데, 그게 진짜 할 말이 없어서 그래요. 뭐 숨겨주고 편들어주려는 게 아니라. 요즘 저한테 승아에 대해 묻는 사람이 진짜 많거든요? 뭐 하나 캐보려고 난리 치는 사람들이요. 근데 기껏 말해줘도 제 말은 다 무시하더라고요. 진짜 존나 웃긴 게 뭔지 아세요? 맨날 붙어 있는 내가 아무리 아니라고 해봤자 승아에 대해 쥐뿔도 모르는 애가 수상하다고 말하는 걸 믿는다는 거예요. 그렇게 승아 친구로 둔갑한 애들이 몇 명이나 되는지 세지도 못할걸요. 그냥 사람들은 의심하고 싶으니까 의심하는 거예요. 진짜 의심스러워서 의심하는 게 아니라. 그러니까 제대로 내보내 주세요.

20

경찰

　불가능해 보이는 사건도 하나씩 따라가다 보면 해결이 된다는 건 영화에서나 나오는 말이다. 지금 이 순간에도 기약 없이 캐비닛으로 들어가는 사건은 수두룩하다. 세상의 관심을 끌지 못한 채 미제 사건이 되어 잊히곤 한다. 그런 면에서 폭탄 사건은 행운이라고도 할 수 있었지만 808호 가족은 결코 그렇게 생각하지 않을 터였다.

　퇴근 시간이 훌쩍 넘은 시간이었지만 김민지 형사는 파일을 보고 또 봤다. 조잡한 폭탄이라고는 했어도 지문 하나 남기지 않을 정도로 치밀한 놈이었다. 화약 재료 역시 흔적 없이 들여왔고, 압력으로 폭발력을 높였다. 원한이라면 복면을 뒤집어쓰고 찌르는 방법도 있었을 텐데, 제 손에서 터질 수도 있는 폭탄을 굳이 제조해서 보낼 사람이 몇이나 될까. 그녀는 테러에 대한 미련을 버리지 못했지만 지금으로서는 증거가 없었다. 지구대에 들어온 정보를 싹 뒤져도 폭발물이 왔다는 말도 없고, 무엇보다 가정집에 테러를 일으킬 이유가 없었다.

김 형사는 관자놀이를 짓누르며 의자에 기댔다. 잠깐 졸다가 이내 정신을 차리고 기지개를 켠 후 핸드폰을 들었다. 압박과 별개로 연일 똑같은 내용이 나오는 터라 기사는 줄어든 반면 음모론은 늘었다. 인터넷이라면 학을 떼는 이용준 형사와 달리 그녀는 인터넷 정보를 섣불리 외면하지 않았다. 두아라의 대본을 찾은 것도, 박미진을 찾은 것도, 우드스탁을 찾은 것도 인터넷이었다. 그 바람에 뒤꽁무니만 쫓아다니는 꼴이 되었지만…. 아무 정보도 내놓지 않는 가족에게서 얻을 수 있는 것이 거의 없었다. 어쨌거나 허탕을 친 뒤로 이 형사는 인터넷의 ㅇ 자도 꺼내지 말라고 했지만 김 형사는 그럴 생각이 없었다. 일단 피해자를 제외하는 것만으로도 성과라면 성과였다. 물론 백 퍼센트 확신할 수는 없었지만.

김민지 형사가 검색창에 사제폭탄을 쳤다. 808호 사건이 우수수 떴다. 페이지는 끝없이 넘어갔다. 808호가 아니더라도 폭탄에 대한 관심이 이렇게나 넘쳐나는 줄은 이전에는 몰랐다. 최근순으로 정렬한 후, 하나씩 살폈다. 대부분 비슷한 내용을 짜깁기 한 것이었다.

'808호 훈남'

처음 보는 카페 글을 클릭했다.

두현의 옆모습이 찍힌 사진과 더불어 어디서 구했는지 모를 대학 졸업 사진까지 올라와 있었다. 수사 과정을 딱딱 지킬 필요도 없이 인터넷에 불씨만 지피면 온갖 정보들이 쏟아지는 세상이었다. 눌러서 보면서도 무섭다는 생각이 들었다. 나열된 스펙 역시 사실과 다르지 않았다.

정작 댓글에는 폭탄은 없고 두현에 대한 칭찬 일색이었다.

'게시물 지우지 말아주셈. 맨날 와서 봐야지.'

'아는 언니가 학교 동기인데 성격도 좋다고 함.'

'택배 받았으면 국가 손실 아님?'

'사장이라는데 사람 안 뽑나? 대신 폭탄 받아줄 의향 있음.'

시시한 댓글이 쭉 이어졌다. 빠르게 스크롤을 내리던 김민지는 댓글 하나에 멈췄다.

'솔직히 저렇게 태연한 거 좀 이상하지 않음? 사이코패스도 얼굴만 잘생기면 좋다고 할 것 같네.'

그 밑으로 공감하는 댓글과 반대하는 댓글의 싸움이 쭉 벌어졌다. 폭탄이 터졌는데도 시답잖은 이야기를 하는 게 한심하기도 했고, 음모론을 펼치지 않는 것만으로 그나마 다행이라고 해야 하는지 헷갈렸다. 심각한 척해봤자 결국에는 자신과는 상관없는 이야기이기에 가능한 일이다.

김 형사는 다시 파일을 뒤졌다. 카메라는 관련 없다고 했지만 그녀는 현에 대한 의구심을 떨쳐낼 수가 없었다. 애써 침착한 척해도 사건 앞에서 당황하기는 매한가지다. 808호 가족도 다르지 않았다. 그렇지만 현은 어쩐지 처음부터 일관되게 침착했다. 폭탄이 터졌는데 그럴 수 있는 걸까.

"한 달 전쯤인가 심각하게 싸우더라고요. 죽이든지 살리든지 마음대로 하라고 했던가…."

순간 경비 아저씨의 증언이 떠올랐다.

"뭐 하냐."

갑자기 나타난 이 형사의 모습에 김민지는 괜히 놀랐다. 노트북에는 인터넷 창이 그대로 떠 있었다.

"인터넷 좀 그만 보라고 했지."

"선배, 기억나요? 경비 아저씨가 증언한 거?"

"승아 절대 아니라고 하던 거?"

"그거 말고, 두현이 싸웠다고 했잖아요."

"그랬지."

"그것 좀 알아볼까요?"

"그걸? 뭐가 있겠어? 그 정도도 화 안 내는 사람이 어딨냐. 그렇게 따지면 난 지금쯤 수백 번은 더 죽었을 거다."

"두현이 선배랑 같아요?"

"야, 너도 얼굴 갖고 사람 판단하고 그러는 거야? 그럼 안 돼."

"그게 아니라 완벽하다잖아요. 화 한 번 낸 적 없고, 평판 좋고, 잘났고, 근데 그 정도로 화를 냈으면 뭔가 있긴 하겠죠."

이 형사가 의자에 앉아 등을 기대며 말했다.

"이 사건 마음에 안 들어."

"언제는 마음에 드는 사건이 있었어요?"

"특히 싫어, 됐냐?"

김 형사는 어깨를 으쓱했다.

"평범해 보이는 인간을 평범한 인간이 아니라고 하다 보면 내가 더 인간 같지 않게 느껴지거든. 범죄자 새끼보다 내가 더 나쁜 놈 같다고."

김 형사는 아무 말도 하지 않았다.

"우리 딸이 그러는데, 승아 갠 학교에서 완전 괴물 다 되었더라."

"우리 탓이 아니에요."

"우리 탓이기도 해, 애초에 범인을 잡았으면, 그런 일은 없었겠지."

이 형사가 씁쓸하게 말했다. 피해자들에게 몰아세우는 거냐며 욕을 먹으면서도 의심을 내뿜던 모습은 온데간데없이 사라지고 없었다. 어쨌거나 해야 할 일이었으니까 차라리 빨리 끝낸다는 게 그의 방식이었지만 그런 방식을 좋아할 사람이 있을 리가 없었다. 해야 할 일을 했지만 나쁜 놈이 된다는 건, 아무리 시간이 지나고 사건이 쌓여도 익숙해지지 않았다. 복잡한 사건을 기피하려는 습성은 무능해서도 귀찮아서도 아니다. 누군가는 기어코 상처를 받을 수밖에 없다는 사실을 알기 때문이었다. 상처를 들쑤시지 않고 해결할 수 있는 사건은 없다. 언제나 이 형사의 방식에 제어하고 나서는 김민지였지만 이번만큼은 어쩔 수 없었다.

"두현 이야기가 나왔으니 말인데, 그 졸업 사진 올린 놈부터 찾아봐."

"졸업 사진 선배도 봤어요?"

"아주 가루가 되게 씹었던데 뭘. 전화한 놈일 거 같은데."

"가루가 되게 씹어요? 칭찬 일색인데?"

"인터넷만 들여다보면서 아직 못 본 게 있어? 졸업 사진 올라온 게 한두 개가 아니다."

"인터넷도 안 한다면서 그건 또 어디서 봤어요?"

"내가 안 봐도 사방에서 알려주던데. 주소 보내줄게. 확인해보자고."

이용준이 보내준 주소에는 이제까지 올라온 글과는 전혀 다른 내용이 올라와 있었다. 무심히 넘기기에는 지나치게 자세한 글이었다. 글을 읽고 나자 두현이 피해자인지 피의자인지 헷갈리기까지 했다.

21

최○○

직장인. 두현 대학 동기

SBC 시사스페셜 〈폭탄을 말하다〉 인터뷰

환장하겠네, 진짜. 죽여버린다고 하면 다 죽여요? 그 새끼를 내가 싫어한 건 맞아요. 전화해서 지랄한 것도 맞다고요. 난 하면 했다고 해요. 그 새끼처럼 비겁하게 오해하지 말라느니 어쩌니 지껄이진 않는다고요. 친구라고 믿었던 새끼한테 자기 여자 뺏기고 그 정도도 안 하는 인간이 어디 있어요? 다들 쿨병이라도 걸린 건지, 좆까라 그래요. 개빡쳤죠. 그 새끼가 잘못했는데도 다들 나한테 지랄하는데 빡치지 않게 생겼어요? 그렇다고 폭탄을 보내진 않아요. 적어도 그렇게 허술하게 보내진 않겠죠. 확실하게 그 새끼가 받게 조치를 취했겠죠. 고작 현관문 날리는 게 아니라 그 새끼 얼굴을 날렸을 거라고요. 그리고, 보냈으면 회사로 보냈겠죠. 걔네 집 주소를 내가 어떻게 알아요? 그런 수고를 왜 합니까? 회사로 보내야 확실히 경고도 될 테고.

그 새끼가 뺏은 게 여자 친구만이 아니에요. 그 새끼 자리, 원래는 내 거였어요. 선배가 창업하니까 좀 도와달라고 나한테 먼저 손을 내밀었다고요. 플랫폼으로 가야 한다고 아이디어 낸 것도 나고요. 근데 그 새끼하고 술 한 번 마시더니, 미안하게 됐다고 지랄하잖아요. 씹새끼. 폭탄 던졌으면 둘을 같이 날렸겠죠. 이미 사표까지 쓴 상태였어요. 씨발, 사람 말 믿은 내가 병신이지 진짜…. 낙오자로 만든 거로도 모자라서 테러범까지 만들 줄이야…. 그 새끼가 무슨 말을 했는지 모르겠지만 난 아니라고요.

진정? 진정하게 생겼어요? 경찰 새끼들이 날 얼마나 괴롭혔는지 알기나 해요? 조사하면 다 나온다, 솔직히 불어라. 죽여버리고 싶은 건 사실이지 않냐? 죽이고 싶은 거하고 죽이려 드는 게 같아요? 경찰이 그 정도도 구분 못 하니까 욕을 처먹지. 뭐, 분명히 또 그 새끼가 뭐라고 했겠죠. 협박 운운하며…. 그 새낀 늘 그랬어요. 아닌 척하면서 호박씨나 까고 좋은 사람인 척했겠죠. 그러니까 사람들이 그 새끼한테 다 홀랑 넘어가는 거 아니에요.

걘 대학 다닐 때부터 인기 좋았어요. 껍데기가 좋잖아요. 키 크고 계집애처럼 허여멀건한 얼굴이면 다들 환장하잖아요. 집도 꽤 잘 사는 거 같고. 다른 과였는데, 농구하다가 만났어요. 운동도 잘했죠. 솔직히 말하면 뭐, 이런 새끼가 다 있나 싶었어요. 장학금까지 꼬박꼬박 받고 빠지는 구석이 없잖아요. 다 가졌는데, 성격이 모날 리가 있어요? 나 같아도 실실 웃고 다니겠구먼. 근데 또 실없이 웃지도 않아요. 노는 데는 별 관심이 없었죠. 우르르 몰려다니면서 시시껄렁하게 구는 걸 좀 한심하게 여긴 것 같기도 하고. 그렇다고 여자 꼬시는 데 열을 올리는 것도 아니고. 그냥 혼자 잘난 맛에 사는 새끼 같았죠. 뭐, 그래도 그 땐 싫지 않았어요. 그런 거 있잖아요. 옆에 있으면 괜히 쫄려서 자격지심이 들긴 하는데, 또 같이 어울리다 보면 나도 괜찮은 사람처럼 느껴지는 거. 나도 얘처럼 될 수 있을 것 같고. 근데 그 새끼는 딱히 애정이 없어요. 같이 있을 땐 잘 어울리다가도 먼저 보자고 연락하거나 놀자고 권하거나 그런 게 없어요. 뭐, 어떡해요. 아쉬운 사람이 찾아가는 거지. 그 새끼랑 어울린다고 그 새끼 학과 복수전공까지 했다니까요. 복수전공 한다고 했을 때, 다른 사람들은 너 같은 새끼가 웬일이냐고 낄낄거리면서 비웃기나 했는데, 그 새끼는 잘해줬죠. 공부도 도와주고, 시험 기간에 필요한 자료도 주고 했어요. 역시 사랑받으면서 자란 새끼는 다르구나 싶었죠. 걔네 집도 콩가루인 건 몰랐죠. 그걸 어떻게 알아요. 말도 안 하고, 꼬인 것도 없는데. 그러니까 점점 마음이 열린 거죠. 열등감이니 자격지심이니 떼어놓고 그 새끼가 진짜 좋아졌다고요. 근데 그런 새끼가 뒤통수를 후려갈겼으니 열이 안 받아요?

4년을 사귄 여자 친구예요. 당연히 그 새끼도 소개해줬죠. 셋이서 밥도 먹고 술도 먹고 했어요. 처음에 그 새끼가 내 일자리를 빼앗을 때도 그냥 그러려니 했어요. 선배한테 빡친 거지, 그 새끼한테 빡친 게 아니니까요. 알 리가 없다고 생각했어요. 내 자리인 걸 알았으면 절대 안 받아들였을 거라고. 오히려 그 새끼가 하겠다고 하는 걸 보니까 화가 나면서도 묘하게 자부심도 생기는 거예요. 그게 내 아이디어였으니까, 내 아이디어가 괜찮다는 거잖아요? 그래, 선배고 뭐고 나 혼자서도 잘

할 수 있겠다 싶었죠. 그래서 그 이후에도 예전처럼 지냈어요. 서로 바쁘니까 자주는 못 봐도 한두 달에 한 번쯤 만나서 밥 먹고 술 먹고 했단 말이에요. 그때 여자 친구가 자연스럽게 합석하고 한 거죠.

하루는 여자 친구가 갑자기 헤어지자고 하는 거예요. 뜬금없이. 싸운 적도 없고 권태기도 없었는데, 하루아침에 싹 변했더라니까요. 그러더니 울면서 그 새끼가 좋다는 거예요. 그 새끼가 좋아져 버렸다고. 씨발, 꼭지가 안 돌고 배기겠냐고요. 다 가진 새끼가 싹 다 뺏어가는 게 말이 돼요? 열 받아서 찾아갔는데, 그 새끼는 아니라잖아요. 걱정하지 말라고, 사귈 생각 없다고 안심시키기까지 하더라니까요. 그 새끼는 내가 왜 열 받는지 알면서도 자기 잘못이 아니라고 못 박더군요. 왜 이렇게 자기한테 그러는지 모르겠다는 표정을 지으면서. 그 순간 내가 얼마나 비참했는지 아세요? 화도 못 내요? 자존심이 너덜너덜해져서 가루가 되었는데, 까짓거 죽여버리겠다고 몇 번 말한 게 그렇게 죄예요?

난요, 다들 그 새끼한테 어느 정도는 속고 있다고 봐요. 10년을 넘게 봤는데, 그 새끼가 속마음을 털어놓는 걸 한 번도 못 들어봤어요. 그 새끼는 그냥 그 상황에 대해서만 지껄여요. 사람이 짜증 난다는 말 한 번 안 하는 게 정상이라고 생각해요? 나한테만 안 한 게 아니에요. 못 믿겠으면 다른 사람한테 물어봐요. 솔직히 말하면요. 난 그 새끼가 폭탄을 보낼 수도 있다고 생각해요. 가족을 죽이려 했든, 지가 죽으려 했든, 하겠다고 마음먹으면 그 정도는 우습게 할 애라고요. 그 정도로 음흉한 새끼에요. 그 새끼가.

22

두현

808호. 33. 장남

"H 아파트 사제폭탄 사건으로 경찰은 최 모 씨를 조사하고 있는 것으로 밝혀졌습니다. 최 모 씨는 피해자 가족 중 한 명에게 지난 6개월 간 지속적인 협박을 해온 것으로 밝혀졌습니다."

현은 채널을 돌렸다. 한창 유행하는 가요가 흘러나왔다. 라디오를 끄려다 이내 관두었다. 경찰은 그간의 통신 기록을 요구했다. 제멋대로 들여다보는 것도 모자라 직접 경찰서에 나와서 문자를 보여주고 설명하라고 했다. 현의 입에서 준호의 이름이 나온 적은 단 한 번도 없었다. 그게 문제가 된 걸까? 참고 진술이 필요하다고 했지만, 또다시 경찰서로 부른 게 그것 때문만은 아닐 거란 예감이 들었다.

준호의 여자 친구는 완벽하게 일방적인 감정이었다. 현은 한 번도 그녀를 이성으로 본 적이 없었다. 친구의 여자 친구 그 이상도 이하도 아니었다. 특별히 친절하거나 매정하게 대한 적도 없었다. 고백받았을 땐 황당하기까지 했다. 당연히 거절했다. 안타깝지만 간단한 문제였다. 그렇게 끝난 일이라 생각했다. 준호에게 미안하다고 말하지 않았다. 미안하지 않았으니까. 그게 오해를 불러일으킬 줄은 몰랐다. 내 감정은 아니라는 말을, 어째서 본마음이 아니라고 받아들인 건지 이해할 수 없었다. 하지만 준호의 생각은 달랐다. 준호는 모든 게 현의 탓이라 여겼다. 그가 배신한 거라고 여겼다. 욕하고 주먹을 날리고 가만두지 않겠다고 윽박질렀다. 준호의 오해가 시작되었을 때, 현은 심각하게 생각하지 않았다. 두 사람의 문제라고 생각했고, 그에 대해 말하지 않는 게 예의라고 여겼다. 준호가 질투한다는 것 정도는 어렴풋이 눈치채고 있었지만 누군가의 애인을 빼앗을 정도의 애착이 없다는 것 정도는 알고 지낸 시간이라고 생각했다. 착각에 불과했지만. 준호 역시 보고 싶은 대로만 볼 뿐이었다.

목요일 오후였지만 도로는 꽉 막혀 있었다. 이 많은 사람이 대체 어디로 가고 있는지, 자신처럼 원치 않는 곳에 끌려가고 있는지 궁금했다.

지난밤, 현이 폭탄에 연루되었다는 사실을 알게 된 투자자가 빠져나갔다. "내가 하려는 건 투자지, 도박이 아닙니다." 민우 선배의 설득에도 불구하고 그는 단호하게 거절했다. 적어도 수사가 끝날 때까지 기다려줘야 하는 것 아니냐는 말에도 그러다 폭탄이 터지면 어쩔 거냐고, 연루되고 싶지 않다며 노골적으로 답했다. 겨우 성사된 일들이 순식간에 무너지고 있었다. 걱정 말라는 선배의 말에도 현은 이쯤에서 관두는 게 자신이 할 수 있는 유일한 일이라는 생각이 커지고 있었다. 인내심을 발휘하는 건 현의 특기나 다름없었지만 그럼에도 불구하고 점점 지쳐가고 있었다.

경적에 정신이 들었다. 자신도 모르게 깜빡 졸았나 보다. 폭탄이 터지고 난 후, 잠을 제대로 못 잤다. 현은 물을 한 모금 마신 뒤, 졸음 쫓는 껌을 꺼내 씹었다. 문제가 생기면 해결한다. 이제껏 현이 해온 방식이었지만 폭탄은 해결은커녕 시간이 갈수록 미로 속으로 빠져들어 가는 듯했다.

경찰서에 들어가는데, 공교롭게도 나오는 준호와 마주쳤다. 현은 기가 막혔다. 대체 일 처리를 어떻게 하는 걸까? 마주치지 않게 하는 건 기본이 아닐까 싶었다. 준호는 현을 보자마자 침이라도 뱉을 것처럼 노려보았다.

"여자 뺏어가는 걸로도 모자라 인생에 재까지 뿌리냐? 그 죄를 어떻게 감당하려고 그러냐."

준호가 비아냥거렸다. 현은 짧은 한숨을 내쉬었다.

"가라."

더는 대화를 지속하는 게 의미 없다고 여긴 현은 준호를 뒤로한 채 경찰서 안으로 걸어 들어갔다. 등 뒤에서 준호가 소리쳤다.

"그 폭탄 너한테 왔을 거다. 내가 안 보낸 게 아쉬울 지경이다. 너 싫어하는 인간이 나밖에 없을 것 같냐? 언제까지 여유 부릴 수 있나 보자. 아니, 자기가 보낸 거라 여유로운가? 하긴 그래도 이상할 것 하나 없지. 사람들이 왜 그걸 모르나 몰라."

준호는 돌아보지 않는 현의 등에 대고 저주나 다름없는 말을 쏟아냈다. 현이 더는 참지 못하고 돌아서려는 찰나에 때마침 나온 이용준 형사가 준호에게 소리쳤다.

"최준호 씨, 지금 이러시는 거 본인한테 전혀 도움 안 됩니다."

"고양이 쥐 생각하시네."

준호는 경찰한테까지 비아냥거린 뒤에야 경찰서를 떠났다. 여자 친구 일로 심각했을 때도 저 정도까지는 아니었는데, 어쩌다 저렇게 되었는지 모를 일이었다. 이 형사가 고개를 내저으며 곧장 현을 안으로 안내했다. 그는 현이 따지려는 걸 알아차린 것처럼 선수를 쳤다.

"보통 고집이 아니네요. 가도 된다는데, 무슨 할 말이 그렇게 많은지."

현은 일부러 마주치게 한 것이 아닌가 의심이 들었지만 굳이 따지지 않았다. 그러자 이용준은 친한 척이라도 하려는지 스스럼없이 말을 이었다.

"이래서 부모들이 친구 가려서 사귀라고 잔소리하는 거죠."

"그럴 나이가 아니라서요."

"나이가 들수록 더 가려 사귀어야 하죠. 어렸을 때야 공부 좀 안 하고 기껏 쌈박질하는 거지만, 나이 들면 인생 말아먹어요."

어쩐지 가시 돋친 말이었지만 현은 대꾸할 마음이 들지 않았다. 간단한 질문 몇 개만 한다고 하더니, 이 형사가 안내한 곳은 조사실이었다. 잠시 기다리라고 한 뒤 그는 밖으로 나갔다. 테이블과 의자만 있는 좁은 공간에 남아 있으니 용의자라도 된 기분이었다. 무슨 일이든 일어날 수 있는 게 인생이라 믿는 아라와 달리 현은 무슨 일도 쉽게 일어나지 않는다고 믿는 쪽이었다. 현의 인생은 대부분 계획대로 흘러갔고, 그 때문에 갑자기 모든 게 꼬이는 상황이 더더욱 적응되지 않았다.

잠시 후에 들어온 건 김민지 형사였다. 현의 앞으로 물컵을 내려놓은 뒤, 마주 보고 앉았다.

"취조라도 받는 것 같네요. 변호사를 불러야 합니까?"

현의 말에 김 형사가 웃었다.

"보는 눈이 많아서 택한 것뿐이에요. 변호사 필요한 일 안 하셨잖아요?"

떠보는 건지, 비아냥대는 건지, 그저 사실을 이야기하는지 가늠할 수 없었다. 어느 쪽이든 달라지는 건 없었지만.

"협박 문자 받은 건 왜 말 안 하셨어요?"

"굳이 할 필요가 없다고 생각했습니다."

"보통 사람이라면 처음으로 의심할 텐데요."

"홧김에 죽인다고 한다고 해서 진짜 죽이진 않을 테니까요."

"죽이기도 해요."

"준호가 범인이라는 겁니까?"

"그런 말을 하는 사람이 죽이기도 한다고요. 그러니까 경찰이 있고, 교도소도 있는 거죠. 최준호 씨가 범인이라는 게 아니라, 두현 씨가 너무 안일하게 생각하는 것 같아서요."

"참고하겠습니다."

현의 무미건조한 반응을 김 형사가 흥미롭다는 듯 쳐다보았다. 현은 통신사에서 받은 문자 자료를 내밀었다.

"이미 확인하셨겠지만 말씀하셔서 들고 왔습니다."

자료를 받아든 김 형사는 대충 훑은 후 옆으로 밀어놓았다.

"최준호 씨는 알리바이가 확인되었어요. 폭탄을 보낸 시간 회사 CCTV가 확보되었습니다. 청부한 내역도 없고요."

"그럼 전 왜 부른 겁니까?"

"말씀드렸잖아요. 그냥 몇 가지 물어보려고요. 움직일 때마다 기사가 쏟아져서 저희도 미치겠네요. 다들 코난이라도 된 건지, 마취총이라도 쏘라고 하고 싶은 심정이에요."

현은 넋두리를 들어줄 여유가 없었다. 그가 아무 말도 하지 않자 김 형사가 표정을 가다듬고 말했다.

"최준호 씨가 그런 말을 하더라고요. 두현은 사람을 미치게 만든다. 내일 당장 지구가 멸망한다 해도 태연하게 앉아 있을 놈이다. 그런 놈을 옆에서 보고 있으면 돌이라도 던지고 싶은 게 사람 마음이다."

김 형사는 잠시 뜸 들인 후 덧붙였다.

"본인에게 폭탄이 왔을 거란 생각은 안 해보셨어요?"

여전히 오해를 받고 있다는 사실에 두통이 몰려왔다. 오해라면 지긋지긋했다. 오해를 받아도 상관하지 않는다는 게 오해를 받아도 괜찮다는 말이 아니었다. 통제할 수 없는 현실에 백기를 드는 것뿐이었다.

"이번 사건으로 가장 황당한 게 뭔지 아십니까?"

김민지는 말없이 현을 빤히 쳐다보았다.

"우리가 피해잔데, 다들 가해자 보듯이 봐요. 지금처럼이요. 협박당한 건 난데, 협박받을 이유가 뭐냐고 기어코 따져 묻는 것처럼 말이죠. 왜 자꾸 그런 일을 당했냐고 캐물어요."

김 형사가 고개를 끄덕였다. 수긍하는 건가 싶었지만, 다음에 이어진 질문을 들으니 그렇지도 않았다.

"두아라 씨와 사이는 어떤가요?"

멈칫하는 현의 모습을 김 형사는 놓치지 않았다.

"가까워 보이진 않던데, 심지어 두 분이 쌍둥이라는 걸 모르는 사람도 있고요."

사람들은 속내를 쉽게 드러내지 않는다. 음흉한 심보를 질문으로 바꿔 상대를 떠본다. 이제껏 현은 그런 질문에 굳이 대응하지 않았다. 어차피 듣고 싶은 대로 듣기 마련이니까. 그럼에도 불구하고 참을 수 없는 순간이 있다.

"지금 제가 아라한테 폭탄을 보냈다고 하는 겁니까?"

현은 불쾌함을 감추지 않았다.

"전 사이가 가까운지 아닌지 물었을 뿐이에요."

"쌍둥이라고 다 가까운 건 아닙니다. 모든 사람이 쌍둥이라는 걸 알 필요도 없고요."

"숨길 필요도 없잖아요."

"굳이 말하지 않는다는 게 숨긴다는 건 아닙니다."

"그럼 굳이 말하지 않는 이유는 뭔가요?"

현은 한숨을 내쉬었다. 폭탄마저 '쌍둥이'에 이르게 될 줄은 몰랐다. 여느 때와 마찬가지로 그의 모든 행동이 쌍둥이라는 사실로 귀결된다는 게 지긋지긋했다.

"비교당하는 데 지쳤습니다. 누가 더 잘났느냐의 문제가 아닙니다. 표정 하나, 말투 하나 비교당하면서 지적받는 게 쌓이면 엄청난 스트레스가 됩니다. 설령 내가 더 잘났다는 소릴 듣는다고 해서 그게 좋은 것도 아니고요. 보통의 형제자매도 비교 대상이 되는데 한날한시에 태어난 쌍둥이라면 그 정도가 더 심하죠. 그러니 굳이 아라의 존재를 밝혀서 피곤한 일을 겪는 걸 피하려는 게 죄가 됩니까?"

"쌍둥이로 태어나는 게 싫었다는 말로 들리기도 하는데요."

"넘겨짚는 위험한 발언은 하지 않으시는 게 좋겠네요. 아라에 대해 말하지 않는다는 게 아라를 없애고 싶다는 말은 아니니까요."

김민지 형사가 어깨를 으쓱했다. 마치 자신은 아무 말도 하지 않았다는 듯.

"오피스텔을 갖고 계시던데요. 청운 오피스텔 301호."

현은 인상을 찌푸렸다. 언젠가는 밝혀질 일이었다.

"따로 거처가 있다고 왜 말씀 안 하셨어요? 가족한텐 회사에서 지낸다고 하셨던데."

"아직 말 못 했습니다."

"이유가 뭔가요?"

"바빠서 정신없었습니다."

"정신이 없었다기에 1년이라는 시간이 좀 길지 않나요?"

"사실은 사실이니까요"

"저희가 수색을 좀 해도 되겠죠? 거부하셔도 되지만 깔끔하게 하고 넘어가는 게 좋잖아요."

"마음대로 하세요."

"비밀번호가…?"

현이 쳐다보자 김민지 형사가 덧붙였다.

"따고 들어가는 게 보기 좋진 않을 거예요. 알려주시면 조용히 다녀 오겠습니다. 동행하시면 당연히 더 좋고요."

"121584, 그럴 필요 없습니다. 발자국이나 내지 마세요."

볼 것도 없었다. 가구라고는 붙박이로 있는 게 전부였고, 현의 물건 은 옷가지 몇 개와 세면도구가 전부였다. 다만 문제가 있다면 집주인의 반응이었다. 연장은커녕 계약 기간도 채우지 못한 채 쫓겨나지 않을까. 폭탄이 처음 터졌을 땐, 수습 과정이 이렇게 오래 걸릴 줄 몰랐다. 승 아와 아라가 차례로 의심을 받을 때도 자신의 차례까지 올 거란 생각 은 하지 못했다. 심지어 자신을 폭탄을 받을 사람이 아니라 보낸 사람 이라고 생각할 줄이야….

"카메라는 왜 중고로 사셨어요?"

"신용 기록은 아직 확인 안 했습니까, 아니면 모른 척하시는 겁니까? 한 푼이라도 아껴야 하는 상황입니다."

"네, 뭐 그건 그렇다 치고. 왜 집으로 받으셨어요? 회사도 있고, 오피 스텔도 있는데요. 집에 자주 들어가지도 않았던데요."

"그냥 무심결에 쓴 주소입니다."

김 형사는 여전히 미심쩍은 표정이었지만 일단 알았다는 듯 고개를 끄덕였다.

"K 전자를 그만둔 이유가 뭔가요? 남들은 못 들어가서 안달인데. 동료들과 관계는 괜찮았나요?"

이미 다 알고 있으면서 떠보는 것 같아 현은 짜증이 났다. 표정 관리를 해야겠다는 생각도 사라졌다. 못 들어가서 안달 난 기업이 현에겐 지옥이었다. 치열한 경쟁률을 뚫고 뽑힌 난다 긴다 하는 사람들도 막상 입사하고 나면 그저 평범하다고 평가받지만, 현에게는 다른 비난이 추가되었다. 사수는 얼굴 믿고 까부냐는 둥, 배경이 얼마나 좋기에 당당하냐는 둥 시비를 걸었고 건물주라는 헛소문을 퍼뜨리기도 했다. 자신에게 왜 그러는지 이유를 알 수 없었다. 현의 배경은 부풀릴 대로 부풀려져 더 많은 오해를 불러일으켰고, 그를 향한 모욕은 점점 짙어졌다. 한 사람에게서 시작된 일이 부서 전반으로, 회사로 퍼져나갔다. 그의 노력은 더없이 쉬웠고, 실수는 한없이 우스워졌다. 표정 관리는커녕 언제부턴가 화를 참기 어려워졌다. 어떻게든 극복해보려 심리학책을 섭렵하고 명상 수업까지 받았지만, 날이 갈수록 더 심해지는 사수의 패악을 견디기가 어려웠다. 불면증에 시달리는 걸로 모자라 원형탈모까지 왔을 무렵 민우 선배가 함께 일하자고 했다. 의리 때문도, 야심 때문도 아니었다. 도망칠 곳이 필요했다. 오피스텔도 마찬가지였다. 집에 들어갈 때마다, 아라를 볼 때마다 비교하는 건 다른 누구도 아닌 현 자신이었다. 아무도 신경 쓰지 않는 혼자 있을 곳이 필요했다. 그 모든 걸 구구절절 떠들고 싶지 않았다.

현이 아무 말도 하지 않자 김 형사가 물었다.

"지금의 회사 동료들과는 괜찮나요? 회사 사정이 좋지 않던데."

"제가 피해자인 겁니까, 피의자인 겁니까? 아니면 왔다 갔다 해서 실수라도 하길 바라는 겁니까?"

두현의 날 선 질문에도 형사는 차분하고 냉정한 태도로 유지했다.

"두현 씨는 똑똑한 사람이죠."

"무슨 뜻인지 알아듣게 이야기해주시죠"

"그런 사람은 문제를 일으키고 쉽게 빠져나가기도 하니까요."

현은 김민지 형사가 왜 이렇게까지 하는지 이해가 되지 않았다. 자신의 노력이 어째서 의심으로 귀결돼야 하는지 화가 났다. 점점 한계에 다다르는 기분이었다.

그 시간 최준호는 기자를 만나고 있었다. 경찰서에서 온갖 패악을 부린 후에도 분이 풀리지 않은 터였다. 여자 친구를 빼앗긴 것만으로도 억울한데, 용의 선상에 오른 것도 모자라 전국에 생중계되었다는 사실을 참을 수가 없었다. 경찰서에서 벗어나기도 전에 다가오는 남자에게 당장 꺼지라고 소리쳤다가 기자라는 말에 기다렸다는 듯 말을 쏟아냈다. 기자는 조사까지 받고 온 그의 말에 상당한 신빙성이 있다고 여겼고, 그가 하는 말을 곧장 회사로 송고했다. 몇 분 지나지 않아 포털 사이트에 영상과 함께 기사가 올라왔다. 최준호의 증언에 의하면 현은 피도 눈물도 없는 소시오패스나 다름없었다. 여자 친구를 빼앗고, 일자리를 빼앗고, 가족을 배신하기 위해 집을 얻고, 눈에 거슬리는 걸 없애기 위해 무엇이든 하는 남자. 10년 넘는 시간 동안 쌍둥이라는 사실을 감췄다는 게 말이 되냐면서, 마치 아라를 없애기 위한 전조현상처럼 부풀렸다. 그는 아마도 아라의 대본을 유출해 곤란에 빠뜨린 것 역시 현일 거라고 장담했다. 현을 알고 있는 사람이라면 누구라도 믿지 않을 이야기였지만 폭탄이라는 자극적인 소재 앞에서 이성을 차리기란 쉽지 않은 일이었다.

경찰서에서 나온 현이 회사로 들어가고 있을 때, 민우 선배에게 전화가 왔다.

"최준호 이 새끼 진짜 미친놈이네."

흥분한 목소리였다. 쉽사리 화를 내지 않는 선배가 화를 내고 있었다. 현은 그마저 제 탓인 것처럼 씁쓸했다.

"준호 범인 아니야."

"넌 지금 상황에 편들어주고 싶냐? 너, 설마 기사 아직 못 봤어?"

현은 가슴이 철렁 내려앉았다. 발가벗겨진 기분이었다. 그의 말이 사실이 아니라는 걸 알면서도 몇이나 현을 믿어줄까 싶었다.

"경찰서에서 나오자마자 네가 범인이라고 인터뷰했던데. 너 경찰서 들어가는 뒷모습까지 다 찍혔어. 지금 그 새끼 때문에 회사까지 기자들 찾아오고 난리야. 회사 들어오지 말고, 집에 가서 좀 쉬든가 해."

대답하지 않자 선배가 걱정스레 물었다.

"괜찮아?"

"…괜찮아."

"아무 생각 말고, 집에 가서 쉬어. 급한 일 없으니까 걱정 안 해도 돼. 내가 그 새끼를 족치든지 해야지, 어휴."

민우 선배의 목소리 뒤로 소란스러운 잡음이 들렸다.

전화를 끊은 뒤에도 정신을 차릴 수가 없었다. 그때였다. 대교 위를 달리던 차가 멈췄다. 주유 경고등에 불이 들어와 있었다. 가까스로 오른쪽에 차를 세운 뒤, 현은 핸들을 내리쳤다.

"씨발."

겨우 깜빡이만 켜놓은 채 보험 회사를 기다렸다. 주유 경고등에 신호가 들어온지도 모르고 있었다. 평소의 현이라면 있을 수 없는 일이었다. 어디서부터 얼마나 망가졌는지, 회복 가능성이 있기나 한지 알수 없었다. 버그 하나를 고치려고 열어보니 사방에서 버그가 튀어나오는 것과 같았다. 고치려는 시도조차 버거웠다. 이대로 손 떼고 달아나고 싶었다.

누구나 감추고 싶은 게 있다는 말, 비밀 아닌 게 비밀이 되어버린다는 말은 승아가 아닌 자신에게 하는 말이었을 거다. 말하려고 하면 할수도 있는 일들이 언제부터인가 목구멍 속에서 꽉 막혀 말할 수 없게만들었다. 한사코 장애물을 없애려 들 때도 있었지만 언제부턴가 그모든 노력이 귀찮아졌다. 차라리 말하지 않는 게 평화를 지키는 길이라 여겼다. 그게 이제는 쌍둥이 형제를 죽이려 했다는 오해까지 불러일으켰다.

아라를 죽이고 싶은 적이 있었냐고 묻는다면 결단코 없다고 장담할수 있었다. 아라가 없어졌으면 좋겠다고 여긴 적이 있었냐고 묻는다면답할 자신이 없었다. 그랬으니까. 아라만 없다면 삶이 조금은 편했을지도 모르겠다고, 완벽한 인간으로 보이려고 이토록 안간힘을 쓰지 않았을지도 모른다고 여겼으니까.

초등학교를 졸업할 때까지 아라와 현은 늘 세트였다. 같은 디자인의 옷을 색깔만 다르게 입었고, 아라가 신발을 사면, 현도 신발을 샀다. 아라가 피아노를 배우고 싶다고 하면 현도 함께해야 했고, 현이 태권도를 배우면 아라가 따라나섰다. 그 모든 게 재미로 느껴질 때도 있었다. 똑같은 글씨체에 서로의 숙제를 대신 해주기도 했고, 현이 할 수 없는 말을 아라가 해주기도 했다. 친구도 늘 같았다. 성별이 다르다는 것쯤은 문제가 되지 않았다. 현의 기억에 의하면 중학교에 가면서 조금씩 달라졌다. 여전히 함께 학교를 다녔지만 관심사가 조금씩 달라지고, 성과가 달라지기 시작했다. 아라는 늘 앞서 나갔다. 먼저 성과를 냈고, 먼저 칭찬을 들었다. 누나니까 당연히 더 잘할 수밖에 없다고 했다. 현은 그런 아라를 따라잡기 위해 애썼다. 그리고 따라잡았을 때 아라는 흥미를 잃고 다른 일을 찾았다. 승부는 애초에 관심 없었다는 듯 재미를 찾아 나섰다. 사람들은 그런 아라를 좋아했다. 아라 곁에 있으면 현은 늘 지루한 사람이 되었다. 현과 먼저 친구가 되었다가도 생일이면 아라의 선물 먼저 사곤 했다. 아무리 애써도 아라를 따라잡을 수가 없었다. 아라보다 더 잘하는 것 역시 아무런 의미가 없었다. 그렇다 해도 현이 할 수 있는 일이라곤 그저 애쓰는 것밖에 없었다. 제멋대로 굴어도 사랑받는 아라와 달리 현에게 대가 없는 사랑은 주어지지 않았으니까. 그런 현을 아라는 이해하지 못했다. 고리타분하다고 고개나 저을 뿐이었다. 그럴 때는 그저 담담하게 별것 아니라는 듯 구는 것밖에 할 수 있는 일이 없었다. 그렇게 서서히 멀어졌다. 아라는 아라의 길을 갔고, 현은 현의 길을 갔다.

"너답네."

K 전자에 입사했을 때 아라가 내뱉은 말이었다. 그 한 마디에 어떤 의미가 담겨 있는지 알아차리는 것이 어렵지 않았다. 현이 가까스로 부여잡은 삶이 아라에게는 눈길조차 줄 일 없는 지루한 삶이었다. 그렇다 할지라도 삶을 바꿀 수는 없었다. 현은 입을 다무는 걸 택했다.

견인차가 도착하기 전에 아라에게 전화가 왔다. 깨진 액정 사이로 아라의 이름이 반짝였다. 현은 전화를 받지 않았다. 견인차가 도착할 때까지 현은 멍하니 앉아 있었다. 요란한 경적조차 귀에 들어오지 않았다. 어떻게 수습을 해야 할지, 수습이 과연 될지 확신할 수 없었다. 폭탄이 터진 곳이 집이 아니라, 마치 자신의 삶인 것만 같았다.

무사히 주유소에 도착해 주유를 마친 뒤에도 현은 어디로 가야 할지 알 수 없었다. 회사로도, 오피스텔로도, 호텔로도 갈 수 없었다. 그제야 숨 좀 쉬러 옥상에 올라갔다는 승아의 말이 이해되었다. 갈 곳이 없다는 것, 어디서도 이해받을 수 없을 거라는 공포가 현을 덮쳤다. 한참 동안 차에 탄 채로 배회하던 현은 결국 집으로 향했다. 엉망진창이 돼버린 집에 도착하자, 아무도 없을 거라는 예상과 달리 아라가 현을 맞이했다.

23

두아라

808호. 33. 장녀

예측 가능한 세계 속에서 살아가는 게 좋았다. 시청자가 뒤통수를 맞는 순간마저도 예측하는 게 작가의 영역이라 여겼다. 뜻대로 되지 않는 삶 속에서 하나쯤은 뜻대로 되길 바랐다. 종잇조각에 쓰인 글자들이 어떤 결과를 벌지는 알 수 없을지라도, 적어도 자신이 핸들을 잡고 있다고 믿고 싶었다. 그 때문이었을까? 완전한 착각 속에 파묻혀 지내는 동안 현실이 어떤 건지 싹 잊어버린 걸까?

폭탄이 처음 터졌을 때도, 범인으로 몰리는 순간에도 아라는 착각했다. 불현듯 찾아온 사건이 오직 아라의 삶만 휘저을 거라고. 차마 내보이지 못한 수치스러운 모습을 드러낸 후, 허망하게 막을 내릴 거라고. 그러니 민낯이 드러난 순간에도 태연한 표정을 짓고 있으면 되는 거라고. 폭탄이 다른 이의 민낯까지 고스란히 드러낼 거라곤 생각지 못했다.

"고객님의 전화가 꺼져 있으니, 소리샘으로 연결됩니다. 소리샘으로 연결된 후…."

아라는 전화를 끊었다. 계속해서 전화를 받지 않던 현이 급기야 핸드폰의 전원을 끈 것이다.

아라는 마음을 가라앉히기 위해 눈을 감았다. 뉴스로 접한 소식에 머리끝까지 화가 나 전화를 걸었지만, 막상 받는다고 해도 무슨 말을 해야 할지 몰랐다. 폭탄을 보내려 했었냐고? 죽기를 바란 거냐고? 오피스텔을 구한 게, 빚이 있다는 사실이, 협박을 받고 있었다는 날들이 폭탄과 무슨 상관이라고. 조금만 이성을 차리면 아무런 상관도 없다는 걸 알 수 있지만, 모든 것이 한꺼번에 쏟아져 머릿속을 헤집었다. 아라에게 어떻게 된 일인지 설명은커녕 아니라는 변명조차 하지 않으려는 모양새가 모든 걸 기정사실로 만들었다. 현에게 아라는 변명할 필요조차 없는 인간이 되어버린 기분이었다. 아라는 무릎 위에 올려놓았던 노트북을 내팽개쳤다. 이미 끝나버린 일에 매달려 있는 자신이 한심해 미칠 것 같았다.

지금 이 순간 아라를 가장 열 받게 만드는 건 현이 아닌 현을 욕하는 인간이 이해된다는 사실이었다. 아라 역시 현을 시샘했으니까. 질투심을 억누르기 위해 미워하기로 작정한 적이 있었으니까. 현 앞에 설 때면 아무리 애써도 넘을 수 없는 벽 앞에 서 있는 기분이었다. 아라가 단막극에 겨우 당선되었을 때, 현은 K전자에 합격했고, 단막극이 엎어지고 가까스로 보조 자리를 얻었을 때, 보란 듯이 대리로 승진했다. 보조 자리마저 잃고 방에 처박혔을 때는 현도 대기업을 박차고 나와 선배와 회사를 차렸다. 인생이 현에게만 쉬워 보였다. 무엇보다 아라를 작게 만들었던 건 현의 태도였다. 재수할 때도, 퇴사할 때도, 미련도 아쉬움도 없어 보였다. 원한다면 언제든지 얻을 수 있는 듯 자신만만했고 아라는 그 모습을 참을 수가 없었다. 가족이 아니었다면 마음껏 미워하기라도 했을 터였다. 비교하길 멈추고 인생에서 몰아내면 그만이었다. 하지만 현은 가족을 넘어선 쌍둥이였다. 유전자를 나눈 사이, 무려 열 달 동안 붙어 있던 사이. 아라가 할 수 있는 일은 최대한 말을 섞지 않는 것뿐이었다. 아무것도 알려고 하지 않고 그저 눈 감고 귀를 막는 것만이 삶을 지킬 수 있는 유일한 방법이라 생각했다. 그 때문에 아라는 확신할 수 없었다. 현은 그런 애가 아니라고. 해코지는커녕 남모를 삶을 사는 애가 아니라고, 콧방귀를 끼며 넘어갈 수가 없었다.

경찰에 전화를 걸어서 오피스텔이 어디냐고 따져 묻고 싶은 마음을 가까스로 억누른 채 전화를 기다렸다. 무슨 말을 해야 할지, 떠오르지 않았지만, 시간이 갈수록 배신감이 커졌다. 이제껏 아무 말도 하지 않았던 이유가 뭘까? 적어도 협박받은 건 말했어야 하는 것 아닌가? 아라가 경찰서까지 불려간 걸 알면서도, 어째서 입을 꾹 다물고 있었을까? 자기만 피해 가면 된다고 여겼을까? 아니면 아라가 곤욕을 당하는 걸 즐기고 있던 걸까? 다시 전화를 걸었지만 현의 전화는 여전히 꺼져 있었다. 그 순간 오래전에 메인 작가가 했던 말이 떠올랐다. "대본 유출은 신고해봐야 좋을 거 없어. 잡고 보면 아는 놈일 게 뻔한데, 얼굴만 붉히지. 쓸데없이 실망하느라 시간 버리지 말고, 재수 없었다고 생각하고 넘기는 게 나아." 말도 안 된다고 하면서도, 창피하고 한심한 쌍둥이를 이 기회에 골려주려고 했던 건 아닐까 하는 생각에까지 이르자 더는 참을 수가 없었다.

급히 호텔을 나서려는데, 로비에서 승아와 마주쳤다. 학교에서 뛰쳐나오기라도 했는지 가방조차 메고 있지 않았다. 승아와 투덕거릴 여유가 없었지만 길을 가로막듯이 앞에 서는 승아를 피해 갈 수도 없었다. 승아에게 화가 난 것도 아니었는데 날 선 말이 튀어나왔다.

"폭탄이 프리패스라도 되는 줄 알아? 학교는 왜 자꾸 빠져?"

"내가 폭탄이라도 터뜨렸을까 봐 아무 말도 안 하는 거야?"

대답도 하지 않은 채 노려보며 따져 묻는 모습에 머리가 지끈거렸다.

"나중에 이야기하자."

소리치고 싶은 마음을 가까스로 억눌렀다. 조금 떨어진 곳에서 지켜보는 프런트 직원의 눈길이 느껴졌지만, 승아는 관둘 마음이 전혀 없는 듯했다.

"관심도 없으면서 학교에 빠지든 말든 무슨 상관이야? 언니도 내가 범인이라고 생각하는 거잖아. 그래서 아무것도 안 묻는 거 아냐? 투명인간 취급이나 하고, 그럴 거면 그냥 신고해. 왜? 눈엣가시인 동생이 얼굴에 먹칠이라도 하는 것 같아서 신고는 못 하겠어? 안 그래도 꼴 보기 싫은 짐이었는데 언니 인생까지 망칠까 봐 그래?"

분에 못 이겨 씩씩거리는 승아를 보니 기가 막혔다. 뭘 잘했다고 화를 내는지, 자신이 아무리 한심한 인간이라고 해도 맏이였다. 그런데도 다들 하나같이 만만하게 여기고 있다고 생각하니 참을 수 없이 화가 났다.

"너도 내가 이러고 있으니까 우습니? 돈도 못 벌고, 방구석에만 처박혀 있다고 무시하는 거야? 너 현이한테는 이러지 않잖아. 아냐? 아무것도 안 물었다고? 학교는 왜 안 갔냐고 물었을 때, 너 어떻게 했어. 교복까지 입고 가는 척했잖아. 가족이라면 지긋지긋하다고 모르는 사람한테 털어놓을 정도로 숨 막힌다는 애한테 내가 뭐라고 해야 되니? 심지어 내 흉내까지 낸 애한테. 투명 인간 취급한 건 내가 아니라 너야. 근데도 이렇게 와서 따지는데 무시하는 게 아냐? 네가 날 언니라고 생각하면 이럴 수 있겠니? 따지는 게 아니라 미안하다고 사과를 해야 되는 거 아니냐고. 사람을 우습게 여겨도 정도가 있지."

방금까지 따져 묻던 승아는 아라가 쏘아붙이자 할 말을 잃은 듯 말을 더듬었다.

"그건 말할 기회가…. 언니가 기회를…."

"기회가 없어? 왜 없어? 너 경찰서에도 쫓아왔잖아. 두부까지 들고 와서 드라마 쓰라니 어쩌니 떠들었잖아. 경찰서까지 불려가서 조사받고 나오는데, 털어놓을 생각이 안 났어? 되지도 않는 드라마 쓴다고 놀리는 게 아니면 어떻게 그럴 수가 있어? 너한텐 이게 다 장난처럼 보이니? 그까짓 팔 좀 다친 걸로 궁상떨고 있다고 생각하는 거 아냐?"

싸늘하게 따지고 드는 아라의 모습에 승아는 울음을 터뜨렸다. 순식간이었다. 사람들이 쳐다보며 수군거리는데도 승아는 아랑곳없이 엉엉 울었다. 뭉개지는 발음으로 아니라고, 그런 게 아니라고, 언니를 무시한 게 아니라고 소리치며 울었다.

"응석도 정도껏 부려. 쪽팔리니까 방에 들어가서 울든지 해."

우는 승아를 두고 아라는 호텔에서 나왔다. 뒤에서 울음소리가 계속 들렸지만 더 있다간 무슨 소리를 하게 될지 모를 일이었다.

호텔을 나선 아라는 곧장 택시에 올라탔다. H 아파트로 간다는 말에 택시 기사는 아니나 다를까 폭탄 이야기를 꺼냈다.

"얼마 전에 그 아파트에 폭탄 터져서 난리 났잖아요. 범인은 아직인가? 잡혔다는 말을 못 들었네."

택시를 타도 떨쳐버릴 수 없는 폭탄 이야기에 속이 뒤틀리는 것 같았지만 못 알아보는 것만 해도 다행이었다.

"세상이 어떻게 되려는지, 그 동네 사람들은 걱정도 없는 줄 알았더니 사람 일 참 모르는 거예요. 그래도 테러가 아니라니 천만다행이죠."

천만다행이라는 말에 아라의 인상이 저절로 찌푸려졌다. 하지만 괜한 언쟁을 벌이고 싶지 않아 아무런 대꾸도 하지 않자, 기사가 백미러로 힐끗 아라를 쳐다본 뒤 말했다.

"그나저나 손님은 어쩌다 다쳤어요?"

"넘어졌어요."

"조심해야지. 큰일 나요. 젊어서 다행이네. 우리 나이엔 부러지면 뼈도 안 붙어요. 얼마 전에 친구가 화장실에서 넘어져서 엉덩이뼈가 부러졌다니까. 한 달 넘게 입원해야 한다는데, 어휴."

그 이후로도 기사는 한참 동안 건강에 대해 떠들었다. 폭탄 이야기를 계속하지 않은 것이 다행스러우면서도, 폭탄은 그저 지나가는 말에 불과한 일로 치부할 수 있다는 사실이 부러웠다. 이미 누군가에겐 지나가 버린 일에 여전히 시달리고 있다는 사실이 아라를 더 힘들게 했다.

아파트는 평화로웠다. 통로 앞에 서성이는 사람도 없고, 멈춰 있던 엘리베이터도 정상적으로 운행했다. 폭탄의 흔적은 찾아볼 수 없었다. 엘리베이터에서 내리자마자 옆집 개 짖는 소리가 들렸다. 아파트 외부와 달리 현관문은 여전히 엉망이었다. 폴리스 라인은 제멋대로 뜯겨 있었고, 사람들이 드나든 흔적이 역력했다. 현관에 들어서는 순간 가슴이 덜컥 내려앉았다. 입안이 바싹 마르고 심장이 빠르게 뛰었다. 온몸에 전기가 통한 것처럼 찌릿했다. 숨을 쉬기가 어려웠다. 결국 주저앉은 채 숨을 몰아쉬었다. 폭탄이 터지는 순간 모든 게 무너졌다.

폭탄이 터진 다음 날, 기어코 노트북을 챙긴 건 공모전 때문만이 아니었다. 폭탄이 터져도 제 할 일을 하는 가족들 사이에서 자신 역시 숨을 곳이 필요했기 때문이다. 아무 데도 갈 곳이 없던 아라에게 집은 자신에게 주어진 유일한 장소였다. 차마 가족의 얼굴을 볼 수 없을 때마저도, 세상이 전부 외면한 것 같을 때도, 그래도 다시 한번 도전할 수 있는 공간이었다. 어떻게든 기댈 수 있는 유일한 버팀목이었다.

그러다 문득 버팀목이긴 했을까 하는 의문이 들었다. 이미 버려졌는데 외면하고 있던 것 아닐까. 다시 집으로 돌아온다고 해도, 예전으로 돌아갈 순 없다는 듯 망가질 대로 망가진 기분이었다. 가까스로 정신을 차린 아라는 돌아서 나가려다 마음을 바꿨다. 여기까지 온 이상 의심을 없애기 위해서라도 확인해야 했다. 호흡을 가다듬은 뒤, 현의 방으로 향했다.

현관과 가장 멀리 떨어져 있는 현의 방도 지저분하긴 마찬가지였다.

경찰이 온 집안을 휘젓고 간 터였다. 폭탄이 터지기 전까진 우리나라에 테러를 전담하는 경찰특공대가 있는 줄도 몰랐다. 테러가 아닌 것이 세상 다행이라는 말과 달리 아라는 차라리 테러였다면 좋았을 거란 생각이 들었다. 아라는 잠시 방을 살핀 후 책상 앞에 앉았다.

컴퓨터의 전원버튼을 누르자 다행히 정상적으로 작동했다. 암호가 걸려 있었다. 잠깐 고민하다 생일을 눌렀고, 곧장 화면이 넘어갔다. 단순하기 이를 데 없는 암호였다. 그 바람에 어쩌면 완벽한 오해일지도 모르겠다고, 그저 질투에 눈먼 미친놈이 온갖 말들을 지어냈을지도 모르겠다는 생각이 들었지만, 멈출 수가 없었다. 바탕화면은 깨끗했다. 파일 하나 널어놓지 않는 게 현다웠다. 파일탐색기를 열고 나서 설마설마하는 마음으로 제목을 입력했다. 그러자 파일이 곧장 떴다. 심장이 빠르게 뛰었다. 마우스로 파일을 클릭하자 아라의 첫 대본이 등장했다. 그때였다. 인기척에 돌아보니 현이 서 있었다.

"뭐 하냐?"

담담한 목소리였다. 절대 소리를 높이는 법이 없는 현은 이 상황에서도 침착했다. 그 모습에 아라는 코웃음을 쳤다. 아라는 경멸하듯 현을 노려봤다.

"재밌었어?"

현이 한숨을 내쉬었다.

"알아듣게 말해."

"너 진짜 대단하다, 대단해. 박수 쳐줘야겠어. 난 네가 돈 좀 번다고 사람 무시하는 줄은 알았는데. 이렇게 적극적으로 깔아뭉개는 줄은 또 몰랐네."

아라의 말에 현은 오만상을 찌푸리며, 관자놀이를 짓눌렀다. 그러고는 화를 누르며 또박또박 말했다.

"두아라, 왜 이러는 줄은 알겠는데, 좀 심하다고 생각하지 않냐. 멋대로 좀 굴지 마."

"심해? 내가? 내 멋대로 굴어? 그럼 이건 뭔데?"

아라가 현 쪽으로 모니터를 돌렸다. 현은 한숨을 내쉰 뒤, 모니터를 슬쩍 바라봤다.

"이게 뭐? 네 대본이잖아. 뭐 어쩌라고."

"이게 뭐? 이 대본이 여기 왜 있는데? 어떤 미친놈이 유출했나 했더니, 너였어? 방구석에 처박혀 있으니까 폭탄이나 터뜨렸을 거라고. 아주 드라마에 미친년이라 자작을 하고도 남는다고, 그렇게 말하고 싶었어?"

"아 진짜, 무슨 말을 하는 거야?"

"내가 우습지? 우습겠지. 뭐든 잘하시니까. 잘하는 건 넌데, 내가 누나인 게 꼴같잖겠지. 그래서 너 나 누나로도 안 보잖아."

현은 기가 막힌다는 듯 코웃음을 쳤다.

"진짜 두아라 정도껏 해라. 지금 무슨 작가 놀이 하냐? 시나리오 써?"

"작가 놀이?"

"말꼬리 잡지 마."

"이게 여기 왜 있냐고!"

아라가 소리를 질렀다. 그런 아라의 모습을 빤히 쳐다보던 현이 차갑게 말했다.

"신고해."

"뭐?"

"유출한 범인 잡으면 될 거 아냐. 아이피 추적하는 거 일도 아니야. 신고하라고."

순간 아라는 할 말을 잃었다. 변명할 노력조차 하지 않는 현의 모습에 화보다 황당함이 더 커졌다. 더는 할 말 없다는 듯 침대에 걸터앉은 모습을 보면서 아라는 다시 화가 끓어오르기 시작했다.

"오피스텔은 뭐야? 회사에서 자면 된다고 얼굴색 하나 변하지 않고 거짓말이나 하고. 이야, 난 네가 그렇게 거짓말 잘하는 줄은 몰랐다. 왜, 누나 같지도 않은 인간 꼴 보기 싫어서 집 나간 걸로는 모자라서 폭탄으로 싹 없애버리려고 한 거야? 폭탄 사주라도 하려고 빚낸 거니?"

"두아라!"

현이 더는 참지 못하고 소리쳤다.

"넌 어떻게 이 상황에서도 너밖에 모르냐. 지나가는 개가 협박을 받아도, 걱정하는 척이라도 하겠다. 네 꼴 보기 싫어서 오피스텔 구했다고? 너한테 폭탄 보내려고 빚을 내? 왜, 아주 지구가 너 때문에 돌아가는 거라고 하지. 지금 네가 무슨 말을 하는지 알기는 해?"

"왜 몰라. 네가 나 엿 먹이려다 들키니까 지랄하는 거잖아!"

현은 어처구니없다는 듯 아라를 빤히 쳐다봤다.

"폭탄 때문에 머리가 어떻게 되기라도 한 거냐, 아니면 원래 나를 그런 놈으로 본 거냐? 그 대본 네가 저장해둔 거잖아. 맥이라서 호환이 안 되니 어쩌니 하면서, 내 컴퓨터로 제출한다며. 설마 너도 내가 너한테 폭탄 보냈다고 생각하는 거야?"

"그게 무슨…."

무슨 말이라도 쏘아붙이려고 하는데, 입이 떨어지지 않았다. 핑계도 아주 선수급으로 댄다고 말하려는 찰나에 현의 컴퓨터를 썼던 기억이 떠올랐다. 순식간에 바보처럼 느껴졌다. 갑자기 왜 그리 화가 솟구친 건지, 어째서 모든 게 화가 난 건지…. 순간 승아의 말이 떠올랐다. "언니는 언니밖에 모르잖아." 그 위에 현의 말이 겹쳐졌다. "지구가 너 때문에 돌아가는 거라고 하지?" 이기심이었을까. 자신을 보호하려는 자격지심이 눈을 가려버린 걸까. 홀로 멍청하게 서 있는 지금 비로소 버려진 기분이었다.

현은 멍하니 서 있는 아라에게서 등을 돌리고 누워버렸다. 한참을 말없이 서 있던 아라는 현의 목소리에 정신이 들었다.

"할 말 다 했으면 가."

아라는 도망치듯 방에서 나왔다. 거실은 폭탄의 흔적과 발자국, 쓰레기가 널브러져 있었다. 가족의 공간이 낯선 이들에 의해 파괴되고 어지럽혀진 것을 마주한 순간, 아라는 이대로 도망쳐서는 안 된다는 생각이 들었다.

방으로 다시 들어왔을 때도 현은 여전히 꼼짝 않고 누워 있었다.

"왜 안 지웠어?"

미동도 하지 않는 현의 등을 바라보며 물었다.

"지웠다가 또 무슨 말을 들으려고."

"물어봤으면 되잖아. 그걸 왜 가지고 있어."

잠시 말이 없던 현이 깊게 숨을 내쉬었다. 그러고는 여전히 등을 돌린 채로 말했다.

"봤으니까."

"뭐? 대본 봤다는 거야?"

"…잠도 안 자고 쓰는 거 봤으니까 그냥 둔 거라고. 고생한 거 아니까. 또 오해할까 봐 말하는데, 안 읽었어. 너 그런 거 싫어하잖아."

순간 목이 멨다. 아라는 무슨 말을 해야 할지 떠오르지 않았다. 오해해서 미안하다는 말이 나오지도 않았고, 아라가 현의 컴퓨터에 저장했다는 사실이 현이 유출하지 않았다는 증거는 아니지 않냐며 쏘아붙일 수도 없었다.

우습게 여길 거라고 생각했다. 현이 이뤄낸 성과에 비해 너무 하찮은 거였으니까. 현이 하나씩 삶을 쌓아가고 있는 동안 방구석에만 처박혀 있는 자신 따위 한심하게 보일 거라고 여겼다. 무미건조한 눈빛 속에 경멸이 숨어 있다고, 먼저 말을 걸어오지 않는 게 말할 가치가 없는 존재로 여기고 있다고. 자신조차 잊고 있었던, 불행의 씨앗으로만 여겼던 대본에 고생이 담겨 있다고, 그 시간이 쓸모없는 게 아니었다고 여길 줄은 상상도 하지 못했다. 아라는 눈물을 애써 참았다. 어색하고 불편한 침묵이 방 안에 가득했지만 현은 나가라고 말하지 않았다. 처음으로 현의 뒷모습이 지쳐 보였다. 미안하다는 말을 해야 하는데 차마 입이 떨어지지 않았다. 입을 벙끗하려다가 목구멍이 따끔해져 입을 낟

아버렸다. 그렇다고 이대로 도망칠 수는 없었다.

"저기… 나는… 정신도 없고, 그래서…"

횡설수설하며 말을 시작하는데 현이 불쑥 끼어들었다.

"부럽다, 두아라."

"…"

"난 너 부러웠어. 솔직히 지금도 좀 부럽네. 마음 가는 대로 하고, 누가 뭐라건 할 말 다 하고, 세상 기준 다 피해가면서 사는 거 같아서, 쟨 왜 매번 확신에 차 있나 싶더라. 나랑 너무 달라서 부러웠어."

거대한 돌덩이가 머리를 한 대 친 것처럼 멍했다. 제대로 들은 건지 헷갈렸다. 자신이 현을 부러워하는 건 너무도 당연한 일이었지만, 대체 현이 왜, 세상 다 가진 애가 루저나 다름없는 자신을 부러워한단 말인가. 지랄하지 말라고, 말이 되는 소리를 하라고 쏘아붙여야 했지만 화를 내기에는 현의 목소리에 씁쓸한 진심이 묻어 있었다. 아무 말도 하지 못하고 서 있는데, 현이 말을 이어갔다.

"근데 두아라, 다른 사람도 쉽게 사는 거 아니야. 좋은 학교 간 거? 좋은 회사 간 거? 그거 얻으려고 내가 얼마나 애썼는지 너는 몰라. 어떻게든 따라가려고 아등바등하는 게 어떤 건지, 그렇게 얻은 것조차 사실은 별게 아니라는 사실을 깨닫는 게 어떤 건지. 그렇게라도 해야 버티는 게 어떤 건지 너는 몰라. 너만 견디고 산 거 아니야. 너만 폭탄 터져서 힘든 거 아니라고."

아라는 한숨을 내쉬었다. 힘없이 의자에 앉았다.

몰랐다. 현도 힘들 거라고 생각조차 못 했다. 빛이 있다는 말도, 남

몰래 협박을 받았다는 말도 자신을 우롱하고 있다고만 여겼다. 누구나 힘든 구석이 있다는 말을 자신을 대변하는 말로만 여겼다.

"어디서부터 꼬인 건지도 모르겠다."

무슨 말이라도 해주길 바랐지만 현은 말이 없었다.

언제부터였을까, 쌍둥이 형제조차 이해하지 못하게 된 게···. 그 역시 살아가면서 누구나 다 겪는 과정일까. 아라는 자신만 유독 삐뚤어진 건 아닐까 머릿속이 복잡했다.

끝끝내 돌아보지 않는 현을 두고, 아라는 아파트를 빠져나왔다. 결국 미안하다는 말은 하지 못했다. 모든 게 자격지심에서 비롯되었다는, 외면하고 있던 건 자신이었다는 사실을 깨닫는 기분은 결코 유쾌하지 않았다. 되레 지독한 외로움이 엄습했다. 지금 이 상황에서도 어떻게 너밖에 모르냐는 말이 귓가에 선했다. 처음으로 폭탄의 이명이 사라졌다.

아라는 기진맥진한 채 호텔로 돌아왔다. 엘리베이터로 향하던 아라는 로비 구석에 앉아 있는 승아를 발견했다. 여전히 교복 차림이었다. 내버려 두고 가려던 마음을 고쳐먹고 발길을 돌렸다. 막상 승아 앞에 섰지만 할 말은 떠오르지 않았다. 시위라도 하는 거냐고 쏘아붙이고 싶은 마음과 조금 전에는 미안했다고 달래고 싶은 마음이 교차했다. 어느 쪽도 적절하지 않다는 생각이 들었다. 지금 이 상황이 드라마 속 지문이었다면 '차마 말을 걸지 못한 채 어색하게 서 있다'라고 써넣었을 터였다. 현실에서는 그렇게 간단히 넘어갈 수 없었지만···.

인기척을 느낀 승아가 천천히 고개를 들었다. 충혈된 눈이 잔뜩 부어 있었다. 아라는 한숨을 내쉰 뒤, 승아 옆에 앉았다. 승아는 힐끗 쳐다봤지만 말이 없었다.

"올라가자. 피곤해."

아라의 말에도 승아는 꼼짝하지 않았다. 현의 말이 떠올랐다. 다른 사람도 쉽게 사는 게 아니라는 말, 다들 견디고 산다는 말, 승아 역시 무언가를 견뎌야만 했을까?

"말해봐."

그러자 승아가 놀라서 아라를 쳐다봤다.

"들어줄 테니까 말해보라고. 투명 인간 취급 안 할 테니까 말해."

승아는 한참을 머뭇거린 후에야 겨우 입을 뗐다.

"···다들 바쁘잖아."

다들 힘들고, 다들 바쁘고···. 드라마 속 주인공에게는 늘 깨달음의 순간이 찾아온다. 기어코 외면했던 진실을 직면하게 되는 순간, 외면과 내면의 갈등이 폭발하는 순간, 비로소 변화가 시작되는 순간, 결코 없어서는 안 될 순간이었다. 아라는 늘 그 순간을 쓰는 걸 힘들어했다. 주인공을 몰아세우는 게 숨이 막혔다. 어쩌면 아라가 갈등을 견딜 수 없는 인간이라서, 현실을 마주할 용기가 없는 인간이라서 그랬을지도 모르겠다. 현실은 드라마와 다르다고, 그러니 그런 순간은 필요 없다고, 이제 그만 일어나서 잠이나 자러 가자고 말하고 싶었지만 현실은 멈출 수도 끊을 수도 없었다. 지치고 피곤했지만 아라는 승아의 말을 끊지 않았다.

"나란 애가 있는지 없는지 관심도 없잖아. 다들 자기 할 일만 하잖

아. 말이라도 걸면 필요한 게 뭐냐고 묻기만 하고⋯. 교복 입고 나간 거, 아무도 관심 없으니까. 교복을 안 입어도 어딜 가냐고, 뭐 하냐고 묻는 사람이 없으니까. 나한텐 전혀 관심 없다는 거, 굳이 확인하고 싶지 않아서 그랬어. 폭탄이 안 터졌으면 내가 어딜 가는지, 옥상에 가든지 말든지 상관할 사람도 없잖아. ⋯. 나 같은 건 처음부터 없었어야 하는 거잖아."

"그게 무슨 말이야?"

"나 같은 건 태어나지도 말았어야 하는 거잖아. 계획에도 없던 아이가 계획을 다 망쳐버렸으니까⋯. 다섯 살 때부터 혼자 있었어. 매일 아침 나 때문에 싸우고. 다들 바쁘고 할 일 많고, 그러면서 나보고 이해하라고만 해. 내 앞에서 싸워놓고는, 내가 하나도 못 알아듣는 것처럼 아무렇지 않은 척 굴고⋯. 다들 나보고 아쉬울 게 없다고 하는데, 나한테 가족이라는 게 있어? 나는 그냥 불순물 같은 거잖아. 원치 않았는데 끼어든, 떼려야 뗄 수도 없는 골치 아픈 존재잖아."

아라는 할 말을 잃었다. 머릿속이 복잡했다. 아니라고, 무슨 생각을 하는 거냐고 해야 했는데, 그런 적이 없었냐고 묻는다면 대답할 수 없었다. 귀찮았으니까. 어째서 어린애 뒤치다꺼리를 하고 있어야 하는지 이해가 되지 않던 날이 많았으니까.

"그래도 내가 노력하면 달라질 줄 알았어. 더 많이 웃고, 말 걸고, 청소도 하고, 공부도 하고, 교복도 내가 다려 입고, 근데 그럴수록 더 신경 안 쓰더라. 내가 밥을 먹는지, 들어오는지 관심조차 없더라."

"신경을 안 쓰긴 뭘 안 써."

"안 써. 일부러 학원 마치고 2시간씩 늦게 들어가도 왜 늦었냐고 묻는 사람 하나 없어. 톡 한 번 보낸 사람이 있긴 해? 폭탄 터지기 전까지 연락한 적 한 번도 없었잖아."

승아는 울먹이면서도 말을 계속 이어갔다.

"…언니 무시한 적 한 번도 없어. 언니도 나처럼 맨날 혼자 있으니까. …언니는 내 심정 조금은 이해해줄 것 같았어."

이해할 수 없었다. 늘 혼자 있고 싶었으니까. 자신을 제외한 모든 게 짐처럼 느껴졌으니까. 승아의 오해에 아라는 할 말을 잃었다. 되레 본심을 들킨 것처럼 뜨끔했다. 잠깐의 침묵이 지나간 후, 다시 승아가 말했다.

"나도 알아, 내가 잘못한 거. 진짜 일부러 그런 거 아냐. 언니랑 가까워지고 싶어서, 언니 글도 몰래 보고, 그냥 이것저것 보다 보니까. 주민번호도 알게 된 거야. 근데 말하다 보니까… 그냥 언니인 척하면 다 괜찮아질 거 같았어. 그렇게 말하다 보면 나도 언니처럼…. 언니 같은 사람이 조금이라도 될 수 있을 것 같았어. 가족에 얽매이지 않고 제 갈 길 찾는 사람. 누가 뭐라 해도 강하게 버틸 수 있는 사람…. 나는 진짜… 언니가 멋있어서, 나도 언니 같은 사람이 되고 싶어서…."

상상도 하지 못했던 말이 승아의 입에서 나오자 조금 전 현과 마주했을 때에 이어 다시 한번 혼란스러워졌다. 승아 말처럼 제 할 일을 하는 모습이 어른스럽다고 생각했었는데, 애는 애구나 싶었다. 지금까지 그 사실을 몰랐다는 게 허탈하기까지 했다.

"언니는 언니밖에 모른다며 소리칠 땐 언제고 나처럼 되고 싶어?"

"그거야 아까는… 언니가 말을 안 들어주니까 그런 거지…"

아라는 한숨을 내쉬었다.

"될 사람이 없어서 나처럼 되니? 그러니까 이상한 오해나 받지. 누굴 흉내 내고 싶으면 현이 흉내를 내야지. 왜 내 흉내를 내. 사람 구실도 못 할 일 있어?"

"언니가 왜 사람 구실을 못 해!"

울다 말고 정색하는 승아를 보니 어처구니가 없었다. 현도 그렇고 다들 이해가 되지 않았다. 도대체 뭐가 부럽다는 건지, 정신이 어떻게 되었나 싶었다. 폭탄으로 인한 뇌진탕은 아라가 아니라 그들에게 온 게 아닐까 하는 생각마저 들었다.

"잠깐, 내 대본도 봤다고? 설마 네가 인터넷에 올린 건 아니지?"

승아는 금방이라도 눈물을 떨어뜨릴 듯 글썽이며 쳐다봤다.

"…자꾸 언니보고 가짜라잖아. 글 하나 못 쓰면서 작가인 척한다고."

어이가 없었다. 승아의 눈에서 눈물이 뚝 떨어졌다.

"미안…. 나도 그렇게 될 줄은 몰랐어…"

너무 기가 막히면 화조차 나지 않는다. 진즉에 말했어야지 왜 이제까지 안 했냐고, 그랬더라면 현을 의심하며 집으로 갔던 일은 없었을 거란 생각이 들었다. 하지만 승아를 외면한 건 아라 자신이었다. 이제 와서 혼을 내서 뭐 하나 싶었다. 한편으로는 집으로 간 일이 오해를 푸는 결과를 가져오기도 했다.

그런 생각을 하고 있을 때 아라의 눈에 파르르 떨리는 승아의 손이 들어왔다. 가족이 뭔지도 모르겠다는 애가, 자신이 없었어야 한다고

말하는 애가, 언니가 모욕당하는 건 못 참는다니 기가 막혀서 웃음이
나왔다. 갑자기 동생이 안쓰럽게 느껴졌다. 아무리 그래도 아이였다.
아라는 떨리는 승아의 손 위에 자신의 손을 포갰다. 차마 잡지는 못한
채 슬쩍 올려두었다. 그러자 승아가 놀란 눈으로 쳐다봤다.

"계획에 없던 아이인 건 우리도 마찬가지야. 심지어 결혼도 안 했을
때니까. 그런 생각을 해야 한다면 네가 아니라 우리가 해야겠지. 뭐, 그
러니까 내가 하고 싶은 말은…"

아라는 잠시 말을 골랐다.

"너 때문이 아니라는 거야. 네가 어려서 알려주지 않는 게 아니라,
너 때문이 아니라서 아무 말도 안 하는 거야. 그냥… 사람이 못나면 자
기 일밖에 안 보이는 거야. 나란 인간이 너무 볼품없어서, 나밖에 모르
게 돼."

그 순간 아라는 자신이 너무 볼품없어서, 이 순간에도 자신밖에 모
른다는 사실이 부끄러워져서 숨이 막혔다.

24

이○○
두현 직장 동료

SBC 시사스페셜 〈폭탄을 말하다〉 인터뷰

프로그래밍을 할 때 가장 중요한 게 뭔지 아세요?

단순하게 생각하는 거예요. 제가 보기에는 폭탄도 마찬가지예요. 그냥 폭탄이 왔고, 그 폭탄을 추적하면 되는 일이지, 그 사람이 받을 만했는지 아닌지 따질 필요가 없다고 생각해요. 두현이 어떤 사람인가가 중요한가요?

잘 구축된 프로그램을 보면 어떻게 만들어졌는지 파헤쳐보고 싶을 수도 있죠. 필요한 일이기도 하고요. 신기한 건 어디 한번 보자고 덤벼들어서 파다 보면 완벽하지 않다는 것만 알게 된다는 거예요. 사람이든 프로그램이든 흠이 있기 마련이에요. 그게 모여서 또 다른 그림을 만들어내는 거고. 그러니까 전 그냥 보이는 대로 보는 게 중요하다고 생각해요. 속이 어떻든 간에 그 사람이 보여주는 모습을 인정해야죠.

네, 저는 현이가 보여주는 모습을 믿어요.

처음 기획한 앱이 망한 건 온전히 저 때문이었어요. 기획이 구린 게 아니라 구현이 구렸던 거죠. 비슷한 앱이야 우리 말고도 넘치죠. 잘되면 우후죽순 생기게 마련이고. 중요한 건 계속 매력적이어야 한다는 거예요. 유입이 돼야죠. 근데 현이는 지나가는 말로도 남 탓 한번 안 했어요. 자기가 하지 못하는 일에 대해 철저하게 존중해줄 줄 아는 사람이에요. 그런 사람이 야비하게 폭탄을 터뜨렸을 거라 생각하지 않아요. 이름도 없는 택배로 폭탄을 보내는 비열한 짓을 할 사람이 아니에요.

가족 일이야 가족의 문제죠. 무슨 일이 있든 가족이 해결할 일이고요. 다른 사람들이 끼어들 일이 아니라. 전 가족이 아니라 동료잖아요. 그러니까 동료로서 할 일만 하면 된다고 생각해요. 회사에 폭탄이 온 것도 아니고, 제가 유난을 떨어야 할 이유가 없죠. 회사 일이 엉망이 되는 것도 현이 탓이 아니라 다른 사람들 탓인데, 원망할 수는 없죠. 다들 왜 그러는 건가 싶은데, 그래도 굳이 제 식대로 이해해보자면, 버그 같은 거겠죠. 예고 없이 튀어나오고, 여길 고치면 저기가 문제고. 분명 다 고쳤는데 여전히 튀어나오는⋯. 화가 나든 괴롭든 계속 수정하는 것밖에는 답이 없겠죠. 현이도 그 과정 속에 있는 거라고 생각해요. 버그를 찾아내서 수정하는 걸 디버깅이라고 해요. 도움이 될지 안 될지 모르겠지만 제 인터뷰도 그중 하나였으면 좋겠네요.

25

두현

808호. 33. 장남

아라와 한바탕한 후 잠들지 못했던 현은 결국 회사로 향했다. 오피
스텔을 살펴보겠다는 경찰이 회사까지 밀고 들어온 터였다.

경찰서에서와는 달리 이용준 형사가 조금 미안한 기색을 보였다.

"오해하지 마세요. 저희도 좋아서 이러는 거 아닙니다. 최준호 씨가
기자 붙들고 별소리 다 해서 경찰서도 난리예요. 차라리 빨리 털고 가
는 게 좋습니다."

탐탁지 않았지만 거부해봤자 소문만 더 커질 것이다. 더는 감출 것
도 없었고, 이 상황이 빨리 끝나기만을 바랄 뿐이었다.

경찰을 가로막은 건 민우 선배였다.

"지금 뭐 하시는 겁니까? 영장도 없이 막무가내로 들이닥쳐서 영업
방해해도 되는 겁니까? 엄연히 영업 기밀이라는 게 있어요."

"거부하셔도 됩니다. 이미 말했지만 영장은 언제든 청구할 수 있습니다. 지금 상황에서는 안 나올 리도 없고요. 여론도 안 좋으니 지금 해치우는 게 영업에도 도움이 될 겁니다."

"얘가 무슨 정치인이라도 됩니까. 여론은 무슨….'

"일단 언론에 오르내리는 이상 여론에서 자유로울 수 있는 사람이 없죠. 저희도 마찬가지입니다."

"피해자한테 이래도 되는 겁니까?"

현은 흥분한 민우를 가로막았다.

"됐어. 저도 일해야 하니까 최대한 빨리 돌려주세요."

"그럴 겁니다."

이 형사가 함께 온 경찰에게 눈짓을 하자 그가 컴퓨터의 전원을 뽑은 후 들고 나갔다. 김민지 형사는 회사 앞에서 기웃거리는 기자들을 몰아내고 있었다. 이 형사가 무슨 말인가 하려다 이내 관두고 회사를 빠져나갔다.

프로그래머인 은호가 고개를 빼꼼 들고 말했다.

"내 노트북 써. 쓸 만할 거야."

"내가 폭탄이라도 찾아보면 어쩌려고."

"제발 그래 주라. 나도 좀 쉬어보자. 이렇게 죽는 것단 낫지."

"너 이 자식, 그걸 농담이라고….'

민우 선배가 끼어들어 타박했지만 은호는 아랑곳하지 않은 채 덧붙였다.

"모니터 앞에 있다가 사람 말도 까먹겠어."

은호는 무덤덤하게 대꾸한 뒤, 모니터로 시선을 옮겼다.

폭탄이 터진 순간부터 지금까지 폭탄에 관심을 보이지 않는 건 오직 그녀밖에 없는 것 같았다. 은호는 회사에서 만났다. 현이 합류하기 전부터 민우 선배와 함께 일했다. 선배의 고등학교 후배로 미국으로 유학 갔다가 2년 만에 집이 망하는 바람에 졸업도 못 하고 들어왔다고 했다. 그 후 토익 학원에서 시간 강사로 일하다가 선배의 제안을 받았다. 무던한 성격의 워커홀릭이었다. 말은 죽겠니 어쩌니 하면서도 하나부터 열까지 확인하지 않으면 스스로 못 견디는 타입이었다. 고작 세 명밖에 안 되는 회사가 아직까지 굴러가는 이유이기도 했다. 현은 은호를 좋아했다. 인간적으로 그녀에게 끌렸다. 보면 기분이 좋고, 걱정되기도 하고, 보고 싶을 때도 있고, 두근거릴 때도 있었다. 그렇다 해도 굳이 고백해서 지금을 망칠 생각은 없었다. 마음에 들어도 나서지 않는 게 현에게는 익숙한 일이었다. 앞으로는 더더욱 하지 못할 터였다. 폭탄은 현재와 과거는 물론 올지 안 올지도 모르는 미래까지 날려버렸다.

멍하니 서 있는 현의 어깨를 민우 선배가 툭 쳤다.

"담배나 한 대 피우고 오자."

"끊은 지가 언젠데. 선배도 끊어."

"이런 상황에서도 안 당긴단 말이야? 넌 진짜 독한 새끼다. 인간이 아냐. 갑자기 네가 폭탄을 보냈을 수도 있을 것 같고 막 그렇다."

선배의 너스레에 현은 피식 웃었다.

"커피라도 한잔해. 시원하게 한잔 마시고, 일하자고."

"이 와중에 일하자고 말하는 게 더 독한 거 같은데. 무서운 새끼라고 차라리 좀 잘라줘라."

농담을 던지면서도 괜히 쓸쓸했다.

"폭탄 터뜨릴 거면 회사에 좀 터뜨려. 부탁 좀 하자."

은호는 여전히 모니터에서 시선을 떼지 않은 채 덧붙였다.

"난 사이즈업해서 투 샷 추가해줘."

현이 폭탄을 터뜨렸다고 해도, 그 행동의 과격함에 끔찍해 하는 게 아니라 당장 늘어날 업무에 치를 떨 사람들이었다. 아니면 그렇게 보이는 게 그들이 할 수 있는 최선의 위로이거나.

"난 말이야. 너한테 그런 재주가 있다면 말이지. 그걸 또 어디다 써먹어야 하나 고민할 거란다. 능력 계발 좀 해서 제발 이 형님 부자 좀 만들어줘라. 까놓고 말해서 우리가 대기업이었으면 경찰이 저렇게 나오겠어? 다 만만하게 보고 이러는 거 아냐. 이 기회에 우리도 제대로 한번 키워보자. 너 인마, 너도 대표라는 걸 자꾸 까먹나 본데, 본분을 잊지 말란 말이야."

민우 선배의 능청에 현은 결국 따라나섰다. 담배를 피우겠다던 선배는 흡연실로 향하지 않고, 곧장 카페로 향했다. 두 사람은 회사 맞은편 건물에 있는 카페테라스에 자리 잡았다.

믿기지 않을 정도로 평화로웠다. 사람들의 머릿속에 폭탄 같은 건 들어 있지도 않겠지. 다 안다는 듯 떠들어대는 사람들마저 그 순간이 지나면 언제 그랬냐는 듯 잊어버리겠지. 하지만 현의 머릿속은 오직 폭탄으로만 돌아가고 있었다. 실물로 본 적도 없고 터지는 것을 목격하지도 못했는데, 자신의 삶을 한 방에 날려버린 것 같았다.

이대로 영원히 범인이 잡히지 않으면 어떻게 될까. 결국 미제 사건으로 남고, 어딜 가나 의심이 따라붙으면 어떡하나. 계속 버틸 수 있을까? 그때도 여전히 농담을 던질 수 있을까? 가족은 가족으로 남아 있고, 친구는 친구로 남아 있을까? 애정을 쏟지 않으면 괴로울 일도 없다고 여겼다. 어떤 일도 견딜 만할 거라 생각했지만 그렇지 않았다. 애정이 있든 없든 고통은 어김없이 찾아왔다. 이제껏 잘 잡아온 중심이 무너지고 있었다. 어디에 어떻게 서 있어야 할지 가늠이 되지 않았다. 해결되지 않는 생각들만 머릿속에 가득했다. 현은 정신을 차리고 선배쪽으로 고개를 돌렸다.

민우 선배는 조금 전과 달리 진지한 표정이었다.

"내가 이야기했나?"

"무슨 이야기?"

"어렸을 때, 잠깐 고아원에 산 적이 있어. 한 3개월 정도? IMF 때 우리 집 크게 망했거든. 회사 잘 다니던 아빠가 사업한다고 회사 때려치우고 나와서 차렸는데, 곧장 금융위기 오고 직격탄 맞은 거지. 그 바람에 집은 날아가고, 빚쟁이들 몰려오고, 엄마고 아빠고 돈 구하러 다니느라 바쁘고. 나라가 뒤집어졌는데, 돈 구하기가 쉽나. 결국 갈 데 없어지면서 잠깐 고아원에 갔었지. 난 괜찮다고 걱정하지 말고 돈 많이 벌어오라고 엄마한테 그랬었는데, 괜찮을 리가 있나. 아직도 그때 생각하면 심장이 벌렁거린다. 다신 안 찾아오면 어쩌지, 뉴스에서 누가 뛰어내렸다는 말만 들어도 울며불며 난리 치고. 영원히 그 시간이 끝날 것 같지 않았는데, 엄마가 오더라. 단칸방에서 방 두 개짜리 반지하로, 그리고 1층으로, 고등학교 들어갈 때쯤에는 아파트에 살게 되더라고. 뭐 흔한 이야기지. 옛날 생각 하면서 떠벌리는 사람도 있지만 난 생각도 하기 싫어. 그 일이 없던 일이 되진 않으니까."

현은 선배를 가만히 쳐다봤다.

"그러니까 다 지나간다고 인마. 물론 사라지지 않는 것도 있겠지. 폭탄도 남아 있는 부분이 있을 거야. 근데, 적어도 지금처럼 괴롭진 않은 날이 올 거야."

갑자기 담배 생각이 간절해졌다. 현은 커피를 쭉 들이켰다.

"선배는, 일말의 의심도 없어? 사람들 말하는 거 들어보면 나도 내가 의심스럽던데."

"그랬으면 너랑 같이 일했겠냐? 아까부터 자꾸 쓸데없는 소릴 하고 있어."

"그때하고 지금은 다르잖아."

"다르긴 뭐가 달라. 가만 보니 내가 폭탄 터뜨렸다고 하면 피하겠다, 너? 형님이 불행한 과거까지 꺼내서 이야기해주면, 아 형님 참 고생 많으셨네요. 저도 형님처럼 훌륭한 사람이 되어보겠습니다. 그래야지."

선배의 너스레에 그제야 긴장이 풀렸다.

민우 선배가 일을 제의했을 때, 더는 나빠질 것 없는 최악의 상황이었지만 꼭 그 이유만은 아니었다. 선배가 아닌 다른 사람이었다면 지옥 속에서 더 견뎠을 거다. 현의 여유는 진짜 여유가 아니었다. 누구와도 가까워질 수 없다는 것을 아는 사람이 가진 체념과 같았다. 쌍둥이지만 다르다는 사실은 아라보다 현에게 훨씬 더 큰 영향을 끼쳤다. 유전자를 공유한 사람 속마저 알 수 없다면 누구를 알 수 있을까. 때때로 완벽해 보인다는 말을 듣던 가족은 그저 가족의 허울만 붙잡고 있을 뿐이었다. 민우 선배는 달랐다. 누구와도 쉽게 친해졌고, 그러면서도 선을 넘는 법이 없었다. 달라도 너무 다른 사람, 그래서 현은 그가 좋았다. 회사에 있을 때면 집에서 얻지 못하는 위안을 얻곤 했다. 빚만 더 늘린 회사를 놓지 않는 이유이기도 했다.

"내가 왜 같이 일하자는 준호 뿌리치고 너랑 일한 줄 아냐?"

"사실이었어?"

"사실은 무슨, 어디서 내가 차린다는 거 들었는지 와서 끼워달라고 하더라. 이미 다 아는 이야기 가지고 와서 새로운 아이디어인 양 떠들고. 뭐, 그렇다고 그 자식이 싫어서 그런 건 아니고. 이렇게 야비한 놈일 줄 누가 알았겠냐. 암튼 그 새끼도 잘 안 풀려서 그렇지 똑똑한 놈이야. 잘 따르기도 하고 나쁘진 않았지. 걘 뭐, 너한테 열등감 있는지 매번 비교하는데, 사실 걔나 너나 능력은 그렇게 차이가 나는 것도 아니고. 어떻게 보면 이 바닥에선 걔가 좀 더 머리가 잘 굴러가기도 했지. 잘된다고 생각하면 아무 상관 없는데, 망한다고 생각해보니까 안 되겠더라. 그 원망을 어떻게 감당하나. 평생 원망할 텐데, 그걸 듣고 어떻게 사나. 싸한 거지. 근데 넌 원망하는 애가 아니니까. 자기 인생을 남한테 슬쩍 기대놓는 애가 아니니까. 무슨 오해를 듣든, 자기가 아프든 말든 묵묵히 감수하는 애니까. 그런 애가 폭탄을 터뜨릴 리가 없잖아."

누구도 알아주지 않을 거라 여겼던 속내를 누군가는 알고 있었다는 마음에 울컥했다. 오롯이 혼자 버둥거리며 서 있던 시간들이 스쳐 지나갔다.

"뒤통수라고 들어봤어요?"

현은 괜히 머쓱해서 농담으로 받아쳤다. 하지만 선배는 여전히 웃음기 없는 말투로 진지하게 말했다.

"설사 네가 폭탄을 터뜨렸다고 해도, 분명 이유가 있겠지. 현아, 다른 사람을 믿고 안 믿고는 대상에 달려 있는 게 아니야. 나를 믿는 거야. 내 눈을 믿는 거야. 내가 본 너를 믿는 거지. 다른 사람들 말에 휘둘릴 필요가 없어."

그 순간 현은 어쩌면 자신 역시 아라를 오해하고 있었을지도 모른다는 생각이 들었다. 현을 향해 뱉었던 날 선 말들이 현을 향하고 있었던 게 아닐지도 모른다고. 갑자기 눈시울이 붉어지는 바람에 현은 재빨리 고개를 돌렸다.

26

신선아

808호. 56. 모

　불과 보름 전까지만 해도 상상도 못 했던 일이다. 승아가 무단이탈했다는 담임교사의 전화를 받고 선아는 말문이 막혔다. 사정은 알겠지만 계속 봐줄 수도 없다는 말에 이런 일이 계속되었냐고 물을 수도 없었다. 가까스로 주의를 주겠다고 말하고 서둘러 전화를 끊었다. 말썽을 피운 적이 단 한 번도 없던 아이였다. 어렸을 때부터 제 할 일을 알아서 하던 아이. 그 흔한 말 잘 들으라는 잔소리조차 할 필요가 없었다. 어디서부터 어긋난 걸까. 옥상에 올라갔다는 말을 들었을 때, 그냥 넘기지 말았어야 하는 걸까. 아니면 훨씬 전부터 이미 다른 아이였던 걸까. 혼잡한 마음을 추스르고 업무를 보려고 하는데, 사장이 잠깐 이야기 좀 하자고 했다.

　"신 선생님, 제가 이런 말 한다고 서운해하지 마세요."

사장은 뜸을 들였다. 무슨 말을 할지 알 것 같았다. 폭탄 때문에 약국도 시끄러웠다. 기자가 찾아오기도 했고, 손님인 척 와서 폭탄에 들어가는 약물을 약국에서도 구입할 수 있냐며 캐묻는 사람도 있었다. 선아를 알아본 손님들 역시 무슨 일이냐며 수군거리기도 했다. 조심 좀 하라는 거겠지. 선아가 조심해서 될 일이 아니었지만 내 잘못이 아니라며 딱 잡아뗄 수도 없는 일이었다.

"신 선생님, 이제껏 고생하신 거 잘 알지만…. 이제 그만 나오셨으면 합니다."

예상하고 있었지만 막상 듣자 몽둥이로 한 대 맞은 것처럼 멍했다.

"아시겠지만 매출이 반 토막 났어요. 덕분에 옆 약국은 사람이 미어 터지고요. 그 옆 건물에 또 약국 들어온답니다. 이 약국이 저한테 어떤 의미인지 아시잖아요."

잠시 호흡을 가다듬은 선아는 단어 하나하나 힘을 줘 말했다.

"폭탄 이야기는 곧 잠잠해질 거예요."

"저도 좋아서 이러는 거 아니에요. 괜히 몹쓸 짓 하는 것 같고 마음이 안 좋습니다. 근데, 손님들도 불편해하잖아요. 우리 손님이 그냥 손님도 아니고, 다들 환자들인데 무서워서 오겠어요?"

선아는 사장을 빤히 쳐다보았다.

"저를 의심하시는 건가요?"

"무슨 말을 그렇게…! 그런 게 아니지 않습니까? 저도 신 선생님 좋은 사람이라는 거 압니다. 자식들 교육도 당연히 잘했겠죠. 근데 사람들은 모르잖아요. 손님들 눈에는 그냥…."

"알겠습니다."

더 듣기가 힘들어 사장의 말을 끊었다.

"그동안 고생하신 것도 있으니까 퇴직금은 섭섭지 않게 챙겨드릴게요. 시간 지나면 차라리 다행이라는 생각도 들 거예요. 신 선생님도 약국 차릴 때 되었잖아요."

기가 막혔다. 그만두는 건 선아의 결정일 줄 알았지, 타인의 결정으로 그만두게 될 줄은 상상조차 못 했다. 대답하기도 전에 사장이 덧붙였다.

"오늘까지만 고생해주세요."

당황스러웠다. 적어도 후임을 구할 때까진 있어 달라고 할 줄 알았다. 그런다고 한들 달라지는 건 없었지만 하루아침에 쫓겨나는 상황에 순식간에 나락으로 떨어진 기분이었다. "어떤 상황이든 선아, 너라면 이겨낼 거야." 경리의 말에 뒤늦게 반박하고 싶어졌다. 모든 게 무너지고 있다고. 무너지는 삶 앞에서 이기기는커녕 할 수 있는 것조차 없다고. 약국 창 너머로 카메라를 들고 기웃거리는 사람이 보였다. 뉴스에 더는 나오지 않는 폭탄이 여전히 카운트를 세며 삶 속에 파묻혀 있었다.

선아 역시 월급 약사를 계속할 생각은 아니었다. 약국을 차릴 때가 되었다고 생각도 했었다. 지금의 약국도 선아의 힘으로 돌아갔다. 삼대째 약국을 하고 있다며 한껏 자랑하는 사장은 어떻게 약사가 되었을까 싶을 정도로 일을 못 했다. 제조 실수는 다반사였고, 간단한 계산도 틀릴 때가 많았다. 조금만 심사가 뒤틀리면 손님에게도 짜증을 내는 터라, 손님들도 계속 선아만 찾았다. 그 때문에 근무 시간이 초과되기 일쑤였다. 월급쟁이에 불과했는데 운영하는 것과 다를 바 없었다. 우습게도 그 때문에 남편의 외도를 알게 되었다. 약국을 차리기 위해서는 대출이 필요했고, 의논하기 위해 대학 연구실을 찾아갔었다. 가는 길에 커피를 사기 위해 카페에 들렀고, 카페에서 남편을 봤다. 여자를 앞에 두고 해맑게 웃는 남편을, 선아가 기억조차 하지 못하는 웃음을 짓는 남편이 있었다. 살아온 모든 시간과 노력이 사라지는 순간이었다.

처음 임신 사실을 말했을 때, 어머니는 지우라고 했다. 선아를 교수로 만드는 게 어머니의 꿈이었다. 여자가 무슨 공부냐, 얼굴이나 가꾸라는 말을 하는 어른들 사이에서 어머니는 코웃음을 쳤다. 대학 4학년이 되자마자 대학원을 준비하라고 했고, 교수의 탐탁지 않은 반응을 알게 되자 유학 보낼 계획을 세웠다. 그 무렵 돌아가신 아버지의 빚이 상당하다는 것을 알게 되었고, 가세가 급격히 기울었다. 유학 갈 형편이 전혀 아니었는데도 어머니는 포기하지 않았다. 그럼에도 선아는 결혼을 택했고, 배가 불러오자 대학을 자퇴했다. 교수는커녕 고졸로 남아버린 학력에 어머니는 1년간 선아와 말조차 섞지 않았다. 남편에겐 사위 대접을 하면서도, 손주들은 예뻐하면서도 선아에겐 한없이 차가운 눈빛을 보냈다. 어머니의 판단이 틀렸다고 말하기 위해서라도 완벽한 가정을 일구려 애썼다. 스스로에게 한 치의 흐트러짐도 허락지 않았다. 그런 선아의 노력을 어머니 역시 알았다고 생각했지만 완전한 착각이었다는 것을 어머니의 죽음 앞에서 알았다.

"난 네가 그 정도밖에 안 될 줄 몰랐다."

죽은 어머니의 마음을 돌릴 수 없다는 건 알고 있었다. 하지만 밤낮으로 상기되는 어머니의 목소리를 견딜 수가 없었다. 그 정도밖에 안 되는 인간이 아니라고, 어떻게든 입증해야만 했다. 승아가 어느 정도 크자 그녀는 다시 공부를 시작했다. 뒤늦게 하는 공부가 쉽지 않았지만 악착같이 버텨서 약대에 들어갔다. 교수가 되진 못했어도 약사가 되었다고, 남편이 퇴직한 후에도 여전히 약사라고, 약국을 가지고 있고, 이만하면 만족하겠냐고 묻고 싶었다. 순수하지 않은 마음이었기 때문일까. 그 어떤 노력도 소용없다는 듯, 결국 그 정도밖에 안 된다는 어머니의 마지막 말이 저주처럼 느껴졌다.

곧장 약국을 뛰쳐나오고 싶었지만 선아는 근무 시간이 끝날 때까지 자리를 지켰다. 마지막까지 품위를 지키려고 한 일이 다시 한번 뒤통수를 때렸다. 짐을 챙기기 위해 탈의실로 가기도 전에, 가운을 챙겨 입은 약사가 카운터 안으로 들어왔다. 기껏해야 아라의 나이로 보이는 젊은 약사였다. 사장은 선아의 눈치를 살피지도 않은 채 환영했다. 멈칫하는 선아의 뒤로 할아버지의 목소리가 들렸다.

"새로 온 선생이 아주 친절하구먼. 앞으로 여기만 와야겠어."

선아는 모욕이라도 당한 것처럼 얼굴이 화끈거렸다. 선아가 자리를 비우기도 전에 채워진 자리, 바꿔 채운 부품처럼 자신이 하잘것없이 느껴졌다. 결국 짐도 챙기지 못하고 약국을 빠져나왔다. 사장에게 전화가 왔지만 받지 않았다.

약국에서 나온 선아는 하염없이 걸었다. 어디서부터 어떻게 잘못되었는지 알 수 없었다. 애쓰고 또 애썼다. 좋은 엄마가 되려고, 좋은 사람이 되려고 노력하지 않은 적이 단 한 순간도 없었다. 그 모든 게 부질

없는 짓이었다고, 사실은 대단한 착각 속에 빠져 있었던 거라고, 약국도 아이들도 남편도 모든 게 선아의 손아귀에서 빠져나가 괴롭히고 있었다. 사실은 한순간도 완벽한 적이 없었다고. 그저 눈을 가리고 있었을 뿐이라고. 시작부터 잘못된 거라고. 죽을 때까지 실망을 말한 어머니가 마치 아직도 모르겠냐며 폭탄을 보내기라도 한 기분이었다.

얼마나 걸었을까, 가방 속에서 핸드폰이 울리기 시작했다. 또 사장이겠거니 했다. 하지만 액정에는 경리의 이름이 떠 있었다.

선아는 전화를 받았다.

"응, 경리야. 지금 내가 전화 받기가 곤란해서…"

말을 마치기도 전에 경리가 다급하게 말했다.

"괜찮아? 인터넷에 난리도 아니던데, 그것 때문에 그러는 거야?"

또 무슨 이야기가 돌아다니는가 싶어서 혈압이 올랐다. 이번에는 또 누구인지. 설마 약국을 잘린 게 벌써 인터넷에 올라간 걸까. 그저 평범한 그들이 왜 자꾸 남의 입에 오르락내리락해야 할까. 마음을 가까스로 가라앉히고 물었다.

"무슨 말이야?"

"설마, 아직 모르는 거야? 너희 남편이랑… 얼른 인터넷 들어가 봐."

선아는 전화를 끊고 인터넷에 접속했다.

'사제폭탄, 알고 보니 치정극? 내연녀 불륜남에게 복수하다.'

손이 부들부들 떨리고, 다리에 힘이 풀렸다.

27

김○○

약국 대표. 신선아 전 상사

SBC 시사스페셜 〈폭탄을 말하다〉 인터뷰

삼대약국. 이게 무슨 뜻인 줄 압니까. 삼대째 하고 있다, 다들 그렇게 생각하지만 반은 맞고 반은 틀립니다. 할아버지가 처음 시작할 때부터 삼대라고 정했습니다. '부자는 망해도 삼대가 먹고산다' 아시죠? 그러니까 망해도 삼대가 먹고살 수 있도록 만들겠다는 포부가 담긴 겁니다. 부자는 못 되었지만 삼대째 하고 있으니 어느 정도 목표를 이뤘다고 할 수는 있죠. 근데 제가 그런 약국을 직원 하나 때문에 말아먹는다고 하면 어떻겠어요? 할아버지가 무덤에서 벌떡 일어날 일 아닙니까?

나는 신 선생님 싫어하지 않았습니다. 늦게 시작해서 그런가, 굉장히 성실했어요. 지각 한 번 안 했어요. 그게 어디 쉬운 일입니까? 짜증내는 법도 없고 실수도 없고, 근데 사람이 아무리 좋아도 상황이 악화되면 어쩔 수가 없어요. 진짜 폭탄 만들 줄 모르냐고 묻는 사람이 얼마나 많은 줄 압니까? 카메라 들고 찾아오질 않나, 성격이 어떤지 보겠다며 일부러 진상을 부리는 사람들도 있어요. 나하고 사이가 나쁜 건 아닌가 확인하려고 몰래 찍고 있는 사람들도 있고요. 아주 진절머리가 납니다.

우리도 우리지만 손님들은 무슨 죄입니까? 여긴 병원 앞 약국입니다. 영양제나 사볼까 해서 오는 사람들이 아니란 말입니다. 아파서 옵니다. 약국에 오는 것마저 힘에 겨워 보이는 사람들이 있어요. 금방이라도 픽 쓰러질 것 같은 사람들이 있단 말입니다. 그런 사람들 사이에서 소란을 피우면 어쩝니까?

신 선생님이 무슨 잘못이냐 하지만, 때때로 존재하는 것만으로 잘못이 되기도 하는 겁니다. 진짜 잘못이라는 게 아니라 상황이 그렇게 만든다고요. 물론 폭탄 때문만은 아닙니다. 신 선생님 훌륭하죠. 근데 우리가 서비스업 아닙니까. 약사라고 젠체하면서 무게 잡는 시대는 지났어요. 처방전대로 약만 지어줄 게 아니라 대화 상대도 해주고 해야죠. 5년 전까지만 해도 병원 앞에 약국이라곤 우리밖에 없었어요. 지금은 세 갭니다. 세 개. 그리고 옆 건물에 또 들어온답니다. 무한 경쟁이에요. 약이야 어딜 가서 지어도 다 똑같은데, 기자님이라면 어디 가겠어요? 당연히 친절한 데로 가겠죠. 몇 번 말하긴 했는데, 신 선생님이 보통 자존심이 아닙니다. 뭐, 젊었을 때야 한 인물 했겠죠. 안 웃어도 깜빡 죽는 사람이 있었을 테고, 멋있다고 박수도 치고…. 근데 지금은 그렇지 않잖아요. 관리를 아무리 잘했다고 해도 얼굴에 다 드러난단 말입니다. 아, 제가 나이 때문에 해고했다는 게 아니라, 좀 냉랭했다 그거죠. 그런 건 젊었을 때나 좋다고 하는 거고. 속물이라고 해도 어쩔 수가 없습니다. 제 말이 틀린 줄 아세요? 새로 온 약사가 신 선생님처럼 손이 빠르지도 않고, 일도 잘하진 않습니다. 근데 사람들이 좋아합니다. 약사 선생님 얼굴만 봐도 싹 나은 것 같다고 하고 간다고요. 슬슬 매출도 오르고 있고요. 아, 이런 이야기까진 내보내지 마시고요. 괜한 트집 잡히고 싶지 않습니다. 근데 범인은 대체 언제 잡을 거랍니까? 잡을 마음이 있긴 있답니까? 엄한 사람만 쑤시고 다니니 잡힐 리가 있어요?

저도 조사받았습니다. 누가 그런 말을 한 줄은 모르겠지만 평소 사이가 좋지 않았다고 하더군요. 당연히 사실이 아니죠. 말했잖습니까. 신 선생님에 대한 호불호를 떠나서 화낼 일이 없었어요. 두 명 몫을 해내는 분한테 화낼 일이 뭐가 있습니까. 내가 불만이 있어도 말을 할 수가 없어요. 좀 웃으면 좋겠다는 말을 요즘 세상에 어떻게 합니까? 저도 세상 돌아가는 건 압니다. 약국에서 싸우곤 했다는데, 말이 되는 소리를 해야지. 우리 손님은 손님이자 환자예요. 그런 사람들 앞에서 약사 둘이 싸우는 게 말이 됩니까? 완벽히 헛소문입니다. 그리고 직원에게 화가 난다고 직원 집으로 폭탄을 보내는 게 말이 됩니까? 약사니까 폭탄도 만들 수 있을 거라고 하는데, 뭔 말이 되는 소릴 해야지. 그럼 폭발물 전문가가 왜 필요합니까? 차고 넘치는 게 약산데. 무식해서 나원….

범인이 택배를 보냈다는 날 저는 종일 집에 있었습니다. 몸이 안 좋았어요. 아파트 CCTV만 확인해보면 알 수 있는 일입니다. 가족과 같이 있기도 했고요. 가족은 믿을 만한 증인이 아니라고 하는데, 그럼 대체 누굴 믿는다는 건지…. 지금도 보세요. 다른 사람들이 얼마나 멋대로 떠들어대는지. 제 가족 일도 모르는 사람들이 남의 가족 일은 다 안다는 듯 떠들지 않습니까. 아, 글쎄 그 가족 일은 내가 모른다니까요. 신 선생님이 폭탄을 보낼 만한지 아닌지, 내가 어떻게 압니까? 사람 속을 어떻게 안다고.

청부 폭탄이니 어쩌니 하면서, 전화 기록과 인터넷 기록까지 운운하기에 영장 가지고 오라고 했습니다. 누명을 벗는 것도 중요하지만 무작정 내 삶을 뒤지게 할 수는 없지 않습니까? 숨길 게 있냐고 묻더니, 결국 영장은 안 가지고 오더군요.

조금만 생각해봐도 얼마나 말이 안 되는 일인지 알 수 있지 않습니까? 생각해보세요. 청부라고 하면 전문가한테 맡길 거 아닙니까? 그런데 그렇게 조잡하게 만들어요? 일부러 조잡한 척했다는 말도 있던데, 음모론이야 어디든 있는 거고, 게다가 실패했잖아요. 청부라면 당연히 다시 시도하겠죠. 아직까지 아무 일도 없잖아요. 무슨 청부업자가 그렇게 쉽게 포기합니까.

이미 말했지만 저도 신 선생님 사생활에 대해서는 잘 모릅니다. 사적인 이야기를 좋아하지 않았어요. 저도 그게 편했고요. 괜히 애들 이야기하고, 학원비 이야기하면 이것저것 신경 써야 하는 일만 늘지 않겠어요? 당연히 애들이 어떤지, 남편이 어떤지 이야기하지 않았죠. 평탄하지 않을 수도 있다는 생각은 했었습니다. 가끔은 지나칠 정도로 완벽해 보이기도 했으니까요. 행복한 사람은 그렇게 애쓰지 않죠.

28

두진혁

808호. 56. 부

모래성을 생각했다. 어린 시절을 바닷가에서 보낸 진혁은 모래성 쌓기에 열중하곤 했다. 모래만 가득 쌓은 날도 있었고, 바닷물을 섞은 모래를 깎아내기도 하면서 그럴싸한 성을 만들기도 했다. 파도 한 번에 무너진 적도 있었고, 며칠 동안 형태를 유지할 때도 있었다. 하지만 마지막에는 무너졌다. 자연의 손길, 타인의 발길질, 자신의 변심, 그 어떤 이유에서든 결국 무너진다는 점에서 모래성은 한없이 연약했다. 인생은 모래성과 다르다는 것을 증명하기 위해 한평생 살아왔지만 근래에 벌어진 사건들은 자신의 삶이 모래성에 불과하다고 말하고 있었다. 다른 점이라고는 무엇이 자신의 생을 모래성으로 만든 것인지 알 수 없다는 것뿐이었다.

며칠 전 대학 동기였던 권 교수가 찾아왔다. 안식년에 세계일주를 하고 돌아온 그는 이제야 뉴스를 봤다며 술이나 한잔하자고 했다. 어딜 가나 폭탄 이야기만 따라붙는 터라 시답잖은 여행 이야기나 들어볼 겸 해서 나간 자리였다. 원체 제 할 말만 하는 걸 좋아하는 작자였지만 폭탄 이야기만큼은 지나칠 수 없었는지 보자마자 폭탄 이야기를 꺼냈다. 진혁은 곧바로 그 이야긴 하고 싶지 않다며 말을 끊었다.

"다 끝나면 이야기하자고. 골이 딱딱 아파."

권 교수는 이해한다고 하면서도 이야기를 끝낼 마음이 없는 듯했다.

"두 교수 애들 이야기는 다 뭐야. 인터넷이 아주 난리도 아니던데."

진혁은 인상을 찌푸렸다.

"헛소리일 줄 알았어. 말도 안 되지. 선아가 어떤 앤데, 머리카락 한 올도 삐져나오는 걸 못 보는 사람인데. 하여튼 사람들이 알지도 못하 고 떠들어대는 꼴 하곤…."

권 교수 입에서 나오는 아내의 이름에 진혁은 불쑥 짜증이 올라왔 다. 아내와 같은 과 동기였던 권 교수는 틈만 나면 진혁 앞에서 선아의 이름을 올렸다. 연애할 때도, 결혼할 때도, 어떻게 선아가 너 같은 애를 택한 거냐는 의뭉스러운 눈빛을 보냈었다. 그럴 때마다 진혁은 못마땅 하면서도 애써 티 내지 않았다.

"그래도 아들딸이 사진발은 잘 받더라. 인물이 훤한 게 선아를 꼭 빼 닮았어. 쌍둥이들 공부 더 시켜서 강의 좀 해보라고 해. 선아 닮았으면 머리도 좋겠네."

진혁은 술잔을 기울이다가 말고 권 교수를 빤히 쳐다봤다. 굳이 교 수인 그를 두고 아내를 운운하는 말에 속이 뒤집어졌다. 뭘 안다고 애들에 대해 떠드는지…. 그러다 문득 아이들에 대해 모르긴 그 역시 마찬가지라는 생각이 들었다. 오직 교수가 되겠다는 일념으로 집안일은 오롯이 아내에게 맡겼다. 특별히 말썽을 피우는 일도 없었으니 걱정할 것도 없다고 여겼다. 현이 따로 오피스텔까지 얻었을 줄은…. 뉴스를 보고 접한 소식에 차마 사실 확인도 못 했다. 아빠 노릇이라도 하라는 선아의 말에 무슨 말이라도 해야겠다고 생각했지만 아무리 생각해도 떠오르지 않았다. 어떻게 그럴 수 있냐고 따져 물을 수도 없는 것 아닌가.

"우리 집 이야기는 그만하지."

권 교수는 감정이 전혀 상하지 않았다는 듯, 곧장 말을 돌렸다.

"근데 자네, 문영이하고 사귀었다던데. 진짜야?"

뜬금없이 나오는 문영의 이름에 진혁은 당황했다. 소문이 빠르다는 것 정도는 알고 있었지만 그의 귀까지 들어갔을 줄이야….

"이 바닥이 워낙 좁잖아. 기분 나빠 하지 마. 다들 한마디씩 얹어도 이런 소문은 금방 사라지니까. 금세 또 다른 스캔들이 뒤덮을걸?"

권 교수는 대단한 유머라도 한 듯 껄껄 웃었지만 진혁은 웃음이 나오지 않았다.

"하긴, 문영이면 쉽게 끝나지도 않을 일이지만."

"무슨 말이야?"

"문영이 성질이 보통이 아니잖아. 전에 만나던 사람도 헤어진 뒤에 찾아가서 방을 아주 박살을 내났다던데. TV고 뭐고, 논문 쓰던 컴퓨터까지 박살 내가지고 난리가 났었다던데."

"사실이야?"

"소문이 그렇단 거지. 근데 자네도 알다시피 소문이라는 게 보통 사실을 기반으로 하잖아. 자네랑 문영이 사이도 그렇고. 아무튼 조심해. 안 그래도 학교에서 폭탄 때문에 탐탁지 않아 하는 모양이던데. 문영이 일까지 불거졌다간 자리 지키기 힘들어. 폭탄보다 더 심각하지. 요즘 그런 거 워낙 예민한 거 자네도 알잖아."

충고인지 걱정인지 그저 재밌어하는지 알 수 없었다.

"근데 선아 같은 여자를 두고 바람을 다 피우고, 자네가 그럴 줄은 몰랐네. 헤어질 생각이야?"

"헤어지긴 누가 헤어져. 말도 안 되는 소리 하지 마."

"무슨 일이 있어도 가정은 지켜야지."

진심인지 비웃는지 모를 말을 하며 권 교수는 의뭉스럽게 웃었다. 답답한 마음에 술만 들이켰지만 술이 어디로 들어가는지조차 알 수 없었다. 그때까지만 해도 진혁은 문제가 더 커질 거라고는 예상치 못했다. 이미 불거질 대로 불거진 문제들을 하루빨리 수습하는 일만 남았다고 여겼다. 어떻게든 만회하고 싶었다.

다음 날 그는 출근하자마자 레스토랑을 예약했다. 아무리 바빠도 주말이라면 식사 시간 정도는 낼 수 있을 것이다. 다섯 식구가 다 같이 식사한 게 언제였는지 기억조차 나지 않았다. 현이 졸업했을 때 같기도 했고, 아라가 공모전에 당선되었을 때 같기도 했다. 그 후로는 어떤 식으로든 빠지는 사람이 생겼다. 다 그렇게 사는 거라고 생각했다. 뒤늦게나마 가족과의 시간을 마련하고, 어떻게든 아내의 마음도 다시 돌려

볼 생각이었다. 그날 오후 문영이 학교로 찾아올 거라곤 꿈에도 생각지 못했다.

강의를 마치고 나오는데, 문영이 기다리고 있었다. 진혁은 멈칫했다. 문영의 모습이 평소와 달리 불안해 보였고 화가 난 것도 같았다. 진혁은 마음을 가라앉힌 뒤 문영에게 다가갔다.

"김 교수가 여기까지 어쩐 일이야?"

짐짓 태연한 척했지만 목소리가 떨리는 것까지 막을 수는 없었다. 강의실을 빠져나가는 학생들이 힐끗 쳐다보는 게 느껴졌다.

"누구 인생 망치려고 작정했어? 내가 폭탄을 보냈다고?"

"무슨 말이야?"

"모르는 척하지 마. 세상 다 아는데 당신만 모른다고?"

느닷없이 쏘아붙이는 말에 진혁은 당황하면서도 목소리를 낮췄다.

"여기서 이러지 말고, 연구실로 가지."

문영의 팔을 잡아당기며 말했지만 그녀는 진혁의 팔을 뿌리쳤다.

"불륜녀로도 모자라 이제 테러범으로 몰아가? 그 잘난 식구들 챙기려고 나를 팔아먹어?"

"지금 무슨 소리를 하는 거야?"

진혁은 어쩔 줄 몰랐다. 갈 길을 멈춘 채 두 사람을 바라보는 시선들이 느껴졌다.

"어쭙잖게 자리 지키고 싶나 본데, 꿈 깨. 나만 잘리고 끝날 줄 알아?"

당최 무슨 말을 하는 건지 알 수가 없었다.

"경찰 찾아왔을 때도 참았어. 당신이 나한테 이러면 안 되는 거 아냐? 착각하나 본데 내가 끝났으면 당신도 끝난 거야."

문영은 할 말을 다 했는지, 진혁의 말은 들을 필요도 없다는 듯 돌아섰다. 진혁은 뒤돌아 가는 문영의 뒷모습을 멍하니 쳐다보기만 했다. 그 모습이 교내 게시판에서 인터넷으로 퍼져 나가는 동안에도 진혁은 상황 파악이 되지 않았다.

두 사람의 불륜이 입에서 입으로 전해지면서, 경찰이 문영을 찾아왔던 사실을 누군가가 떠올렸고, 합리적인 의심이란 명목으로 폭탄까지 이어붙이면서 순식간에 퍼져 나갔다는 것을, 진혁은 모두의 웃음거리가 된 후에야 알았다. 세간의 관심에서 벗어나고 있던 폭탄은 치정 사건이라는 명목 아래 다시 불붙었고, 불륜녀의 복수라는 시나리오에서 문영은 범인으로 지목되었다. 경찰은 그저 진혁의 알리바이를 확인하기 위해 그녀를 방문했지만 이유를 묻는 기자에게 수사 과정은 기밀이라며 입을 다무는 바람에 문영에 대한 조사가 이루어지고 있다는 오해를 낳았다.

호텔로 돌아갔을 때는, 이미 영상이 퍼진 후였다. 선아가 진혁의 짐을 싸놓은 상태였다.

"다른 방에 가든지, 다른 호텔을 잡든지 알아서 해."

차갑게 말하는 아내의 눈이 퉁퉁 부은 상태였다. 처음으로 보는 아내의 흐트러진 모습에 심장이 덜컥 내려앉았다. 시간이 있다고 생각했다. 폭탄 사건만 해결되면 다시 예전으로 돌아갈 수 있을 거라고, 몇 번이고 용서를 빌 거라고. 생전 처음 보는 아내의 흐트러진 모습이 소용없다고, 이제 끝났다고 말하고 있었다.

"이 방에서 나가줘."

"여보."

"그렇게 티를 내고 싶어서, 어떻게 참았는지 모르겠네."

선택의 여지가 없었다. 아내가 싸둔 캐리어를 끌고 나가려던 진혁이 이내 멈춰 섰다. 이대로 나가면 더는 기회가 없을 것 같았다. 잘못한 건 알지만 이미 정리한 일이었다. 지금 퍼진 소문은 그야말로 오해에 불과했고, 불륜을 저질렀을지언정 폭탄과는 아무런 상관이 없었다. 이대로 끝낼 수는 없었다. 진혁은 무릎을 꿇었다. 용서받을 수만 있다면 빌고 또 빌 생각이었다.

선아가 어이없다는 듯 진혁을 내려다봤다.

"유치하게 굴지 마."

"내가 잘못했어. 백번 천번 죽을죄를 졌어. 그래도 우리 이렇게 끝내지 말자."

"당신이 바람피웠을 때 이미 끝난 거야."

순간 문영의 말이 떠올랐다. 가정으로 돌아간다고 해도 지킬 수 없을 거라고, 문영의 손을 잡은 순간 이미 끝난 거였다고. 하지만 진혁은 안일하게 생각했다. 아내와 함께 쌓아온 가족의 시간은 길었고, 결코 쉽게 무너져 버릴 게 아니라고.

"내가 어떻게든 수습할게. 범인 잡아 오라면 무슨 짓을 해서라도 잡아 올게. 내가…."

그러자 선아가 물끄러미 진혁을 바라보았다.

"수습하지 마."

"여보."

"폭탄 터지고 난 뒤에 당신한테 바란 건 딱 하나였어. 가만히 있는 거. 제자리로 돌리는 게 아니라 악화시키지만 말기를 바랐다고. 그러니까 수습하지 마. 마지막 예의라도 지키고 싶으면 제발 그냥 좀 가만히 있어."

무슨 말을 해도 들을 수밖에 없는 처지라는 건 잘 알고 있었지만, 그 때문에 더 참을 수가 없었다.

진혁은 아내에게서 시선을 거두고 바닥을 내려다보며 말했다.

"늘 그랬어. 당신한텐 내가 늘 걸림돌이었지?"

아내는 어이없다는 듯 콧방귀를 꼈다. 그 행동이 진혁을 완전히 무너뜨렸다. 아내와 함께 살아온 시간이 순식간에 무너졌다.

"이젠 내 탓이라도 하겠다는 거야, 두진혁? 할 건 다 하는구나."

"아니라고 할 수 있어? 평생 원망한 게 아니었다고? 당신 자리 뺏었다고 한 번도 생각 안 했냐고. 장모님 살아계실 때, 나만 보면 그러셨어. 그 자리가 선아 자린데. 대학원에 갈 때도, 강사 자리 얻었을 때도, 축하한다는 말을 하기도 전에, 선아가 했었어야 하는데 그랬다고. 그럴 때마다 당신 한마디라도 한 적 있어? 그저 아무것도 못 들었다는 듯 고개 돌렸어. 아니야?"

"돌아가신 엄마까지 끌어들여서 무슨 말이 하고 싶은 거야? 나 때문에 바람피웠다 그거야? 장모가 딸 좀 아까워했다고 그게 못마땅해 복수라도 했다는 거야?"

"그 말이 아니잖아!"

진혁이 소리쳤다. 울음 섞인 목소리였다. 자신을 노려보는 아내를 똑바로 쳐다봤다.

"당신한테 인정받아보겠다고 얼마나 아등바등했는데. 나라고 좋아서 이렇게 산 줄 알아? 교수 같은 건 하고 싶지도 않았어. 근데 당신이 좋아하니까, 당신이 하라고 하니까, 당신이 혹여나 후회할까 봐 내가 얼마나 애썼는데. 동료들이 비웃을 때도 당신만 안 비웃으면 된다고 참았어. 내가 아니라 당신이 교수가 돼야 했다고, 당신이 훨씬 똑똑하지 않았냐고 놀림당할 때도 군말 않고 참았다고. 근데 아무리 애써도 안 돼. 잘난 당신은 만족하는 법이 없고, 내가 멍청한 걸 증명이라도 하겠다는 듯 다시 공부해서 대학을 가더라. 당신 인생 결정하면서 나한테 한 번이라도 상의한 적 있어? 그럴 때마다 내 기분이 어떨지 생각해본 적 있냐고. 매 순간 결혼을 후회하는 사람, 단 한 번도 결혼을 원한 적 없던 사람과 사는 기분이 어떤지 아냐고."

결국 진혁은 울음을 터뜨렸다. 선아는 달래지도 화를 내지도 않았다. 울음이 지나간 후에야 아내가 말했다.

"결혼하자는 말 내가 했었어."

진혁은 놀란 눈으로 아내를 쳐다봤다.

"프러포즈한 건 당신이었지. 그 전에 결혼하자고 한 건 나였고. 당신은 내가 말한 대로 하는 사람이었으니까. 내가 말하지 않으면 이러지도 저러지도 못한 채 시간만 흘러갈 테니까. 교수? 내 입으로 교수 되고 싶다고 말한 적이 있기나 해? 그 잘난 교수, 한 번도 되고 싶었던 적 없어. 내가 아니라 다른 사람 입만 보고 있었을 줄은 몰랐네. 평생 그런 마음으로 산 줄은 몰랐어. 이젠 진짜 내가 누구랑 살았는지 모르겠다."

진혁은 더는 어떤 말도 소용없다는 사실을 깨달았다. 결혼을 서둘러야 한다는 마음만 있었지, 아내에게 결혼하자는 말을 들은 기억이 없었다. 프러포즈를 준비하는 내내 마음을 졸였다. 거절하면 어쩌나. 임신해서 모두가 수군거릴 때 고개 한번 숙이지 않은 채 학교를 다닌 것처럼, 진혁 없이도 혼자 잘할 수 있다고 하면 어쩌나, 남편으로 아이의 아빠로 부족하다고 하면 어쩌나, 늘 선아의 표정을 살피며 안절부절못했다. 선아 역시 자신을 원했을 거라고는 생각지 못했다. 어쩔 수 없는 선택일 거라 여겼을 뿐이었다. 되새겨 보기에는 너무 늦은 일이었다. 왜 이제야 그런 말을 해주는 거냐고, 따질 수도 없는 일이었다. 아내의 말은 사실일 터였다. 그동안 단 한 번도 진혁을 질책한 적 없었으니까. 당신으로는 부족하다는 말을 아내의 입으로 들은 적이 없다는 사실을 너무 늦게 알아차렸다. 결국 진혁은 호텔을 나와야 했다.

그날 이후 진혁은 연구실에서 지냈다. 간이침대를 펼치고 자는 게 불편하긴 했지만 호텔을 잡을 마음이 들지 않았다. 경찰이 집으로 돌아가도 된다고 했지만 아직 아무도 가지 않은 집에 혼자 있고 싶지 않았다. 어쩌면 이대로 영영 돌아가지 못할 수도 있었다.

내일 오전에 징계위원회가 열린다는 소식을 들었다. 징계위에서 해임이 결정되면 연구실에서 머물 수도 없을 터였다. 평생 오해 속에서 살아왔다. 아내 역시 결혼을 원했다는 것, 교수가 될 마음조차 없었다는 것, 어째서 묻지 않았을까. 아내의 인생을 망쳤다는 죄책감과 아내를 따라갈 수 없다는 자격지심에 아내가 웃는 것조차 보지 못했다. 지금의 자리가 자기 자리인 것을 알지 못했다. 지켜야 한다는 생각이 단 한 순간도 누릴 수 없게 만들었다. 너무 늦어서 후회조차 할 수 없었다. 아내도 교수도 잃어버린다면 과연 어떻게 살아가야 할까 알 수 없었다. 모든 게 사라져버린 기분이었다. 새벽이 되도록 잠들지 못한 그는 수면제 두 알을 삼킨 후에야 겨우 잠들었다.

29

김○○

대학 교수. 두진혁 내연녀

SBC 시사스페셜 〈폭탄을 말하다〉 인터뷰

솔직히 인터뷰까지 하고 싶지는 않았어요. 제 입장에서 아무리 익명이라 한들, 굳이 나서서 득 될 게 없잖아요. 그런데 내버려 두니 점점더 걷잡을 수 없는 소문이 되어가더라고요. 먼저 이별을 말한 건 저였어요. 진짜 헤어질 줄은 몰랐지만, 계속 그렇게 살 수는 없었죠. 처음에는 곁에 있다는 것만으로 충분했지만, 마음이 깊어지니 숨겨진 존재라는 게 견딜 수 없었어요. 나를 숨기는 사람 곁에 있으니 나도 나를 숨기게 되더라고요. 그러다 보면 세상에서 나란 존재는 아무 필요가없는 껍데기가 돼버리죠. 연애뿐만 아니라 많은 게 망가져요. 그렇게저는 친구도 잃고 가족도 잃었어요.

폭탄이 터지기 전에도 소문은 있었어요. 그 사람만 몰랐던 거죠. 불륜남보다 불륜녀가 더 만만해서 그런가. 내 앞에선 그렇게 티를 내면서 그 사람 앞에선 한마디도 안 하더라고요. 결과가 어찌 되든 선택을 해야 했죠. 그냥 도망치고 싶진 않았어요. 적어도 내 선택이 그저 실패가되지 않길 바랐죠. 그 사람이 가정을 택한다면 멍청한 실수를 한 대가를 치러야만 하겠지만 나를 택한다면 그럼에도 불구하고 새 삶을 시작하는 거였으니까요. 근데 그 사람은 그렇게 생각하지 않았죠.

아무것도 잃고 싶지 않다는 말에 짐을 쌌어요. 더는 그 사람과 함께있을 수 없었어요. 어떤 모험도 하고 싶지 않은 사람, 그저 달콤한 순간만 누리고 싶은 사람에게 인생을 낭비할 수는 없잖아요. 본인은 가정을 지켜야 하니까 내연녀로 있으라니, 그것보다 우스운 일이 또 어딨어요? 그때 알았죠. 나를 한낱 불륜녀로 보는 건 세상만이 아니구나. 이사람도 똑같구나. 화가 났죠. 미친 듯이 화가 났어요. 어디 한번 잘 사나 두고 보자, 하는 마음이 없었던 건 아니에요. 눈앞에 폭탄이 있었다면 날려버렸을 수도 있겠죠.

며칠 지나니 정신이 좀 들더라고요. 다행이라는 생각마저 들었죠. 사실 전 사랑에 목숨 거는 스타일도 아니었어요. 내가 하는 사랑이 희대의 사랑이라 생각한 적도 없고요. 근데 남몰래 만나다 보니 착각한거죠. 그가 흔하디흔한 남자였던 것처럼 나도 흔하디흔한 불륜녀였던거죠. 그깟 사랑 때문에 전부 다 잃을 뻔했잖아요. 교수가 되려고 얼마나 애썼는데, 부교수 자리를 앞두고 고작 불륜에 그간 고생한 시간이폄하되는 걸 두고 볼 수는 없었죠.

후회가 너무 늦은 건지, 아니면 제때 벌 받는 건지…. 며칠 전에 부교수 심사가 취소되었어요. 타이밍이라는 게 참…. 학부 시절에 그 사람 강의를 듣긴 했지만, 석사도 박사도 다른 학교로 갔어요. 논문 주제도 그 사람과는 전혀 관련이 없었고. 근데 사람들이 그런 내 얘기에 귀 기울여주기나 할까요? 주변 사람들은 다들 그저 소란스러우니 잠시만 피해가라고 해요. 대체 뭘 피해가라는 건지….

경찰이 찾아왔었다는 게 소문이 날 줄은 몰랐어요. 경찰이라고 해봐야 고작 알리바이 묻는 게 다였으니까요. 솔직히 말했죠. 마음 같아서는 모르겠다고 대답해서 의심을 부추기고 싶기도 했어요. 그래도 그건 그냥 잠깐의 망상이죠. 사회적 지위도 있는데 상식적으로 대응하는 게 당연한 거 아니겠어요? 소문이 어디서 어떻게 났는지 모르겠어요. 그런 건 알아서 뭐 하겠어요. 학교로 찾아왔으니 당연히 보는 눈도 있었겠고 그걸 누군가가 퍼트리고, 또 망상도 덧붙였겠죠. 그렇고 그런 사이라고 하더라 정도가 떠도는 건 알았는데, 폭탄까지 연결시킬 줄은 몰랐죠. 정신 차리고 보니 테러범까지 돼 있더군요. 징계위원회에서 폭탄을 보냈냐고 묻기에 아니라고 했죠. 바람피운 건 맞느냐고 물었고, 거기서 아니라고 해야 했는데 인정해버렸어요. 거기까지 잡아떼면 내가 너무 바닥인 기분이라서 그랬는지, 어차피 들킬 일이라서 그랬는지 모르겠지만, 징계위원회 끝내고 나오는데 갑자기 화가 나더라고요. 경찰까지 오게 만들었으면 적어도 알려주기라도 했어야 하는 거 아닌가. 이게 다 그 사람 때문인 거 같고. 순간 확 돌아서 내 무덤 내가 판 거죠. 차라리 폭탄을 보낸 게 나였으면 어땠을까 하는 생각까지도 했어요. 그랬다면 그를 찾아갈 일도 없었을 테고, 인터넷에 영상이 돌아다닐 일도 없었겠죠. 적어도 내 입으로 내가 불륜녀라고 세상에 떠벌리진 않았을 거예요.

사람들 말처럼 이성이 마비되는 순간이 와서 폭탄을 보낸 거라고 해도, 집으로 폭탄을 보내진 않겠죠. 잘못한 건 그 사람이지 그 사람 가족이 아니잖아요. 가족한테는 나야말로 나쁜 년에 불과할 텐데 뭣 하러 그런 짓을 하겠어요. 그 정도로 사리 분별이 안 되진 않아요. 사랑에 빠지는 것과 죽이는 건 엄연히 다른 행동이니까요. 죽어버리고 싶어서 폭탄을 보내야 했다면 그 사람 연구실로 보냈을 거예요. 그가 혼자 남아 택배를 뜯을 시간을 기다리겠죠. 그야말로 그가 전부를 잃어버리는 순간일 테니까요. 지키려 애쓰는 가정도 평생 일궈온 직장도 한순간에 박살 내버렸겠죠. 지금은 아니라 해도, 한때 제자였던 여자와 바람난 교수가 평판을 유지할 수 있을 리 없으니까요. 그 사람도 잘렸다는 소리를 들으면 속이 후련할 줄 알았는데, 꼭 그렇지만도 않네요.

어쨌든 다 끝났죠. 아무 혐의점이 없다는 경찰의 발표도 소용없더군요. 여전히 많은 사람들이 제가 범인인 줄 알아요. 심지어 저한테 응원한다는 메시지까지 와요. 당할 놈이 당한 거라고. 나 같아도 폭탄을 보냈을 거라고. 불륜을 저지른 건 용서 못 할 짓이지만 그런 식으로라도 응징했으니, 앞으론 정신 차리고 살길 바란다면서. 이제야 폭탄 사건의 퍼즐이 맞춰졌다고, 안심하지 말고 끝까지 부인하라고.

솔직히 말하면 진범을 잡는 게 무슨 의미가 있는지 모르겠어요. 진범이 잡히고, 폭탄 사건이 세간에서 잊힌다고 해도, 누군가는 저를 불륜 폭탄범으로 기억하겠죠. 그게 매 순간 제 앞길을 가로막을 테고요.

30

신선아

808호. 56. 모

집 안은 낯선 사람들로 가득했다. 가구 수거 업체에서 망가진 가구를 전부 회수해간 후, 스프링클러를 점검하고 갔다. 지금은 청소 업체에서 나와 청소를 하는 중이었고, 현관문과 방문을 새롭게 다는 중이었다.

50이 넘으면 인생이 조금은 편안해질 줄 알았다. 아이들의 독립이 늦어지고, 남편은 바람을 피우고, 폭탄이 터지고, 일자리를 잃게 될 줄은 상상도 못 했다. 모든 게 망가졌는데, 누굴 원망해야 하는지조차 알 수 없었다. 그저 피곤하기만 했다.

개 짖는 소리에 고개를 드니, 옆집 여자가 서 있었다.

"범인은 잡힌 거야?"

선아는 인상을 찌푸렸다. 하필이면 이럴 때 옆집 여자가 오다니. 원체 안 맞는 여자였다. 리모델링할 때도 자신이 먼저 와서 주인인 것처럼 이것저것 지시하는 바람에 인부들이 못 해먹겠다고 난리를 쳐서, 달래느라 꽤 고생했다. 그럼에도 불구하고 예의를 지켰다. 친분을 유지할 마음은 들지 않았지만 괜히 얼굴 붉힐 필요는 없다고 여겼다. 최소한의 친절을 지키기 위해 애썼다. 이제 와 생각해보면 우스운 일이었다. 어차피 떠들고 싶을 대로 떠드는 사람들 앞에서 완벽해 보이려고 애쓴 꼴이라니….

"안 잡혔구나? 들어와도 된대?"

앉으라는 소리도 안 했는데, 옆집 여자는 식탁에 앉았다. 그러고는 개를 바닥에 내려두었다. 선아가 인상을 찌푸렸다. 기껏 청소해놨는데 발자국을 내는 개를 바라보며 말했다.

"청소하는 중이라서요."

옆집 여자는 입술을 씰룩거리면서 대답했다.

"이 쪼매난 게 더럽히면 얼마나 더럽힌다고. 알겠어, 안고 있어야지." 그러고는 개를 쳐다보며 말했다. "우리 깜깜이, 조금만 참자?"

"죄송한데, 나이가 어떻게 되세요?"

선아는 이제껏 거슬렸지만 묻지 않았던 말을 툭 내뱉었다.

"나이? 내 나이는 왜? 설마 나 의심하는 거야?"

"처음부터 반말하셨던 것 같은데, 저희가 그럴 사이는 아닌 것 같아서요."

다소 호전적인 선아의 태도에 옆집 여자는 불쾌하다는 듯 인상을 쓰면서도 자리를 뜰 생각을 하지 않았다.

"아이고, 내가 미안하게 됐네. 근데 신문 보니까 내가 한 살 더 많던데, 뭘 그래. 이런 일 있어서 그런가 까칠하네."

머리가 지끈거렸다. 선아는 못마땅한 표정으로 옆집 여자를 빤히 쳐다보았다. 그전이었다면 옅은 미소와 함께 그럴 수도 있다며, 앞으로는 조심해 달라고 부드럽게 타일렀겠지만 그럴 마음이 전혀 들지 않았다.

"나이가 아니라 기본 소양의 문제죠."

"아이고…"

옆집 여자는 경악스럽다는 표정을 지었다. 그러면서도 절대 지지 않겠다는 듯 제 할 말을 했다.

"내가 신고한 거 알지? 근데 이 집 사람들은 고맙다는 말 한번 안 하네. 생색내려고 한 건 아니지만 너무한 거 아냐? 우리가 808호 때문에 얼마나 피곤한데. 다들 참고 있는 거 808호도 알아야 돼. 미안하다고 사과를 하든지. 내가 불쌍해서 말 안 하려고 했는데, 우리 집 문은 봤어? 그놈의 폭탄 때문에 여기저기 다 긁혔어."

선아는 옆집 여자를 빤히 쳐다보았다.

"가장 큰 피해자는 저희예요. 범인 잡히면 범인한테 사과받으세요. 손해 배상도 그쪽에 청구하시고요."

옆집 여자가 코웃음을 쳤다.

"이 집 식구 중에 범인이 없다고 누가 장담해? 수상스러운 구석이 한두 개가 아니던데."

"사모님, 작업 끝났습니다."

그 순간 인부가 끼어들지 않았더라면 한바탕 싸움이 났을 것이다.

느닷없이 끼어든 인부 덕분에 흥분이 가라앉긴 했지만 전처럼 말을 아낄 생각은 없었다.

"할 일이 많아서요. 할 말 다 했으면 가시죠? 그리고 말조심 좀 해주면 좋겠네요. 그냥 듣고만 있다고 해서 편한 게 아니라는 것 정도는 알아야죠. 내가 한두 번 참아서 이런 말 하는 거 아니에요. 우리 집 리모델링할 때도 주인인 것처럼 들락거리면서 사람들 곤란하게 한 거, 뒤에서 우리 딸 가지고 떠드는 거 내가 모를 줄 알아요? 폭탄도 그래요. 온갖 말 다 떠들고 다니는 거 무척 불쾌한데, 그래도 그쪽도 놀랐을 테니까 참았어요. 일말의 예의라는 게 있어요. 모를 나이 아니잖아요? 수상스럽다니 어쩌니, 책임지지도 못할 말 하지 마세요. 나도 더는 안 참아요."

옆집 여자는 입을 다물지 못했다.

속이 다 시원했다. 어떤 흠도 보이지 않겠다고, 차라리 참고 만다고, 우아함은 인내심에서 나오는 거라고 생각해온 지난날이 후회스러웠다.

옆집 여자가 투덜거리면서 나간 뒤에야, 선아는 식탁에서 일어났다. 두통약을 먹은 지 2시간도 채 지나지 않았지만 약을 한 알 더 먹었다. 오늘 일로 또 온갖 말들이 나돌겠지만 상관없었다. 뭐라고 대답했든 제멋대로 떠들 것이다.

도어 록 설명과 함께, 마스터키 카드를 건네받았다. 곧이어 청소가 끝났고, 그제야 혼자 남을 수 있었다. 깨끗하지만 텅 빈 거실을 보고 있으니, 가슴 한구석이 뚫린 것처럼 허탈함이 몰려왔다. 이 집으로 이사 온 게 8년 전이다. 약사로서의 삶을 시작하고, 비로소 안정을 맞이

했다고 여긴 시기였다. 깨끗하게 리모델링된 집에 가구가 채워지는 순간을 만끽했었다. 이제는 삶의 기쁨을 누릴 차례라고 여겼다. 그런데 과연 그런 순간이 있기나 했을까. 너무 많은 것들이 달라져서 기억조차 나지 않았다. 가구는 새로 사지 않았다. 아직 때가 아니라고는 했지만, 이 집 거실에 가구를 채워 넣을 일은 없을 터였다. 허망했다. 미친 듯이 소리치고 싶었지만, 그렇게 소리를 질렀다간 또 무슨 말을 듣게 될지 뻔했다. 인내심이 끊어진 여자가 참지 못하고 폭탄을 쏟아냈다고 하겠지. 이미 우스워질 대로 우스워졌다고 생각하면서도, 마지막 끈마저 놓지는 못했다. 언제까지 정신을 붙잡고 있을 수 있을지 알 수 없었지만.

목이 말랐다. 갑자기 솟구치는 갈증에 선아는 냉장고로 달려가 문을 열었다. 물은커녕 음료수도 없었다. 썩고 짓무른 채소와 과일들만 보일 뿐이었다. 구석에 놓인 캔맥주가 눈에 들어왔다. 선아는 곧장 들이켰다.

도망치고 싶었을 때도 있었다. 가족이, 엄마라는 자리가 버거워서 달아나고 싶었다. 사랑이라는 감정은 책임감에 짓눌려서 보이지 않게 된 지 오래였다. 그럼에도 불구하고 지켜낸 자리였다. 그럴 가치가 정말 있었을까.

선아는 인터넷에 떠돌고 있는 영상을 보고 또 봤다. 남편을 찾아가 화내는 여자의 뻔뻔함에 혀를 내둘렀다. 저들은 뭐가 그렇게 당당할까? 그런 생각이 들자 겨우 붙잡고 있던 이성의 마지막 끈이 끊어졌다. 더는 괜찮은 척 버틸 수가 없었다. 심지어 인터넷에는 그녀를 응원하는 글이 넘쳐났다. 불륜남이 응당 당해야만 하는 일이라고 했다. 그 고통을 아무 죄도 없는 가족이 고스란히 짊어지고 있다는 사실은 싹 무시한 채. 경찰은 수사 과정을 밝힐 수 없다는 대외적인 입장을 견지하면서도, 선아에게는 그녀가 범인이 아니라고, 아무런 연계점이 없다는 사실을 분명히 했다. 차라리 그녀가 범인이길 바랐다. 그랬더라면 모든 화를 쏟아낼 수도 있었을 테니까. 치욕스러운 기분을 그녀에게 쏟아낼 수 있었을 테니까. 단 한 번도 스친 적 없던, 앞으로도 스칠 일 없는 그녀가 모든 걸 망쳐버렸다는 기분을 떨쳐낼 수가 없었다. 남편의 바람에 여자만 원망하는 못난 사람이 되어버린 듯해 패배감이 엄습했다.

선아는 꺼져 있던 핸드폰을 바라보다 전원 버튼을 눌렀다. 부재중 전화와 메시지가 쏟아졌다. 확인하지도 않았는데 질려버렸다. 봐서 좋을 게 없다는 걸 알면서도 인터넷 창을 켰다. 폭탄 기사는 더는 메인에 뜨지 않았다. 뒤편으로 밀려나긴 했어도 여전히 집착하는 이들이 많았기에, 괴롭기는 마찬가지였다. 사람들은 한 마디가 눈덩이처럼 불어난다는 것을 모른다. 검색창에 폭탄을 입력하자 기사가 줄줄 나왔다.

'결국 미제 사건으로 남나?'

'경찰 실마리 못 찾아.'

'중산층에 대한 증오 범죄?'

'불륜녀의 복수?'

제목만 다를 뿐 이제껏 나온 기사와 다르지 않았다. 온갖 추측과 추문으로만 가득한 기사들. 그러면서 뭔가 있다는 듯 찔러대기나 하는 기사들.

무심히 스크롤을 내리던 선아는 '사제폭탄, 808호 엄마의 진실'이라고 적힌 링크 하나를 발견했다. 잠시 망설였지만 결국 링크를 눌렀다. 그러자 유튜브 영상으로 연결되었다.

얼굴을 내놓지 않은 남자가 목소리를 변조시킨 채 사건의 개요를 읊은 뒤, 자기 생각을 말했다.

"제가 보기에는 엄마를 파야 해요. 가족이 차례로 의심을 받았는데 유독 이분만 전혀 의심을 안 받고 있어요. 근데 생각해보세요. 약사란 말이죠. 엔지니어가 아니라도 화학의 기본 지식이 있습니다. 폭탄을 만들 정도로 섬세할 테고요. 아주 똑똑한 사람이란 말이에요. 뒤늦게 학교에 간 걸 보면 추진력도 있어요. 자기 커리어가 중요한 사람이니 가족이 얼마나 짐스러웠겠어요. 이해가 안 될 겁니다. 딸한테 그럴 리가 없다고 하는데, 원래 엄마와 딸 관계가 복잡한 거예요. 그냥 모성애라는 말로 두루뭉술하게 넘어갈 게 아니란 말이죠. 그게 아니어도 이유는 충분하죠. 남편이 바람피웠잖아요. 내연녀도 역시 의심받고 있긴 하지만, 들킬 게 뻔한데 그 짓을 하겠어요? 엄마라면 다르죠. 내연녀한테 뒤집어씌우기도 좋고요. 설사 들킨다 해도 동정표 받기 딱 좋잖아요. 뭐, 그런 경우야 순전히 우연히 딸이 받은 거겠죠. 뭐든 계획대로 흘러가는 게 아니니까요."

영상 속 남자는 얼굴을 밝힐 용기도 없는 주제, 범죄 프로그램에 나온 프로파일러라도 되는 것처럼 지껄이고 있었다. 댓글의 대부분이 그의 말에 동조하고 있었다.

"그런 걸 뭐 하러 보고 있어요."

현이었다. 선아는 짧게 한숨을 뱉은 후, 핸드폰을 껐다. 벌써 퇴근 시간이 된 건가 싶어 시계를 보니 오후 3시였다. 퇴근 시간이라고 할 게 없을 만큼 회사에 붙어 있던 애가 갑자기 왜 이 시간에 집에 왔나 궁금했다.

"그만두래?"

현이 웃었다.

"모르셨어요? 저 대표예요."

"그러네."

"그냥 좀 쉬려고 일찍 왔어요."

"아직 어수선한데, 오피스텔 가서 쉬지."

"죄송해요. 미리 말 못 해서⋯."

선아는 현을 빤히 바라보았다.

"그래, 그 사과 받을게. 혼자 쉴 공간도 있고, 부럽네."

"곧 없어질 거예요."

"왜? 빚 때문에? 우리가 도와줄게."

여전히 '우리'라는 말이 튀어나온다는 게 우스웠다.

"원래 정리할 생각이었어요."

현의 시선이 맥주에 닿았다.

"그냥 좀 답답해서."

"누가 뭐래요."

현은 잠시 망설이다 냉장고에서 맥주를 꺼내 맞은편에 앉았다.

"괜찮으세요?"

"폭탄도 나쁘지 않네. 아들이 괜찮으냐고 물어봐 주기도 하고."

"죄송해요."

"사과받으려고 한 말 아니고, 좋아서 그래."

선아는 남은 맥주를 홀짝거렸다. 아들과 식탁에 앉았던 게 언제였는지 기억나지 않았다. 폭탄이 터진 후에도 현은 항상 침착했다. 자기 기사가 나올 때도 별 반응을 하지 않았다. 그래서일까, 괜찮으냐는 흔한 안부조차 묻지 못했다.

"왜 말 안 했어?"

"모르겠어요. 어쩌다 보니 그렇게 되었는데, 그 시간이 길어지다 보니까 말이 안 나왔어요. 변명이 구차하죠?"

"그거 말고, 힘들다고."

"뭐, 그냥… 그런 거죠."

현은 평소처럼 담담하게 말했다. 선아는 그 마음을 알 것 같기도 했고, 모를 것 같기도 했다. 가족이라고 모든 걸 알 수는 없었지만 그 사실이 중요한 것을 놓쳐버렸다는 사실에 대한 변명이 될 수 있을까. 선아가 제 인생을 찾아가는 동안 가족에게도 각자 인생을 찾아가라고 떠밀고 있었던 것 아닐까.

"괜찮니?"

현은 맥주를 마셨다.

"괜찮다고 하면 거짓말이죠. 그냥 빨리 끝났으면 좋겠어요. 제가 너무 잘나서 범인 같다고 하던데요? 뭘 또 이렇게 잘나게 태어난 건지."

너스레를 떨었지만 한없이 쓸쓸한 말투였다. 잘하려고 애쓰는 마음이 결국 독이 되어 돌아오는 게 어떤 건지는 선아가 누구보다 잘 알고 있었다. 마음껏 무너질 수조차 없는 그 마음까지도….

선아는 아들을 가만히 쳐다보았다. 서른이 넘었다는 사실이 새삼스럽게 느껴졌다. 키가 크고, 목소리가 변하고, 수염이 나고, 성인 남자가 되는 동안에도 선아는 자기 삶을 사느라 바빴다. 자신의 시간만 과거에 머물러 있는 기분에 아등바등 따라가려 애썼다. 잘하고 있다고 생각했는데, 완벽한 착각이었다. 얼마나 많은 걸 놓쳤을까. 이제 와서 후회한다고 말하면 그 말은 진심이라고 할 수 있을까.

"미안하다."

"엄마가 뭐가 미안해요."

"엄마가 챙겨줬어야 하는데, 아무것도 해준 게 없네. 산다고 살았는데, 잘 산 건 아니었나봐."

"말도 안 되는 소리는 무시하세요. 지들이 무슨 말을 뱉는지도 모르고 지껄이는 새끼들이에요."

현의 말에 긴장이 풀린 선아는 피식 웃었다.

"욕도 할 줄 아네."

"잘하죠."

선아는 안경을 벗고 눈을 비볐다. 피로가 몰려오는 듯했다.

"피곤하면 들어가서 좀 주무세요."

"우리가 정말 당할 만해서 당했을까?"

현은 말없이 맥주를 마셨다. 폭탄은 지난 삶이 엉망이었다고 말하고 있었지만 그럼에도 불구하고 다시 그 삶으로 돌아갈 수 없다는 사실에 가슴이 아렸다. 무엇을 놓치고 가는 줄도 모르고 앞만 보고 가던 시간이 그리워졌다. 지금을 견딜 수 없으면서도 어디로 나아가야 할지 알 수 없었다.

맥주를 다 마신 현은 캔을 구기며 덤덤히 말했다.

"다들 그렇게 살아요. 폭탄만 안 터졌을 뿐이지."

그렇다면, 그게 정말 사실이라면 왜 하필 우리였을까? 행복한 가정이 어디에도 없고, 남모를 비밀 하나쯤 품고 사는 거라면 어째서 우리 가족만 낱낱이 해부되어야 했을까.

선아는 시간이 흐를수록 어떻게 흘러가는지 점점 알 수 없게 되었고, 과연 이 모든 게 해결이나 될지 의문이 들었다. 폭탄이 터진 지 보름도 되지 않았다는 사실이 믿기지 않았다.

31

김ㅇㅇ

직장인, 신선아 동창

SBC 시사스페셜 〈폭탄을 말하다〉 인터뷰

선아 걔도 늙긴 늙더라고요. 그래도 한눈에 알아봤죠. 제가 눈썰미가 좋아요. 인상이 좀 차갑게 변하긴 했는데 예전에도 마냥 살가운 스타일은 아니었어요.

대학 동기예요. 4학년까지는 같이 다녔어요. 인기 많았죠. 다들 선아가 그럴 줄 몰랐다고 하는데, 글쎄요. 전 크게 놀라진 않았어요. 좀 의외라면 두진혁과 결혼한 거죠. 남편 쪽에 관해서는 잘 몰라요. 과도 다르고 동아리도 달랐으니까. 선아랑 제가 같은 과에 다녔고, 둘은 동아리가 같을 거예요, 아마. 두진혁이 눈에 띄는 애는 아니었어요. 그래서 의외라 한 거고. 선아 좋아하는 애들 중에 잘난 애들 많았거든요. 임신했을 땐… 말해 뭐해요, 난리였죠. 학교가 들썩했어요. 왜 그런 애를 만났냐는 둥, 안 어울린다는 둥, 사람 잘못 만나서 인생 망쳤다는 둥…

257

아마 그때 우리 학교에서 모르는 사람이 없었을걸요? 선아는 임신하고도 학교 나왔어요. 배가 불러올 때까지 다녔으니까. 끝까지 버틸 줄 알았는데, 결국 못 버티고 나가더라고요. 그래도 오래 버텼죠. 솔직히 이해가 안 가긴 했어요. 자존심 부려봐야 창피밖에 더 당해요? 요즘이야 혼전임신 별거 아니라고 하지만 그땐 난리도 아니었죠. 하긴 요즘도 대학생이 임신하면 이슈가 안 되진 않을 거예요. 그것만 봐도 보통 애는 아니었어요.

20년 가까이 소식도 못 듣다가 약사 되고 난 뒤에 봤죠. 병원에 검진 갔다가 위염이 있다고 처방전 받아 약국 갔더니 거기 있더라고요. 세상 참 좁아요. 처음에는 긴가민가했어요. 얼굴이 달라져서가 아니라 약사가 됐을 줄 누가 알았겠어요. 대단하다 싶더라고요. 인사 몇 마디 나누고 말았죠. 연락하고 지낼 사이도 아니고, 안 보고 산 세월이 얼만데 굳이 연락해서 만나겠어요. 선아가 그리 반가워하는 것 같지도 않고…. 그러다가 뉴스 본 거죠.

폭탄이 웬 말이에요. 선아네라는 걸 알기 전까지는 그다지 관심 없었어요. 그냥 별일이 다 있네 싶다가 선아네가 받았다고 하니까, 그래도 아는 사람이라고 그제야 장난 아니구나 싶더라고요. 인생이 주인공인 애는 별일이 다 있구나 싶은 게…. 아, 자세한 건 몰라도 그 집 잘 산다는 이야기는 들었어요. 선아는 학교 다닐 때부터 잘하고 다녔어요. 근데 뭐 두진혁이 교수도 되었다고 하고, 자식들도 똑똑하다고 하고, 대충 그런 말들이 있었는데, 뉴스 보니까 그것도 아닌가 봐요. 하긴, 선아 개도 자식은 마음대로 안 될 거예요. 그게 그렇거든요. 부모가 너무 잘나도 애들이 좀 엇나가게 돼 있어요. 기대치가 적당해야 하는데, 그게 어디 쉽나요?

폭탄 터지고 나서, 그래도 위로라도 한마디 해줘야 하는 거 아닌가 해서 약국 갔었어요. 안 보이기에, 난 잘린 줄도 모르고 잠깐 자리를 비웠나 했어요. 사장이 아주 학을 떼면서 없다고 하던데요? 제대로 질렸다는 듯이 구는데, 찾는 제가 다 민망하더라니까요? 이해가 안 가는 건 아니에요. 선아가 좀, 사람을 작게 만드는 구석이 있어요. 욕하는 게 아니라 그냥 그런 사람 있잖아요. 옆에 있으면 상대적으로 내가 못난 느낌이 들게 하는 사람…. 부러우면서 한편으로 짜증도 나고.

불쌍할 것까지 뭐 있나요. 누가 죽은 것도 아니고, 집이 없어진 것도 아닌데. 뭐, 남편이 바람피운 건 좀 그렇긴 하죠. 같은 여자로서 안타깝고… 왜 그러나 몰라. 이해가 안 돼요. 그렇게 굳이 부지런 떨면서 나쁜 짓을 해야 직성이 풀리는지. 뭐, 알아서 잘 해결하겠죠. 제가 매정한 게 아니라 우리 나이 되면 그래요. 건강이 안 좋고 돈이 없는 게 제일 서럽지, 나머지는 다 그렇게 사는구나 하게 돼요. 선아는 어쨌든 잘 살잖아요. 모르긴 왜 몰라요. 거기 집값이 얼만데, 시세가 떨어지면 얼마나 떨어진다고…. 그 동네로 들어가려는 사람은 폭탄 터진 집이라는 건 신경도 안 쓸걸요? 리모델링까지 하면 더 받을지도 모르죠. 약국 잘렸다고 굶어 죽는 것도 아닐 테고, 약국을 차리든지, 알아서 살길 찾겠죠. 내 코가 석 자예요. 나도 대출 걱정하는 대신 폭탄 누가 보냈나 고민이나 했으면 좋겠네요.

32

경찰

"이야, 대단하네. 우리 만났을 때하고는 완전히 딴판인데? 사랑이 무섭다. 꼭 무덤을 판다니까."

이용준 형사는 김문영이 두진혁을 찾아간 영상을 보고 있었다.

김민지 형사가 인상을 찌푸렸다.

"그럴 만도 하죠. 내 인생은 박살 났는데, 팔자 좋게 강의하고 있으면 눈이 안 뒤집히겠어요?"

"누가 보면 억울한 줄 알겠다."

"안 억울할 건 뭐예요? 적어도 대가는 공평하게 치러야죠."

"공평은 무슨 공평이냐. 제 무덤 판 거지. 평생 불륜녀 딱지 붙이고 살 텐데, 바보야 바보. 사람은 말이야, 아무리 똑똑한 척해도 결국 동물이거든. 치정 사건만큼 안 잊히는 게 어디 있다고. 시간 지나 봐라.

폭탄이 터졌었나? 하다가도 그 난리 친 불륜녀 있잖아, 하면 무릎을 칠 거다."

김 형사가 모니터에서 눈을 떼고 이 형사를 보며 눈을 흘겼다.

"재밌어요?"

"재미없을 건 또 뭐야. 너 인마, 그렇게 사람이 도덕적, 정치적으로 올바르기만 하면 진짜 인생을 못 배우는 거야."

"그 전에 프로 의식 좀 갖추자는 거죠. 그리고 그런 게 인생이면 전 안 배우고 싶네요."

이 형사가 졌다는 듯 두 손을 들어 보인 뒤, 영상을 껐다.

세간의 관심에서 멀어져 가던 폭탄은 불륜녀의 등장으로 재점화되었다. 인터넷에선 그녀를 범인으로 기정사실화 한 후, 가정을 깨뜨리고 남편을 차지하기 위해 폭탄을 보냈다는 쪽과 복수를 하기 위해 폭탄을 보냈다는 쪽으로 나뉘어서 싸웠다. 경찰서 게시판에는 당장 김문영을 소환해야 한다는 글과 제보를 가장해 김문영을 헐뜯는 글이 넘쳤다. 동시에 김문영을 건드리면 단체 행동을 해야 한다며 부추기는 글 역시 적지 않았다. 경찰을 하는 동안 별별 꼴을 다 보았지만 이런 경우는 또 처음이었다. 김민지는 사람을 지키기 위해서 경찰이 되었지만 일을 하면 할수록 사람에 대한 환멸만 생겼다. 이 모든 게 범인을 잡지 못해서 벌어지는 일이라 생각하면 가슴이 답답했다.

김문영에 대한 조사가 없었던 건 아니다. 폭탄 사건이 재점화되기 전에 이루어진 일이었다. 가족에게 왔다는 전제 아래 동기가 전혀 없다고 보긴 힘들었다. 하지만 정황상 불가능한 게 밝혀졌을 뿐이다. 알리

261

바이도 확실했고, 통신 기록도 깨끗했다. 무엇보다 그녀는 불륜이 끝났다는 데 안도했다. 안도감은 쉽사리 흉내 낼 수 있는 게 아니다. 사람들은 감정을 숨길 수 있다고 믿지만 경찰 앞에서 그럴 수 있는 사람들은 극히 일부다. 완전 범죄 역시 마찬가지다. 그렇기 때문에 폭탄 사건은 더더욱 어려웠다. 이쯤 되면 무언가 나와야 했는데 나오는 사실들은 죄다 상관없는 것뿐이었다. 두현의 회사 컴퓨터까지 뒤졌지만 마찬가지였다. 시끄럽기만 했지 별것 없었다. 가족을 범인으로 몰아가는 이들이 여전히 있었지만, 동시에 강압 수사가 아니냐는 말도 슬슬 나오는 터였다. 금세 끝날 줄 알았던 수사가 보름이 다 되도록 지체되자 김 형사 역시 슬슬 불안해졌다. 언제까지 폭탄 사건만 붙잡고 있을 수는 없었다. 이대로라면 결국 미제 사건이 돼버릴 터였다.

김 형사가 유일한 증거인 CCTV를 보고 또 봤다. 용의자는 카메라의 위치를 잘 아는 듯, 절제된 움직임이었다. 유리에 비친 모습조차 없었다. 의심을 살 만큼 고개를 푹 숙이지도 않았고, 편의점에 들어설 땐 아르바이트생에게 가벼운 인사까지 했다. 아르바이트생은 두아라는 기억하면서도 용의자에 관해서는 전혀 기억하지 못했다. 탓할 수도 없는 게 그날 후드를 뒤집어쓰고 편의점을 오간 사람이 열 명도 넘었다. 소용없다는 걸 알면서도 지푸라기라도 잡는 심정으로 모든 각도의 영상을 확인하는 중이었다. 한참을 보고 있던 김 형사의 눈에 음료 냉장고에 어렴풋하게 비치는 용의자의 뒷모습이 눈에 들어왔다. 이전에는 발견하지 못한 장면이었다.

용의자는 문밖에 나서자마자 무언가를 집어 들었다. 김민지 형사가 그 장면을 몇 번이고 돌려보았다. 느리고 조심스러운 몸짓이었다.

"선배, 여기 좀 봐요."

눕다시피 의자에 기대 있던 이 형사가 겨우 몸을 일으켜 모니터를 힐끗 쳐다봤다.

"아직도 보고 있냐. 그냥 우리 둘 다 손 털고, 시말서나 쓰고 어디 시골 파출소 가서 조용히 지내자. 난 진짜 인터넷이고 뭐고 다 꼴도 보기 싫다."

"난 뼛속까지 도시 사람이라서 그렇게 못 살아요. 쓸데없는 소리 하지 말고, 여기 좀 보라니까."

이 형사가 어쩔 수 없다는 듯 영상으로 시선을 옮겼다.

"여기 보이죠? 뭔가 들잖아요. 그것도 엄청 느리게. 누가 가방 집어 드는데 이렇게 들어요."

그제야 이 형사는 자세를 바로잡았다. 김 형사가 CCTV를 다시 돌렸다. 영상을 살피던 그는 놀라서 되물었다.

"이 새끼, 폭탄 집는 거야?"

"주변 편의점 싹 뒤져야겠어요."

두 사람은 재빨리 자리에서 일어났다. 반경 200미터 내에 편의점만 해도 열 군데가 넘었다. 두 사람이 바쁘게 움직이는 동안 반장은 CCTV에 찍힌 용의자 사진을 발표했다. 상의가 없었지만 상의했다고 해도 달라질 건 없었다. 경찰에 대한 비난 여론에 숨길 수만도 없었다. 성과로 이어지지 않는다고 할지라도 수사가 제대로 진행되고 있다는 것을 알려야만 했다. 모든 책임을 뒤집어쓸 수는 없었다. 이용준 형사는 차라리 잘됐다고 했다. 덕분에 편의점에서 협조를 얻어내는 게 쉬워졌다. 혹시나 영업에 지장이 생길까 꺼리던 사장들도 기꺼이 녹화 영상을 내놓았다. 김 형사의 예상대로 용의자가 찍힌 CCTV를 추가로 확보했다. 하지만 거기까지였다. 용의자의 얼굴은 보이지 않았고, 폭탄을 받았다는 신고 역시 어디에도 들어오지 않았다.

"방법 없어요. 범인 행적에 대한 추가 발표를 해야죠."

김 형사의 말에 이용준이 고개를 내저었다.

"뭐라고 발표해? 사실 한두 개 보낸 게 아니다, 동시다발적 테러다, 그러니까 우리 잘못 없다고? 발표해봤자 시끄럽기만 하지."

"시끄러운 게 문제예요? 지금까지 확보한 것만 네 군데예요. 폭탄을 이렇게 보내고 다닌 거면 무슨 일이 벌어질지 모른다고요."

"지금까지 아무 일도 없었잖아. 폭탄이라고 어떻게 확신해? 터진 것도 없고 불발탄 신고 들어온 것도 없는데."

"운이 좋았던 건지도 모르죠."

"일단 택배 회사에 반품이나 오배송된 게 있는지 협조 요청해놨으니까, 그거부터 살펴보고 발표를 하든지 말든지 해."

"선배!"

"나라고 테러라고 안 하고 싶은 줄 아냐? 범인도 못 잡았는데, 지금 발표하고 나면 어떻게 될 거 같아? 그냥 쑥대밭이야. 범인을 잡기는커녕 상황 수습도 못 한다고."

그녀는 이 형사의 말에 일리가 있다고 생각하면서도, 수긍할 수 없었다. 어쨌거나 알려야 할 일이었다. 테러라면 지금의 인력으로는 감당이 안 된다. 자신들이 수습할 수 없는 일이라면 재빨리 손을 떼는 게 모두에게 이로울지도 모른다. 적어도 누군가를 괴롭히지는 않았을 테니까. "왜 자꾸 그런 일을 당했냐고 캐물어요." 현의 말이 계속해서 그녀를 괴롭히고 있었다. 해결해야 한다는 마음과 동시에 해결할 수 없다는 죄책감이 함께 몰려왔다.

"선배가 뭐라고 해도 전 알려야겠어요. 이건 우리가 할 수 있는 일이 아니에요."

단호한 말에 이 형사는 답답해 미치겠다는 듯 머리를 긁적였다.

팽팽한 긴장감이 감돌았다. 이번만큼은 김민지도 양보할 마음이 없었다. 이 형사가 반대한다고 해도 반장은 허락할 터였다. 해결은 못 해도 책임은 벗어날 수 있을 테니까. 가족과 상관없다는 것을 밝혀낸 것만으로도 할 일은 한 거였다. 비겁하다고 해도 어쩔 수 없다. 억울한 사람을 만들지 않는 게 우선이었다. 이미 늦은 일이었지만 더 늦기 전에 바로잡아야 했다. 결국 이 형사가 한발 물러났다.

"그래, 네 마음대로 해."

그때였다. 경찰서 안의 전화벨이 요란하게 울렸다. 신경이 곤두설 대로 곤두선 이 형사가 막내 형사에게 짜증을 내며 소리쳤다.

"전화 좀 받아라. 전화도 제대로 못 받냐?"

눈치를 보며 전화를 받던 막내의 표정이 짐짓 심각해졌다. 이내 소리가 들어가지 않도록 손으로 전화를 막은 후 이 형사에게 말했다.

"폭탄 사건의 범인 안다는데요?"

"가족 들먹이는 거면 알아서 해결하라고 끊어. 미친놈들, 감정 있으면 따로 풀면 될 걸 왜 자꾸 지랄인지 모르겠네. 여기가 무슨 흥신소야 뭐야?"

이용준이 버럭 화를 냈다. 하지만 막내 형사는 끊을 생각은 않고, 말했다.

"인터뷰 봤다고 하는데요?"

"인터뷰? 무슨 인터뷰?"

수사 발표 자료를 준비하던 김 형사가 끼어들었다.

"폭탄 터졌을 때, 아파트 앞에서 웬 유튜버가 인터뷰하고 돌아다녔잖아요?"

"유튜버가 그랬다는 거야? 걔는 키가 좀 크지 않았나?"

이번에는 이 형사가 끼어들었다.

"아뇨, 인터뷰에 응했다고요. 옥상 이야기하던 사람 있잖아요."

이 형사의 표정이 순식간에 짜증으로 가득 찼다.

"옥상 타령 끝난 지가 언젠데, 미친놈들, 어린애한테 그러고 싶냐? 끊어!"

승아가 의심스럽다는 건 지금까지 가장 많이 들어온 제보였다. 다른 날 승아를 봤다는 말도 있고, 무언가 내던졌다고 허위 증언하는 사람도 있었다. 우연과 우연이 겹치면서 사건을 가리는 일은 적지 않았지만, 승아의 경우에는 우연치고는 고약한 우연이었다. 처음부터 테러였다고 한다면 808호 가족이 이 정도로 괴롭힘을 당하진 않았을 거다. 김 형사는 하던 일을 마저 하기 위해 시선을 돌렸다.

두 선배 형사가 반응하지 않자 막내가 답답하다는 듯 소리쳤다.

"그게 아니라, 범인이 인터뷰했다고요. 옥상 이야기하던 애가 범인인 것 같대요."

그제야 두 형사는 놀란 눈으로 서로를 쳐다봤다. 이 형사는 전화를 돌리라고 말할 정신도 없이, 막내 책상 쪽으로 다가가 전화를 가로챘다. 김 형사 역시 자리에서 일어나 다가갔다. 김 형사가 옆에 오자 이 형사가 스피커폰으로 바꿨다.

"지금 제보하시는 내용은 법적 증거로 쓰일 수도 있습니다. 거짓 증언으로 법적 처벌 받으실 수도 있습니다. 알고 계십니까?"

"네, 알고 있습니다. 범인이 아닐 수도 있지만…. 그래도 거짓말은 아닙니다."

고민이 엿보이긴 했지만 단호한 목소리였다. 유난스럽지도 않고, 장난스럽지도 않았다.

"걔가 스터디 때문에 그 동네 다니는 건 알았지만, 제가 알기로는 그날 스터디가 없었거든요. 그래서 좀 이상하긴 했어요."

"범인이라고 생각하신 다른 이유가 있습니까? 스터디야 나중에 알았을 수도 있잖아요."

"그게…. 저희가 폭탄 이야기를 한 적이 있었거든요. 만들 수 있다 없다, 그냥 스쳐 지나가는 말로 하긴 했는데, 좀 찝찝해서요. CCTV 찍힌 모습도 비슷해 보이고…."

이 형사가 전화를 하는 동안 김 형사는 핸드폰으로 인터뷰 영상을 찾아 틀었다. 모자를 벗긴 했지만 영상 속에서 용의자와 똑같은 후드 티를 입은 남자가 태연하게 인터뷰를 하고 있었다.

33

두승아

808호. 17. 막내

분명 집이었는데, 집처럼 느껴지지 않았다. 사건이 해결되기도 전에
돌아왔기 때문일까. 이전과는 달라졌기 때문일까. 호텔에 있을 때는 집
이 그리웠는데, 집에 오니 호텔이 그리워졌다.

그날 호텔 로비에서 승아가 언니에게 마음을 털어놓은 후 언니와의
사이가 조금 달라졌다. 언니는 대화의 끝에 "또 언니인 척하면서 다니
지 마라" 하곤 했지만 화를 낸다기보다는 장난에 가까웠다. 폭탄 이야
기를 쓰라는 승아의 말에 콧방귀를 끼며 "쓰려면 네가 써라" 하고 말하
다가도 "아니다, 너까지 인생을 망치면 안 된다"며 자조 어린 웃음을 짓
기도 했다. 승아는 그런 언니의 모습마저 멋있었다. 비록 한 글자도 쓰
지 못했다며 괴로워하는 언니였지만 언젠가는 사람들이 홀딱 반할 드
라마를 쓰게 될 거라는 말에 조금은 좋아하는 것 같기도 했다. 승아가

학교에서 돌아올 때마다 무슨 일이 있었는지 묻는 게 지나치게 의식하는 모양새이기도 했지만, 관심이 싫진 않았다. 상담센터를 찾았다는 말은 결국 털어놓지 못했다. 여전히 옥상에 올라가고 싶은 순간이 승아에게 찾아왔지만 그래도 다시 상담센터를 찾아야겠다는 생각은 들지 않았다. 전부 털어놓진 못했어도, 일부만으로도 회복되는 관계가 있다는 것을 몸소 체험하는 중이었다.

호텔에선 매일 밤 치킨이나 피자를 시켜놓고 드라마를 같이 봤는데, 그럴 때마다 언니는 투덜거리면서도 승아가 덩달아 욕이라도 하면 드라마 쓰는 게 쉬운 일이 아니라며 작가 편을 들었다. 왔다 갔다 하는 모양새가 남들이 말하는 진짜 자매가 된 기분이었다. 그렇게 한순간에 모든 게 나아졌으면 좋았겠지만, 아쉽게도 다른 가족과의 관계는 그렇지 못했다.

아빠가 바람을 피웠다는 사실은 승아에게 충격적이었다. 두 분 다 바쁘긴 해도 사이가 나빠 보이지는 않았다. 더욱이 아빠는 엄마가 하는 말에 싫은 소리 한번 한 적 없었고, 모든 결정은 엄마에게 맡겼었다. 그런 사람이 몰래 바람을 피우고 있었다니, 아빠가 말이라도 걸어오면 어쩐지 엄마를 배신하는 기분까지 들었다. 사람들은 두 사람이 곧 이혼하게 될 거라고 떠들었고 승아 역시 그럴지도 모르겠다는 생각은 했지만, 그래도 이혼만은 하지 않았으면 좋겠다는 마음이었다. 승아와 언니가 그랬던 것처럼 한바탕 싸우고 나면 다른 국면을 맞이할 수도 있지 않을까? 오빠와 언니 사이에는 무슨 일이 있었는지 모르겠지만 묘하게 어색해진 모습이었다. 대화가 뚝뚝 끊기면서도 조심하는 느낌이랄까. 예전과 별반 달라진 게 없어 보이기도 했고, 완전히 달라진 것 같기도 했다. 슬쩍 떠보기도 했지만 그에 대해서 언니는 별말을 하지 않았다. 승아는 언니와의 사이가 좋아진 것만으로 다행이라 여겼다. 그러니까 다른 가족 역시 결국에는 좋아질 거라는 희망을 조금씩 품기 시작했다. 집으로 돌아온 뒤 순식간에 모든 게 사라져 버렸지만….

승아는 천천히 집을 둘러보았다. 회색 현관문은 은은한 광택이 비치는 하얀색으로, 거실은 흰 벽지에서 아이보리색 벽지로 바뀌었다. 거실 벽에 걸려 있던 가족사진은 사라졌고, 무엇보다 가구 하나 없이 텅 비어 있었다. 엄마는 천천히 산다고 하지만 딱히 가구를 알아보는 것 같지도 않았다. 이전에도 거실은 인기가 없었지만 이제는 아무도 거실에 머물려 하지 않았다. 남의 집처럼 슬쩍 본 후 자기 방으로 들어갔다. 텅 빈 거실을 보고 있자니 옥상에 가고 싶어졌다. 언니와의 화해도 옥상에 대한 갈망을 잠재우지는 못했다. 누군가의 말처럼 폭탄이 노린 게 소중한 걸 빼앗는 거라면 목적을 충분히 이룬 터였다.

엄마는 엄마의 방에, 언니는 언니의 방에, 오빠는 오빠의 방에 있었다. 이상하게 방에 들어가고 싶지 않았다. 그렇더라도 혼자 텅 빈 거실 바닥에 앉아 있으니 괜히 우울했다. 승아 역시 방에 들어서려고 하는 찰나 아빠가 집에 들어왔다. 아빠는 지쳐 보였다. 와이셔츠가 구겨져 있었고, 가방은 필요 이상으로 무거워 보였다. 아빠는 잠시 텅 빈 거실을 바라보았다. 승아를 보고는 어색한 미소를 지은 뒤 방으로 들어가려다 다시 거실로 돌아와 괜히 베란다 앞에 서서 창밖을 바라보았다.

대부분의 사람들이 불륜녀의 복수라고 했지만 아빠가 폭탄을 터뜨렸다고 하는 사람도 있었다. '808호의 가장 고학력자이자 가정이 가장 버거웠을 인물' 아니겠냐고. 아빠에 대해 몰라도 너무 모르는 말이었지만 승아 역시 모르긴 마찬가지였고, 어쩐지 다른 소문과 다르게 창피하기도 했다. 그래서 거기까진 차마 댓글을 달며 싸우진 못했다. 몇 분 지나지 않아 엄마가 방에서 나왔고, 승아는 배가 고프다고 했다.

폭탄이 터진 후, 다섯 명이 한자리에 모인 건 처음이었다. 호텔에서는 늘 다른 방에 있었고, 같이 있을 때마저도 꼭 한 명은 없었다. 경찰역시 한자리에 모아놓고 질문을 던지는 법이 없었다. 죄수의 딜레마를 시험하기라도 하듯 늘 따로 불렀다. 하지만 경찰이 없을 때마저도 한자리에 모이지 않았다. 정말 바빠서 그랬는지, 일부러 피한 건지 모를 일이었다. 그리고 보면 폭탄이 터지기 전에도 마찬가지였다. 특별한 날이 아니면 다 같이 밥을 먹는 일도 없었다. 막상 식탁에 둘러앉긴 했지만 누구도 쉽사리 말을 꺼내지 못했다.

무거운 침묵이 식탁을 가득 메웠다.

엄마는 아빠의 영상이 인터넷에 떠돌게 된 후로 말이 없었다. 화를 내지도 않았고, 무언가를 요구하지도 않았다. 출근할 필요가 없으면서도 출근 시간이 되면 외출했고, 집으로 돌아오면 방으로 들어갔다. 건희의 말에 의하면 창피해서 그런 거라고 했다. 부모들은 치부를 드러내는 걸 끔찍하게 싫어하니까. 그런가 하다가도 그러기에는 엄마의 표정이 너무나 담담해서 대체 어떤 마음인지, 승아로서는 짐작이 어려웠다. 엄마는 다른 엄마들과 늘 조금씩 달랐다. 쉽사리 화를 내지 않았고, 잘못에 크게 혼내는 법도 없었다. 별일 아니라는 듯 넘어갈지, 이번 만큼은 참을 수 없다는 듯 단호하게 끊어낼지 헷갈렸다.

언니는 여전히 오른손으로 밥을 먹는 게 힘든지, 젓가락질을 하다 말고 신경질적으로 내려놓았다. 그러자 아빠가 반찬을 집어 언니 밥 위에 올려주었다. 언니는 슬쩍 아빠를 바라보더니 짧은 한숨을 내쉬고, 밥을 먹었다. 아빠의 불륜을 알게 된 뒤 언니도 그에 관해서는 한마디도 안 했지만 아빠를 무시하고 있는 것을 굳이 감추지도 않았다.

"깁스는 언제까지 하는 거야?"

아빠가 언니를 보며 짐짓 태연한 척 물었다.

"곧 풀어요."

시큰둥한 대답에 아빠가 머쓱한 듯 웃음을 지었다. 다시 예전으로 돌아간 것 같았다. 어른이 돼도 부모의 외도가 그럴 수도 있는 일이 되진 않는 모양이었다. 곧이어 언니는 불쑥 올라오는 짜증을 주체하지 못하겠다는 듯 수저를 탁 내려놓았다.

"경찰 발표 봤어?"

언니의 말에 오빠가 무슨 소리냐는 듯 쳐다봤다.

"CCTV 사진 공개했던데."

"CCTV? 이미 나온 거 아니었어?"

"내 말이. 이제 와서 뭐 하러 발표하는지. 책임지기 싫다는 건지 뭔지."

하지만 여기서 대화는 다시 끊겼다. 승아도 그 영상을 보긴 했었다. 언니 말대로 알아볼 수 없는 사진이었다. 누구라고 해도 믿을 수 있었고, 누구라도 해도 믿지 않을 수 있는, 특징이랄 게 없는 사진이었다. 후드를 뒤집어쓴 사람만 봐도 움찔하게 되었을 뿐이다.

"곧 잡히겠지. 발표를 했다는 건 뭔가 진척이 있었던 거 아냐?

오빠의 말에 언니가 기가 막히다는 듯 대답했다.

"진척이 있으면 진척된 내용을 말했겠지. 들은 것 좀 없어? 네가 마지막으로 경찰서 불려가지 않았어?"

언니는 오빠의 대답을 기다리지도 않은 채 곧장 아빠한테 화살을 돌렸다.

"아닌가, 아빠가 마지막이에요?"

순식간에 분위기가 싸해졌다. 더 안 좋아질 것도 없을 줄 알았는데, 시한폭탄이 째깍째깍 터지기만을 기다리고 있는 기분이었다. 곧장 얼굴이 시뻘게지는 아빠와 달리 엄마의 얼굴에는 아무런 변화가 없었다. 승아는 팽팽한 긴장감에 숨이 막혔다.

"밥 먹을 때만이라도 이야기하지 말자. 노이로제 걸리겠다."

오빠는 폭탄이라는 단어는 쏙 빼놓고 이야기했다. 언제부턴가 모두 폭탄이라는 단어를 올리지 않았다. 신경을 날카롭게 곤두세우면서도, 폭탄이라는 단어만큼은 피했다. 오빠의 눈치에도 언니는 개의치 않았다.

"넌 안 궁금해? 어떤 미친 새끼가 대체 누구한테 보낸 건지? 인생 다 말아먹게 생겼는데, 말도 못 해? 말을 안 한다고 없어지는 것도 아니고."

언니는 오빠에게 대답하면서도 아빠를 쳐다봤다. 승아는 언니 역시 불륜녀가 보냈다고 믿는지 궁금했다. 이럴 줄 알았으면 배고프단 말은 하지 않았을 텐데 하고 조금 후회가 되었다.

아빠가 한숨을 쉬었다.

"네 엄마도 나도, 직장까지 잃었어. 네가 무슨 인생을 말아먹었다는 건지 모르겠다."

"말은 바로 해야죠. 아빠 폭탄 때문이 아니잖아요."

아빠가 말없이 언니를 빤히 쳐다보았다. 이를 꽉 깨문 탓인지 턱이 미세하게 떨렸다. 승아는 입안이 바싹 말라 물을 벌컥벌컥 들이켰다. 순간 식탁을 확 엎어 시선을 끌어볼까도 했지만 몸이 움직이지 않았다.

"나한테 왔다고 하고 싶은 거냐?"

"그렇게 말한 적 없어요. 누가 보낸 건지 궁금하다고 했죠."

"자식까지 소문 하나로 몰아세울 줄은 몰랐다."

아빠는 지쳐 보였다. 이대로 대화를 끝내고 싶어 보였지만 언니는 전혀 그럴 생각이 없는 듯했다.

"정말 소문 맞아요? 그 여자는 조사했대요?"

아빠가 더는 못 참겠다는 듯 식탁에 수저를 탁 내리쳤다.

"너희가 아빠한테 그런 말 할 자격 있어? 뭐 하나 말하는 것 없이 숨기던 놈들이…. 가족 죽어나가는 글은 뭐고, 오피스텔은 또 뭐고. 한마디도 안 하던 놈들이 대단한 트집 잡았다."

"책임 전가하지 마세요. 그거랑은 엄연히 다른 일이니까. 우린 적어도 배신은 안 했어요."

차가운 언니의 말에 아빠의 얼굴이 터져나갈 듯이 붉으락푸르락했

274

다. 큰소리를 내기는커녕 화 한 번 안 내던 아빠가 부들부들 떨고 있었다. 아빠를 열 받게 하는 게 언니의 태도인지, 이전의 우리 때문인지, 여전히 아무 말도 하지 않는 엄마 때문인지 알 수 없었다.

"모르는 놈한테 가족이 지긋지긋하다고 떠들 때는 언제고, 이제 와서 가족 노릇이라도 하겠다는 거야?"

승아는 움찔했다. 언니가 우드스탁이란 남자와 대화를 나눈 내용은 세상 사람이 다 아는 거였다. 사실 언니가 아니라 승아였다는 것은 언니와 경찰 그리고 승아만 아는 사실이었다. 어째서 언니가 오해를 바로잡지 않는지 이해할 수는 없지만, 승아는 어쨌거나 미안하고 고마웠다. 언니의 뒤에 숨어선 안 된다는 것은 알고 있었다. 어떻게든 오해를 풀어야 한다는 마음과 달리 입이 떨어지지 않았다. 언니는 오해 따위는 개의치 않는다는 듯 받아쳤다.

"가족 운운하는 거 우습지 않아요?"

말문이 막힌 아빠가 언니를 사납게 노려보았다. 그때 엄마가 조용히 한숨을 내쉬었다.

"두어라, 버릇없이 굴지 마."

엄마의 말에 비로소 언니가 입을 다물었다. 그렇게 싸움이 끝난 것 같았다. 다시 침묵 속에 식사가 시작되었고, 젓가락 움직이는 소리와 음식을 씹는 소리만이 퍼졌다. 집이 텅 비어 있었기 때문일까. 작은 소리마저 크게 들렸다. 옆집의 개 짖는 소리와 윗집에서 쿵쾅거리는 소리가 벽 사이로 스며들었다. 밥을 다 먹을 때쯤 엄마가 불쑥 말했다. 식사를 다 했으니 커피를 마셔야겠다는 이야기라도 하듯 차분한 목소리였다.

"엄마 아빠, 이혼할 거야. 그러니까 그 일에 관해서는 더는 말 안 했으면 좋겠어."

엄마의 말에 가장 놀란 건 아빠였다. 조금 전과 달리 아빠는 상처받은 표정으로 엄마를 쳐다보았다. 엄마는 아랑곳하지 않고 차분하게 말을 이었다.

"왜 이혼하려는지 더 말할 필요는 없을 것 같고…. 집은 팔 생각인데 팔릴지 모르겠네. 일단 내놓긴 할 건데, 안 되면 대출이라도 받아서 나가야겠지. 적금 깨고 대출받아서 작은 약국 차릴 생각이야. 시간이 좀 걸릴 테고, 근교로 나가면 아는 사람도 많진 않겠지. 그런 건 차츰 생각할 일이고. 현이랑 아라는 둘 다 독립해. 많이 주진 못해도 둘 앞으로 든 적금, 그거 가져가. 결혼할 때 줄 생각이었는데, 필요할 때 쓰는 게 맞겠지."

엄마의 시선이 승아에게 왔다. 승아는 입이 떨어지지 않았다. 울음을 참고 있는 것만으로도 벅찼다.

"승아는 승아가 하고 싶은 대로 하면 돼. 엄마랑 살고 싶으면 엄마랑 살고, 아빠랑 살고 싶으면 아빠랑 살고. 왔다 갔다 해도 되고. 엄마 아빠가 떨어져 있어도 승아의 엄마 아빠라는 건 똑같아. 그러니까 너무 걱정하지 않아도 돼."

머릿속이 새하얘져서 무슨 말을 해야 할지 알 수 없었다. 폭탄은 왜 그리 빨리 터진 걸까. 차라리 지금 펑 터져버렸다면 좋았을 텐데, 꼴도 보기 싫었던 폭탄이 이렇게나 그리워지는 순간이 올 줄은 몰랐다.

침묵을 깬 건 아빠였다.

"난 이혼 안 해."

아빠의 말에 언니가 아빠를 쳐다보았다. 입 밖으로 내진 않았지만 그런 말 할 자격이 있는지 묻고 있는 듯했다.

"하게 될 거야. 난 소송이라도 할 생각이니까."

"아니, 난 죽어도 못해."

그러자 엄마가 애처롭다는 듯 쳐다보았다.

"그런 말도 정이 남아 있을 때나 통하는 거야."

단호한 엄마의 말에 아무도 토 달지 못했다. 언니 역시 여기까진 예상 못 했는지 생각이 복잡해 보였다. 침묵을 깨뜨린 건 오빠였다.

"마음대로 하세요."

"자식이란 놈들이…."

아빠의 한탄에도 오빠는 아랑곳하지 않았다. 대꾸한 건 언니였다.

"우리 보고 뭐 어쩌라고요. 아빤 그럴 말 할 자격 없어요."

아빠가 또다시 소리치려고 할 때, 엄마가 끼어들었다.

"두어라, 그만하랬지."

엄마의 말에 언니가 입을 다물자 엄마는 아빠를 쳐다보며 말했다.

"더는 우스워지지 말자. 말했잖아, 죽어도 안 바꾼다고."

엄마의 말에 반박하려던 아빠는 이내 입을 다물었다.

깊게 드리워진 침묵이 버거웠다. 승아는 금방이라도 토할 것처럼 속이 메스꺼웠다. 눈물이 나려고 하는 걸 겨우 틀어막았다. 처음으로 의견을 묻는 말이 엄마나 아빠 중에 택하라는 거라니, 가족이 찢어지는 순간에 이르러서야 가족 취급이라도 하겠다는 건가. 진짜 가족이라고 생각한다면 그럴 수 없는 것 아닌가. 아무리 애써도 가족이 될 수 없다는 선고를 받은 것 같았다. 누구도 선택하고 싶지 않았다. 함께 살자는 말이 아닌, 누구와 살아도 상관없다는 엄마의 말에 대답조차 하고 싶지 않았다. 승아는 애초에 계획에 없던 존재였으니까 그 어떤 계획도 망치지 않으려 애썼다. 숨이 막힐 때도, 폭탄이 터져 사람들한테 괴물 취급을 당할 때도 응석 부리지 않으려 참고 또 참았다. 방해되지 않으려고, 눈에 거슬리지 않으려고 노력했다. 지금까지의 삶을 다 날려버리겠다는 마지막 순간까지도 계획에 없을 줄은 몰랐다. 애초부터 가족이었던 적이 한 번도 없었던 것 아닐까. 엄마도 아빠도 원망스럽기만 했다.

울음을 겨우 삼키고 승아가 말했다.

"언니랑 살게요. 어차피 두 분 다 저랑 살기 싫잖아요."

승아의 말에 모두가 놀란 눈으로 승아를 쳐다봤다. 무슨 말을 해야 할지 찾는 다른 사람들과 달리 언니는 긍정도 부정도 하지 않은 채 현실적인 말을 내뱉었다.

"난 밥 못 해줘. 네가 알아서 해 먹어야 돼."

그 순간 아빠가 참지 못하고 벌떡 일어나 집을 나갔다. 방금 전까지 아무렇지 않게 이야기하던 언니도 더는 말을 꺼내지 않았다. 배가 고프다고, 밥을 먹자고 했던 말이 기어코 파국을 일으키기라도 한 것 같은 죄책감이 몰려왔다. 결국 승아 자신이 가족을 깨버린 것 같았다. 언니는 아니라고 했지만, 태어나지 말았어야 한다는 생각이 순식간에 머릿속을 뒤덮었다. 온몸이 부들부들 떨리기 시작하고, 숨이 막혔다.

더는 참을 수 없어진 승아 역시 집을 뛰쳐나왔다. 어디 가냐고 묻는
질문에도 대답하지 않은 채 계단으로 뛰어 내려왔다. 어디로 가겠다는
목적도 없었다. 그저 그 공간을 벗어나고 싶어서 전속력으로 달렸다.
폭탄을 받았어야 하는 게 자신이어야 했다고, 아니, 처음부터 존재하
지 말았어야 했다는 생각이 떠나지 않았다.

34

두아라

808호. 33. 장녀

조금 전까지 단호해 보이던 엄마가 이마를 부여잡으며 짙은 한숨을 내쉬었다. 아라는 이 모든 사단이 자기 때문에 벌어진 것만 같았다. 조용히 밥이나 먹을 걸, 괜한 말을 꺼낸 것 같았다. 갑자기 왜 그렇게 짜증이 났는지 모르겠다. 침묵이 버거웠던 건지, 마치 아무 일도 없었던 것처럼 말을 걸어오는 아빠 모습에 화가 난 건지. 어쨌든 벌어질 일이었다고 핑계를 대는 것은 비겁하게 느껴졌다.

"미안, 나 때문에…"

그러자 엄마가 아라를 가만히 쳐다보았다.

"언젠가는 해야 할 말이었어. 홧김에 한 말 아니고, 오랫동안 생각했던 거야."

엄마의 말투에는 쓸쓸함이 배여 있었다. 그 순간 엄마는 아빠의 외도 사실을 이전부터 알고 있었을 거라는 생각이 들었다. 부부 사이의 일을 다 알 수는 없는 노릇이었지만, 대체 이 집에 비밀이 얼마나 더 남아 있을지, 여전히 터지지 않은 폭탄이 있는지 새삼 막막했다. 입을 다문 엄마에게 할 수 있는 말이 없었다. 바람이 흔하디흔하게 벌어지는 일이라는 건 알고 있었지만, 우리 집에서 그런 일이 벌어질 거라고는 생각하지 못했다. 다들 각자의 문제를 품고 있다는 사실이 위로는 커녕 딛고 있는 땅마저 뒤흔들었다. 아라는 승아를 핑계 삼아 자리에서 일어났다.

"내가 나가볼게."

엄마가 다시 한번 숨을 뱉으며 말했다.

"미안하다. 엄마가 할 일인데."

"언니랑 살겠다잖아. 다른 사람은 꼴 보기도 싫을걸."

농담으로 던진 말이었는데, 엄마의 착잡한 표정을 보니 너무 이른 농담이었다는 생각이 들었다. 그런 생각을 읽었는지, 현 역시 고개를 내저었다. 괜히 머쓱해져 농담이라는 말도 덧붙이지 못한 채 집을 빠져나왔다. 일단 나오긴 했는데, 승아가 어디로 갈지 감이 전혀 잡히지 않았다.

영화에 환장했다는 친구의 집이 어딘지도 모르겠고, 요즘 애들이 갈 만한 데도 알지 못했다. 그렇다고 경찰에 연락할 수도 없는 노릇이고. 그랬다가는 또 신나게 몰아붙일 터였다. 우리가 피해자라는 걸 신경 쓰는 사람이 있기나 한지도 알 수 없었다. 일단 아파트 단지 안을 돌았다. 놀이터를 다 뒤졌고, 테니스장부터 운동 기구가 있는 산책로까지 싹 돌았지만 승아는 어디에도 보이지 않았다. 상가 안으로 들어가 한 바퀴씩 싹 훑은 후, 혹시나 하는 마음에 옆 아파트까지 갔다.

솔직히 말하면 아라는 동생의 입에서 자신과 살겠다는 말이 나오자 당황했다. 룸메이트처럼 지낼 수 있는 것도 아니고 아직 미성년자인 동생과 산다면 보호자가 되어야 하는데, 자신 말고 누군가를 돌봐야 한다는 생각은 한 번도 해보지 못했다. 스스로도 제대로 돌보지 못하는 처지 아닌가. 순식간에 식비는 엄마나 아빠가 주는 건가, 양육비를 받아야 할까 하는 생각이 이어졌고, 절망 어린 승아의 눈빛을 보자 그런 생각을 한 게 한심하고 부끄러워 견딜 수가 없었다. 사칭 사건이 아라를 곤란하게 하긴 했지만 폭탄이 터진 후 아라를 가장 열심히 대변한 건 승아였다. 호텔에서도 승아는 아라를 의심하는 유튜브를 일일이 찾아 신고 버튼을 누르고, 댓글이 달리는 족족 싸우기 바빴다. 대본을 퍼뜨리긴 했지만, 그 역시 아라의 명예를 위해 싸운 거나 다름없었다. 보잘것없는 작가 지망생인 자신을 대단한 작가처럼 대하는 것 역시 승아가 유일했다. 그런 아이에게 순간의 위로조차 건넬 수 없다니. 일단은 농담을 던지며 넘어갔지만 정말 그런 상황이 온다면 어떻게 해야 할지 막막했다. 지금도 감조차 못 잡고 있지 않나.

뒤늦게 옥상이 떠올랐다. "옥상에 올라가면 숨이 쉬어져. 순간이지만 답답한 가슴이 뻥 뚫리고 평화가 찾아와. 그게 좋았을 뿐이야." 승아의 말을 되새기며 재빨리 옥상으로 발걸음을 옮겼다. 죽을 생각은 절대 없다고 했지만 어디에도 기댈 수 없다는 생각이 든 뒤에도 여전히 뛰어내릴 마음이 들지 않을지 확신할 수 없었다. 올라가는 엘리베이

터가 한없이 느리게 느껴졌다. 엘리베이터에서 내린 아라는 성큼성큼 계단을 올라갔다. 심장이 빠르게 뛰고 손에 땀이 났다. 자물쇠가 잠겨 있길 바랐지만 옥상에는 자물쇠가 걸려 있지 않았다. 제발 승아가 없길 바라면서 문을 열었다.

문을 여는 순간 시원한 바람이 얼굴에 닿았다. 멀리 비치는 가로등과 건물에서 나오는 크고 작은 불빛들이 옥상을 은은하게 덮었다. 그 순간 자물쇠까지 따면서 올라오는 마음이 이해가 갔다. 온갖 쓰레기들이 널브러져 있는 옥상에는 아무도 없었다. 다행이라는 생각이 들면서도, 이제 어디서 승아를 찾아야 할지 막막했다. 옥상을 한 바퀴 돌아 나오려는데, 구석에 앉아 무언가를 만지고 있는 승아의 뒷모습이 보였다. 그제야 안도의 한숨이 나왔다.

승아를 부르려는 순간 전화가 울렸다. 익숙한 번호였다. 김민지 형사. 경찰서로 나와달라고 하던 그 번호. 한 바퀴를 돌아 또다시 차례가 온 것처럼 이제는 또 무슨 일로 몰아세울지 감조차 서지 않았다. 피해자가 된다는 것이 사건과 아무런 관련이 없음을 증명해야 하는 의무까지 짊어져야 한다는 걸 전에는 몰랐다. 사건이 끝나기 전까지 그 의무에서 벗어나려야 벗어날 수 없을 터였다. 여전히 해결되지 않은 폭탄이 남아 있었다. 이혼하겠다는 결심도, 집을 팔겠다는 마음도, 결국 뿔뿔이 흩어진 가족도 봐주지 않는 폭탄. 이미 터져버린 폭탄이 대체 언제까지, 얼마나 더 망가뜨릴지 가늠이 되지 않았다. 이쯤 되니 폭탄이 노린 건 그저 한 가정을 박살 내는 게 아니었을까 의구심이 들었다. 누구 한 사람이 아니라 그들 모두가 망가지길 바란 것 아닐까? 그런 거라면 대체 누가 그런 짓을 한 걸까?

　진동 소리에 놀란 승아가 고개를 돌렸다. 아라는 그런 승아를 보며 슬며시 웃었다. 승아는 어떤 표정을 지어야 할지 감이 잡히지 않는 얼굴이었다. 그새 부어오른 눈이 빨갛게 충혈되어 있었다. 여전히 울리는 전화에 아라는 핸드폰을 들어 보인 후 전화를 받았다.

　"이번에는 또 무슨 일로…."

　말이 채 끝나기도 전에 김 형사가 말했다.

　"범인 검거했습니다. 고생 많으셨습니다."

　예상치 못한 말에 정신이 아득해졌다. 김 형사가 범인에 관해 설명하는 동안 아라는 한마디도 하지 못했다. 그토록 기다려온 말이었지만 제대로 듣고 있는지조차 의심스러웠다.

　"내일 오전에 언론 발표가 있을 겁니다. 그 전에 알려드려야 할 것 같아서요."

　군더더기 없는 담백한 메시지였다. 오해할 것도, 꼬아서 생각할 것도 없는 사실. 어쩌면 그저 조사할 뿐이라는 말이 사실이었을지도 모르겠다는 생각이 들었다. 아라의 행적을 묻는 문장에 한심하다는 뉘앙스가 없었을지도, 오해하지 말라는 말이 사실이었을지도 모르겠다고. 자기 생각에 급급해서 다른 이들을 몰아세우고 있었던 건 아닐까. 아라를 가장 한심하게 생각하고 있는 건 아라 자신 아니었을까. 온갖 감정이 한꺼번에 몰아쳤다.

　전화를 끊은 후에도 여전히 멍하게 서 있는 아라에게 승아가 다가왔다.

"언니 괜찮아?"

살짝 떨리는 승아의 목소리에도 아라는 차마 말이 나오지 않았다. 멍하니 있던 아라는 조심스레 승아를 껴안았다. 갑작스러운 아라의 행동에 놀란 승아는 경직된 채 품에 안겼다. 왜 그러냐는 질문에 아라가 아무 말도 하지 않자 조심스레 아라의 등을 토닥거렸다. 아라는 울컥하는 마음에 쏟아져 나오려는 눈물을 애써 참았다.

더는 해결해야 할 것도, 밝혀야 할 것도 없었다. 도무지 끝날 것 같지 않을 일이 비로소 끝이 났다. 그 순간만큼은 범인이 누구인지도, 왜 그런 짓을 했는지도 중요하지 않았다. 폭탄이 터진 후 처음으로 불안감이 사라졌다. 이때는 불과 1시간이 채 지나지 않아 평화가 깨질 것이라고는 상상도 못 했다.

35

김○○

테러범 엄마

SBC 시사스페셜 〈폭탄을 말하다〉 인터뷰

　나쁜 애가 아니에요. 잘못한 건 알죠. 백번 천번 잘못했죠. 그래서 제가 이렇게 빌잖아요. 아들도 반성하고 있어요. 속이 문드러지도록 반성하고 있죠. 폭탄을 보낸 건 맞지만 죽일 생각은 없었대요. 절대, 절대 그럴 애가 아니에요. 제가 엄마라서 하는 이야기가 아니라 걔가 어렸을 때부터 벌레 하나 못 죽였어요. 집에 거미가 나와도 불쌍하다면서 창밖으로 놔주던 애예요. 동물도 얼마나 예뻐한다고. 없는 형편에 길고양이 밥까지 챙겨주던 애예요. 그런 애가 사람을 어떻게 죽이려고 해요.

　귀신이라도 씐 건지, 정신이 휙 돌아버린 건지. 갑자기 왜 그런 짓을 했는지 모르겠어요. 내가 죽일 년이지. 제가 잘못 키운 거예요. 신경을 더 써야 했는데, 먹고 사는 게 힘들다 보니까. 그냥 알아서 잘하는 줄

286

알았지. 사는 게 아무리 힘들어도 그렇지, 왜 그런 짓을 한 건지….

절대, 절대로 불쌍하게 보이려고 하는 말이 아니에요. 집이 어려웠어요. 하루 벌어 하루 먹고 사니까. 대입 준비할 때도 그 흔한 학원 한 번 못 보냈어요. 그래도 애가 엄마 실망하지 말라고 혼자서 얼마나 열심히 했는지, 더 좋은 대학도 갈 수 있었는데, 군이 장학금 받는 데로 갔어요. 학교 다니는 내내 아르바이트하고, 장학금 받으려고 어찌나 애쓰는지. 옆에서 보는데 딱해서….

작년에 애 아빠가 죽었어요. 교통사고였는데, 음주운전 뺑소니 당했어요. 아니, 아니, 애가 그것 때문에 앙심을 품었다는 게 아니에요. 우리 애는 그냥 용서해주자고 했어요. 그 사람 사정도 딱 했거든. 홀아비로 애를 넷이나 키우더라고요. 확인해보셔도 돼요. 뭐, 처벌이야 받았지만 우린 합의금 한 푼 안 받았어요. 내가 일하는 식당에 애들 불러가지고 오히려 밥 먹이고 그랬지. 제가 잘 봐달라고 하는 말이 아니에요. 그냥 그렇게 순한 애였다는 것만 알아달라는 거예요. 천하의 몹쓸 놈으로 오해받는 게 억울해서 그래요. 제 아빠 죽고 나서 빨리 돈 벌어야 된다고. 아르바이트도 잔뜩 늘리고.

그 동네로 비싼 토익 학원 다녔다고, 왈가왈부하는 사람들도 있던데, 돈이 넘쳐서 다닌 게 아니라 하도 안쓰러워서 제가 억지로 보냈어요. 친구들 다 가는 어학연수도 못 보내줘서 미안해서, 그거라도 해주려고…. 요즘엔 취업 준비도 다 돈이라던데. 덜 먹으면 먹었지, 애 앞길 망치는 거 같아서 어찌나 가슴이 메는지. 근데 그걸 그냥 안 다니더라고요. 기어코 학원 잡무까지 보면서 학원비 충당하더라고요. 걔가 그런 애예요.

들어보니까 친구라는 놈이 살살 긁었더라고요. 공무원 시험 좀 합격했다고 어찌나 애를 무시했는지, 애가 주눅이 들어가지고. 폭탄도 그냥 장난처럼 나온 말이었나 본데, 그걸 가지고 할 수 있니 없니, 쪼다니 어쩌니 애를 깎아내리니까. 애가 순간 눈이 돌아버린 거죠. 잘못했죠. 나쁜 짓이지. 나쁜 짓인데, 사람이 그렇잖아요. 인간 취급도 못 받으면 그냥 확 저질러버리고 싶을 때가 있는 거잖아요. 아직 어려가지고 감정 조절하는 걸 못 배운 거지. 신고도 친구가 했더구먼. 일부러 엿 먹이려고 그런 게 아니면 바람 살살 넣고, 경찰에 신고하는 놈이 어디 있어요? 그런 놈은 쏙 빠지고, 왜 우리 아들만 나쁜 놈이 돼요?

아휴, 애 아빠만 살아 있었어도 이 꼴은 안 봤을 텐데. 애 아빠 죽었을 때 신경 써줬어야 하는데, 난 그냥 내 감정 추스르기도 힘들었어요. 하늘이 무너지는 느낌이라, 하나밖에 없는 아들이니까 그냥 의지만 할 줄 알았지. 그런 애를 붙들고 세상 원망이나 하고 있었으니, 이게 다 제 탓이에요. 모면하려고 하는 게 아니라 진짜 제 탓이 맞아요. 그러니까 욕을 하려면 절 욕 하세요.

걔가 진짜 나쁜 마음을 먹었으면 아홉 개 다 터뜨렸지, 그게 안 터지도록 뒀겠어요. 터진 것도 제대로 못 만들어서 터진 거라는데, 다른 게 실수가 아니라 그게 실수였던 거예요. 그냥 만들 수 있다는 것만 보여주려고 한 건데, 아이고 그게 터져버려서….

벌을 안 받겠다는 게 아니에요. 벌 받아야죠. 그래도, 불쌍하잖아요. 이미 낙인찍혀서 살아갈 날이 힘들 게 빤히 보이는데…. 전요. 그

애가 혹시나 자살할까 봐 잠도 못 자요. 그냥 확 죽어버리는 게 낫겠다 생각할까 봐 무서워 죽겠어요.

그 사람들, 멀쩡히 살아 있잖아요. 불구가 된 것도 아니고, 다 나을 상처인데, 애 하나 살린다 생각해주면 좀 좋아요? 교수에 약사라며. 그게 다 사람 살리는 일 아니에요? 그냥 용서한다고 딱 한 마디만 해달라는 거예요. 너도 참 힘들게 살았구나. 그것만 알아달라는 거예요. 그 사람들도 힘들었겠죠. 근데 그게 다 우리 애 탓은 아니잖아요. 폭탄 터지고 나서 그 집 식구들 이야기 안 한 사람 어디 있어요. 다들 하나같이 그 집 식구들을 괴롭혀놓고, 어떻게 우리 애만 나쁜 놈을 만들어요? 그럼 안 되는 거잖아요. 사회가 사람을 버리면 안 되는 거잖아요. 그 사람들이 용서해주면 다른 사람들도 덜 떠들 거 아니에요. 법원에서도 딱 저지른 죄만큼만 받을 거 아니에요. 사형을 시키라니 뭐니. 제가 명대로 못 살겠어요. 그 생각만 하면 가슴이 철렁철렁 내려앉아서, 심장이 언제 멈춰도 이상하지가 않아요.

제발 부탁이니까, 이대로 내줘요. 우리 애가 그렇게 나쁜 놈은 아니라고, 제발, 세상에 말 좀 해줘요.

36

두현

808호. 33. 장남

아라가 나가고 얼마 지나지 않아 현 역시 집에서 나왔다. 괜찮으냐
고 묻는 현의 질문에 엄마는 혼자 있고 싶다고 했다. 폭탄이 집을 산산
조각 내버리기 전에 이미 산산이 조각나 있던 것일지도 모르겠다는 생
각이 들었다. 그렇다 하더라도 의문이 남았다. 폭탄이 터지지 않았다
면 달랐을까.

현은 지하주차장에 이르러서야 USB메모리를 두고 왔다는 사실이
떠올랐지만 다시 집으로 올라갈 마음이 들지 않았다. 잠시 망설이다
그냥 회사로 향했다. 회사에도 대략적인 자료는 있을 터였다. 부족하다
면 아무도 없는 시간에 집에 다시 들리는 편이 낫겠다고 판단했다. 어
찌나 정신이 없는지, 어디에 주차했는지도 생각나지 않았다.

주차장을 헤매다 발견한 건 아버지의 차였다. 차 안에 아버지의 모

습이 보였다. 큰소리 치고 나가더니, 고작 주차장이었다. 지금은 부딪치고 싶지 않았다. 안타깝긴 했지만 아버지가 자초한 일이었다. 누구라도 바람피운 남편을 봐주지는 않겠지만, 특히나 엄마는 더 엄격한 사람이었다. 한 번의 실수라는 변명에 바람을 눈감아 줄 사람이 아니었다. 절대로 들키지 않을 거라 생각했을까. 아버지가 그렇게 바보 같은 사람이었나. 돌아서는데 집을 나가기 직전 돌아보던 아버지의 표정이 떠올랐다. 전부 잃어버린 사람의 표정, 마지막 희망마저 사라졌다는 것을 자각해버린 자의 얼굴, 순간 불안감이 몰려왔다. 현은 더 생각할 겨를도 없이 아버지의 차를 향해 방향을 틀었다. 미동도 없이 눈을 감고 있는 모습에 불안감이 커진 현은 곧장 문을 열었다. 현이 어깨를 건드리는 순간 진혁은 힘없이 툭 무너졌다.

119를 부르고, 구급차가 오고, 응급실에 도착하고, 간호사가 커튼을 치고 기다리라고 몰아내기까지 현은 정신을 차릴 수가 없었다. 아버지가 한 손에 쥐고 있던 약통만 가물가물할 뿐이었다. 온몸에 피가 쫙 뽑혀 나간 것처럼 힘이 빠졌다.

얼마나 시간이 지났을까. 의사가 현의 앞에 섰다. 조금만 늦으면 큰일 날 뻔했다는, 다행히 무사히 세척을 끝냈으니 몇 시간 후에 깨어날 거라고, 병실로 옮겨 하루 정도 지켜보자는 말을 했다. 현은 고개를 끄덕이면서도 여전히 멍했다.

"가족분이세요?"

간호사가 몇 번이고 묻는 바람에 그제야 정신이 들었다. 걱정스레 묻는 간호사의 얼굴에 "이제 와서 가족 노릇이라도 하겠다는 거냐"고

되묻는 아버지의 얼굴이 겹쳐졌다. 현은 간신히 고개를 끄덕였다. 다른 가족에게 대신 연락해주겠다는 친절함에 현은 고개를 저었다. 당연히 알려야 마땅했지만 지금으로서는 확신이 들지 않았다. 괜찮을 거라고, 위로를 전하던 간호사가 또 다른 간호사와 나누는 대화를 듣지 못했더라면, 그냥 이대로 둘만의 일로 묻었을 터였다.

"저 사람 누구지? 연예인인가?"

"아닌 거 같은데."

"낯이 익은데…. TV에서 본 거 같지 않아?"

"연예인 할 정도는 아닌 거 같은데, 관심 있어?"

누군가는 그를 알아볼 수도 있었다. 그를 알아보지 못한다면 아버지를 알아볼 수도 있었다. 폭탄을 받고 바람까지 피운 남자가 자살 시도를 했다는 뉴스가 언제 새어 나갈지 모를 일이었다.

입원 수속을 끝낸 후에야 현은 병실에 들어섰다. 자그마한 방에 혼자 덩그러니 누워 있는 아버지의 모습을 보니, 이미 죽어버린 사람처럼 느껴졌다. 현은 지끈거리는 머리를 붙잡고 주머니를 뒤졌다. 무슨 말을 해야 할지 몰랐지만 일단 전화해야 했다. 주머니를 다 뒤졌는데도 핸드폰은 없었다. 구급차에서 떨어뜨렸는지, 신고 후에 자동차 위에 올려두었는지 기억나지 않았다.

"씨발."

한 번 씨발이라는 단어를 내뱉자, 진짜 씨발이라는 생각이 들었고, 들을 사람이 없는데도, 몇 번이고 그 단어를 내뱉었다. 내뱉고 내뱉다보니 소리치는 지경에 이르렀고, 병원 복도 밖에서 이상하게 보는 눈빛이 쏟아졌다.

"보호자분 마음은 알겠지만, 병원에서 그러시면 안 돼요. 가라앉혀 보세요. 문은 닫을게요."

간호사가 문을 닫고 나자 욕을 내뱉을 의지도 사라졌다.

현은 보호자 침대에 쓰러지듯 걸터앉았다. 진혁의 표정은 한없이 평화로웠다. 기어코 살려낸 사람이 자신이라는 것을 알게 된다면 어떤 표정을 지을까. 또다시 배신감에 몸서리치는 표정을 지을까. 이젠 죽지도 못하게 하냐고 화를 낼까.

처음 본 표정이었다. 33년을 사는 동안 아버지 화를 내는 모습은 처음이었다. 무슨 자격으로 그렇게 화를 낸 걸까. 가정을 배신한 장본인이 어떻게 가정을 유지하겠다고 소리칠 수 있을까. 미친 듯이 화가 나면서도 죽으려 했다는 사실에 안쓰러운 마음도 버려지지 않았다. 곁을 지켜야 했지만 더는 곁에 머물 수가 없었다.

현은 집에 전화를 걸기 위해 일어났다.

데스크에 부탁하려다가 이내 관둔 채 공중전화를 찾아 나섰다. 어딘가에는 하나 있겠지 싶어 돌아다니다 1층 구석에 있는 공중전화를 발견했다. 전화를 걸기 위해 동전까지 바꿔 왔지만 막상 전화기를 들자 엄마의 번호가 기억나지 않았다. 아라의 번호도, 승아의 번호도 마찬가지였다. 병원 건물을 두 바퀴 돈 후에야 겨우 아라의 번호를 떠올렸다.

아라는 받지 않았다. 모르는 번호뿐만 아니라 전화 자체를 잘 안 받는다는 걸 알면서도 화가 났다. 결국 데스크로 돌아가 간호사에게 메시지 좀 넣어달라고 부탁해야 했다. 간호사는 메시지를 보낸 후에 전화를 거는 수고를 기꺼이 감당해주었다. 누군가가 올 때까지 병실에서 기다릴까도 했지만 아버지의 상태가 안정되었다는 말에 이내 돌아섰다. 적어도 지금은 누구하고도 마주하고 싶지 않았다.

병원을 나와 한참을 배회한 후에야 집으로 향했다. 집에 들어갈 생각은 아니었다. 차를 갖고 회사로 갈 생각이었다. 갈 곳이 전혀 없어도 상관없었다. 집만 아니면 어디든 상관없었다. 현은 택시를 타고 아파트로 돌아갔다. 한참 심호흡을 한 후에야 겨우 지하주차장에 들어섰다. 핸드폰은 아버지의 차 밑에 덩그러니 떨어져 있었다. 이미 깨져 있던 액정은 틈이 보이지 않을 정도로 산산조각 났고, 전원 역시 들어오지 않았다. 핸드폰을 주워 들고 곧장 차로 향하던 현은 다시 돌아가 엉망이 된 아버지의 차 안을 치웠다. 혹시나 하는 마음에 살폈지만 유서는 없었다. 충동적인 선택이었다는 것에 다행이라고 해야 할지, 화를 내야 할지 헷갈렸다. 현은 이를 악물고 흘러나오는 눈물을 참았다. 자신의 차에 올라탄 후에도 벌렁거리는 심장이 진정되지 않았다.

화가 났다. 혐의점이 없다는 결론을 내렸으면서도 가족에 대한 의심을 바로 잡지 않는 경찰에게도, 아무것도 모르면서 제멋대로 지껄여대는 기자에게도, 기다렸다는 듯 악의를 쏟아내는 사람들에게도, 사과하기는커녕 자살을 시도한 아버지에게도, 아무것도 해결되지 않았는데 이혼부터 하겠다는 엄마에게도, 기어이 사단을 내고 마는 아라에게도, 관심을 주지 않는다며 기행을 일으키고 다니는 승아에게도 전부 화가 났다. 모두가 저마다의 폭탄을 가슴속에 담아두었다가 터뜨리기만을 기다리고 있는 것 같았다. 기회만 온다면 언제든 던져버릴 태세로. 그 모든 것에도 불구하고 가장 화가 나는 건 두현 자신에게였다. 여전히 아무것도 못 하는 자신이, 모든 게 지나가기만을 기다리고 있는 스스로가 견딜 수 없었다. 시동을 걸려던 현은 이내 쏟아지는 눈물을 막을 길이 없었다. 미친 듯이 소리치면서 엉엉 울었다. 한참을 그렇게 울다가 기절하듯 잠들었다.

문을 두드리는 소리에 눈을 떴다. 아라가 문 앞에 서 있었다. 현이 멀거니 쳐다보자 잠긴 문을 가리켰다. 이내 정신을 차리고 잠금장치를 풀었다. 아라가 조수석으로 돌아가 차에 올라탔다. 현이 차 안에 있는 걸 본 건지 커피 두 잔을 들고 있었다.

현은 아라가 건넨 커피를 받았다. 무슨 말이라도 하고 싶었지만 떠오르는 말이 없었다. 지난밤 솟구쳤던 화는 허망하리만치 쉽게 사라졌고, 아버지에 관해 묻자니 겁났고, 폭탄에 대해 떠들자니 피곤하기만 했다.

침묵을 깬 건 아라였다.

"이야, 차 깨끗한 거 봐라. 너, 결벽증이야. 알지?"

능청스럽기까지 한 아라의 태도에 헛웃음이 나왔다.

괜히 조수석 앞 서랍까지 열어보던 아라는 뒷좌석을 둘러보며 말했다.

"빚쟁이 아니었어? 캠핑도 다녀?"

"캠핑 앱 기획 중이야. 카메라도 그래서 산 거고. 이제야 본 거냐?"

아라는 어깨를 가볍게 으쓱했다.

"오피스텔 두고 차에서 청승맞게 뭐 하냐. 월세 아깝게."

"쫓겨났다."

아라는 살짝 놀란 기색이었으나 별다른 대꾸 없이 커피를 마셨다. 사실 쫓겨난 건 아니었다. 난리를 칠 거라는 예상과 달리 오피스텔 주인은 별다른 반응이 없었다. 오피스텔에 폭탄이 터진 게 아닌 이상 월세만 잘 내면 상관없는 듯했다. 올려줄 보증금도 없었고 무엇보다 경찰이 헤집고 간 방에서 계속 머물고 싶지 않았을 뿐이다. 오피스텔이 없었다면 그런 곤욕을 치를 일도 없었다는 생각에 죄 없는 오피스텔에 원망의 마음이 들었을 뿐이다. 그러고 보니 엄마에게도 아라에게도 현은 여전히 솔직하지 못했다. 사건이 마무리되면 달라질 수 있을까. 아니면 여전히 벽을 세운 채 살아가게 될까.

"폭탄 때문에 망가진 삶은 따로 있었네. 생각해보니까 내 인생만 그대로야. 그냥 손가락질을 당하느라 몰랐어."

자조 어린 말투에 현은 마음이 좋지 않았다.

"망가지긴 무슨…."

마음과 달리 어쭙잖은 위로조차 쉽지 않았다.

오랜 시간 차마 내뱉을 수 없었던 마음들이 실은 별 게 아니었던 것처럼, 폭탄도, 아버지의 일도 별일 아닌 것처럼 느껴질 날이 올까?

현은 조심스레 물었다.

"아버지는?"

"괜찮아. 누가 보면 아주 대단한 사랑꾼인 줄 알겠어. 바람에 자살소동에, 뭐 하는 건지 모르겠네. 나 아빠 닮았나 봐."

무슨 말인가 싶어 쳐다보자 아라가 덧붙였다.

"아주 드라마를 찍잖아. 난 내가 엄마 닮은 줄 알았는데…."

그제야 긴장이 풀린 현은 안도의 한숨을 내쉬었다. 이제껏 쌍둥이라는 말이 우스울 정도로 서로 다르다고 생각했었는데, 처음으로 조금은 닮았을지도 모르겠다는 생각이 들었다. 도저히 견딜 수 없을 때 되레 괜찮은 척하는 것. 현이 별일 아니라는 듯 담담한 표정을 지었던 것처럼 아라 역시 너스레를 떨고 있을 뿐이었다.

"승아는? 찾았어? 아빠 일, 승아도 알아?"

아라는 천천히 고개를 끄덕였다.

"옥상에 있더라. 같이 있을 때 전화 받았어. 걘 어디 가서 주워 왔나 봐. 우리랑은 달리 사랑이 넘친다니까. 태어나지 말았어야 한다고 할 때는 언제고 죽지 말라고 그렇게 울더라. 어휴, 난 꼴도 보기 싫던데."

"아직 어리잖아. 괜찮은 척해도 제일 힘들 거야. 신경 써줬어야 했는데…."

"걘 자기한테 껌벅 죽는 오빠는 내버려 두고 날 왜 이렇게 좋아하나 모르겠네. 빚쟁이랑은 같이 안 산다, 뭐 그런 건가?"

현은 피식 웃었다.

"사람 보는 눈이 없나 보지."

아라가 현을 빤히 쳐다보았다. 그러고는 이내 진지하게 말했다.

"오해해서 미안."

갑작스러운 사과에 현은 놀랐다.

"그냥 한순간 눈이 돌았어. 한순간은 아닌가? 너처럼 잘난 애는 나 같은 인간을 한심하게만 여길 줄 알았지. 이러고 있으니까 자격지심만 늘어. 세상 사람 전부가 나만 비웃고 있을 것 같거든. …진짜 우주가 내 중심으로 돌아간다고 생각하는 건가?"

아라는 멋쩍은 듯 커피를 마셨다.

담담하게 치부를 말하는 모습에 현은 삐뚤어진 건 자신이었을지도 모르겠다는 생각이 들었다. 그런 마음이 전혀 없던 게 아니었으니까. 부러운 마음과 동시에 한심한 마음 역시 있었으니까.

"조금은 그랬어. 부러우면서도 왜 저렇게 지내나 싶을 때도 있었어. 누굴 한심해할 만큼 잘난 애도 아니었는데, 그래서 그런가? 심술이 날 때가 있더라. 나도 미안하다."

"낯간지럽다. 사과 그만하자. 그리고 범인 잡혔대. 지금 뉴스에서 난리도 아니야."

"뭐?"

놀란 현은 커피를 마시다 사레가 들려 캑캑거렸다. 그 바람에 커피가 아라에게 튀었다. 아라는 짜증을 내면서도 현에게 휴지를 건넸다. 평소답지 않게 흥분한 현은 휴지를 받아들면서도 닦는 것조차 잊어버린 채 황급히 물었다.

"진짜 잡혔어? 누군데? 누구한테 보낸 거래?"

아라가 튄 커피를 닦아내며 답했다.

"스물여섯, 대학생이시란다. 테러 맞대. 누구한테 보낸 게 아니고, 그냥 808호, 택배 박스에 든 택배 보고 주소 썼나 보더라. 네 탓이라는 거 아니니까 오해하지 마라. 미친놈은 따로 있는데 괜한 자책도 하지 말고. 누가 사는지 어떤 사람들인지 그런 건 관심도 없었고. 폭탄이 터지나 안 터지나만 궁금했나 보더라. 기도 안 차지. 아홉 군데 보냈다는데 우리 집에서만 터졌대. 재수도 더럽게 없지."

현은 어안이 벙벙했다. 가족 중 누구도 타깃이 아니었다는 사실이 다행이면서도 허무했다. 말문이 꽉 막혀 아무 말도 못 하고 있는데, 아라가 계속 말을 이었다.

"뉴스에 인터넷에 난리도 아냐. 경찰들 꼴 보기 싫어 죽겠더니, 그래도 몇 번 봤다고 욕먹는 거 보니까 좀 안됐더라. 사람이 진짜 웃긴다니까."

"안되긴 뭐가 안돼."

퉁명스러운 현의 말에 아라가 살짝 놀란 듯 눈을 크게 떴다. 현 역시 불쑥 튀어나온 진심이 놀랍긴 했다.

"오, 두현! 역시 싸가지 없을 줄 알았다니까."

장난스러운 아라의 말에 현은 고개를 내저었다. 회복마저도 빠른 아라의 속도에 어이가 없으면서도 비로소 끝이 났다는 안도감이 밀려왔다. 더는 밝혀질 것도 털어놓을 것도 없을 때가 되어서야 마무리된다는 게 조금은 우습기도 했다.

커피를 다 마셨는지, 종이컵을 내려놓은 아라는 가방을 뒤적거리며 말했다.

"아, 그리고 내가 누나로서 하는 말인데. 스타트업 다시 생각해봐…. 느려도 너무~ 느리잖아. 캠핑 앱도 너무 늦은 거 아냐? 한 번은 실수여도, 두 번은 실력이다."

시비를 거는 건지, 농담을 하는 건지 진의를 파악하기도 전에 아라가 불쑥 상자를 내밀었다. 새로 나온 기종의 스마트폰이었다.

"안 받고 뭐 하냐. 안 그래도 부러진 팔 떨어지겠다."

현은 얼떨결에 스마트폰을 받았다.

"백수가 돈이 어딨다고…."

괜한 머쓱함에 고맙다는 말이 나오지 않았다.

"이 누나는 빚은 없거든? 명색이 스타트업 대표라는 놈이 핸드폰이 그게 뭐냐. 투자하려다가도 도망가겠다. 대표는 뭐 이미지 그런 것도 중요한 거 아냐?"

현은 뚫어져라 스마트폰을 바라봤다. 이게 뭐라고 눈물이 나오려고 할까. 현은 가까스로 눈물을 참았다.

"누나는 무슨, 외국에선 더 늦게 나온 애가 형이라더라. 더 빨리 생긴 거라고. 한국에선 한국법이니 어쩌니 그런 말은 하지도 마라."

괜히 민망해진 현이 장난스레 대꾸했다.

"난 한국법이 마음에 드는데, 왜 굳이 살지도 않은 외국법을 따르겠니? 사대주의자 같으니라고."

현은 피식 웃었다. 누나라고 한번 해주는 게 그리 어려운 일은 아니었다.

"근데 누나, 너는 아버지가 그러고 있는데 핸드폰 살 정신도 있고, 진짜 대단하다."

"이 상황에서도 끝까지 재수 없구나. 사람 열 받게 하는 재주가 있단 말이지. 그러니까 오해받고 다니는 거야."

"사돈 남 말 한다. 누나, 너 진짜 이상한 거 알지?"

슬며시 웃는 아라의 모습에 현 역시 따라 웃었다. 비로소 모든 게 끝나는 기분이었다. 그와 동시에 이렇게 허무하게 끝날 수 있다는 사실에 허탈감이 밀려왔다.

37

이○○

경찰, 808호 폭탄 사건 담당

SBC 시사스페셜 〈폭탄을 말하다〉 인터뷰

쉬운 사건이 아닙니다.

범죄에는 개연성이 있어요. 어떤 사유든, 용납이 되든 안 되든, 원인이 있단 말입니다. 증거가 부족한 상황에선 원인을 쫓을 수밖에 없습니다. 808호 가족을 파헤치는 건 당연한 수순입니다. 괴롭히려는 게 아니라 그래야만 범인을 잡을 수 있으니까요. 문제는 수사 과정이 아니라, 필터링도 거치지 않은 채 옮긴 언론사 잘못 아닙니까? 수사 상황이 유출된 건 문제긴 하지만, 그 역시 조사하고 합당한 처분이 있을 겁니다. 정황도 평범하진 않았고 신빙성 있는 제보도 있었어요. 원인을 쫓는다는 게 폭탄을 던질 만한 사유가 되느냐 아니냐를 따진다는 게 아닙니다. 사람마다 기준이 다르고, 범죄에서도 마찬가지입니다. 그게 이유가 되는지 따지면서 수사하는 게 아니라 드러난 사실관계를 쫓는 겁니다. 그러다 보면 사사로운 것도 조사하게 됩니다. 피치 못할 수사 과정에서 피해자가 받은 고통에 대해서는 저희도 유감이라 생각합니다.

범인이 보낸 아홉 개의 폭탄 중 딱 하나만 터진 겁니다. 나머지 여덟 개 중 다섯 개는 수취인 불명으로 뜯지도 않은 채 택배 회사로 돌아왔고, 나머지 세 개는 그냥 버려졌습니다. 누가 쓰레기 가지고 장난치나 한 건데, 천만다행이었죠. 제대로 터졌다면 얼굴이 날아갔을 수도 있습니다. 어쨌든 터진 게 하나고 폭탄을 받았다는 제보도, 폭탄을 보냈다는 제보도 없으니 테러로 볼 이유가 전혀 없었죠. 잘못된 수사 방향이 아니라 그 역시 수사 과정 중 하나일 뿐입니다. CCTV 분석 결과, 범인의 수상스러운 움직임이 포착되었고, 그를 토대로 인근 도로와 일대 편의점 CCTV를 전부 확인했습니다. 범인은 네 개, 다섯 개를 이틀에 나눠 택배로 보냈습니다. 모든 택배가 주소만 적혀 있었고요. 편의점 택배 수거함에 있는 택배 중 가장 위에 올려진 택배 주소로 보냈습니다. 그런 경우에는 이름과 전화번호가 없어도 같이 접수된 것처럼 보이니까요. 정신없는 업무라는 걸 노린 겁니다. 무작위로 택했으니 범인 역시 어떤 사람들이 살고 있는지 전혀 몰랐습니다. 정확한 주소를 전부 기억하진 못했지만 동까지는 파악하고 있던 것으로 보입니다. 스터디를 매개로 일주일에 두 번씩 정기적으로 다닌 덕분에 주변 지리에 빠삭했고, 동선 파악 결과 폭탄을 보낸 다른 곳 역시 다녀간 것으로 밝혀졌습니다.

폭탄은 실패했지만 용의주도하고 머리가 비상한 사람입니다. 관계성이 전혀 없으니 추적하기도 힘들 테고, 나서지 않으면 이대로 미제 사건이 될 거라는 사실도 알고 있었죠. 우리는 증거를 따라갈 뿐이지, 억지로 범인으로 만드는 게 아닙니다. 일찍 해결하지 못했다고 비난하는 심정도 이해는 가지만 보름이면 그렇게 늦었다고 볼 수도 없습니다. 신고가 들어왔다고 해도, 이전의 수사 내용이 없었다면 범인을 추려내는 작업이 쉽지 않았을 겁니다. 이전에 확보해둔 영상과 인적 사항이 있었기 때문에 가능한 일이었습니다. 저희로서는 최선을 다했습니다.

세간에 알려진 바와 달리 화학과 학생은 아닙니다. 화학에 대한 지식이 있었다면 상황이 더 안 좋았을 겁니다. 인터넷에서 본 대로 따라 만든 게 다라고 합니다. 현재 해당 영상은 접근이 차단된 상황입니다. 폭탄이 터졌을 땐 본인도 놀랐다고 하는데, 그거야 알 수 없는 일이죠. 거짓말 탐지기는 법적 근거가 높지 않습니다. 변호 과정에서 요청할 수도 있지만, 우리가 군이 할 필요는 없다고 봅니다. 저희는 저희가 할 일을 할 뿐입니다. 현재 가정의 형태가 얼마나 얄팍한지 보여주고 싶었다는 말에 대해서도 대꾸할 가치가 없다고 봅니다. 그 어떤 가족이어도 폭탄이 터지면 혼란을 겪을 수밖에 없습니다. 퍼즐을 생각해보세요. 딱 맞는 조각이 붙어 있다고 해도 뒤집어엎으면 쏟아지기 마련입니다. 그들이 어떻게 생겼든, 어떤 식으로 붙어 있었든 그 상황이 되면 누구나 똑같습니다. 현대 가족의 실상이니 뭐니, 다 헛소리라고 봅니다.

수사 과정을 공개하라고 하는데, 불필요한 일일뿐더러 공개하면 피해자에게 더 많은 피해가 갑니다. 다들 자제해주시기 바랍니다. 이미 숱한 루머가 만들어지지 않았습니까. 피해자 가족이 그로 인한 피해를 더는 입지 않길 바랍니다. 어떤 경우에도 폭탄을 받을 만한 이유는 없다는 것을 알아주시기 바랍니다.

　범인이 자백까지 했으니, 남은 법적 절차를 밟게 될 겁니다. 피해자 가족이 어떤 일을 겪었는지 제가 굳이 말을 보탤 필요는 없을 것 같습니다. 아무쪼록 잘 치유되길 바랄 뿐입니다. 다시 한번 말씀드리지만 저희는 그저 해야 할 일을 했을 뿐입니다.

38

두진혁

808호. 56. 부

죽는 게 비참할까, 죽음에서 실패한 게 더 비참할까? 다시 눈을 떴다는 사실이 허탈하면서도 순간 찾아온 안도감에 진혁은 다시 죽고 싶어졌다. 죽음에서 실패한 그 순간 죽고 싶은 감정이 솟구치다니. 깨어나긴 했지만 어지러워서 다시 눈을 감았다. 속이 쓰리고 목이 따가웠다. 다시 한번 자살을 시도한다면 수면제는 먹지 않겠다고 결심했다. 죽지도 못하고 아프기만 더럽게 아프다니.

갑작스럽다는 이유만으로 그의 선택을 충동적이라 할 수 있을까. 비겁하고 멍청해 보일 수는 있어도 그보다 합리적인 선택은 없다고 생각했다. 아니, 그럴 수밖에 없다고 여겼다. 모든 것을 잃었다. 56년 동안 쌓아온 삶이 와장창 무너져 내렸다. 학교에서는 교수의 품위를 저버렸다는 이유로 조기 퇴직을 권유했다. 말이 권유였지 쫓겨난 것과 다름없었다. 지나갈 때마다 학생들은 조롱을 감추지 않았다. 집에 돌아왔을 때 큰딸은 그를 의심했고 아내는 아이들 앞에서 이혼을 발표했다. 이혼 서류에 서명하지 않으면 소송을 진행할 거라고 통보했다. 그가 죽어도 기필코 이혼을 하겠다고. 큰애들은 몰라도 막내는 말릴 거라 생각했지만 언니와 함께 지내고 싶다고 했다. 아내는 집을 팔고 작은 약국을 차리겠다고 했다. 그를 빼고 저마다 각자의 인생을 계획하고 있었다. 믿을 수가 없었다. 큰 실수를 하긴 했지만 지난 33년 동안 가족을 위해 살았다. 그가 인생에서 이뤄낸 성취는 오직 자신만을 위한 게 아니었다. 책임이라는 두 글자에서 피해간 적은 한 번도 없었다. 그런데 한 번의 실수도 용납되지 않았다. 가족인데도… 가족에게 버림받았다는 사실을 평생 껴안고 살아갈 자신이 없었다. 기회를 달라는 말이 무색해질 수밖에 없도록 자신이 먼저 배신했다는 사실이 견딜 수 없이 괴로웠다.

화를 내고 집에서 나온 진혁은 차 안에 있던 수면제를 몽땅 털어 넣었다. 불면증 때문에 받아둔 약이었다. 바람피우기 시작한 뒤부터 불안감에 불면증이 찾아왔었다. 병원을 가서 약을 받아오면서도 차마 먹지 못했다. 그런 식으로 죄책감을 덜어내려는 자신의 얄팍한 마음을 인정할 수 없었다. 하지만 지키고 싶었던 것을 자신의 실수로 놓치는 대가를 치르고 나서야 비로소 수면제에 손이 갔다.

응급실에서 눈을 떴을 때, 옆에 있던 건 선아였다. 아내는 팔짱을 낀 채로 의자에 앉아 눈을 감고 있었다. 진혁은 그런 아내의 모습을 한참 동안 말없이 바라보았다.

연인으로서 2년, 부부로서 33년. 총 35년을 함께한 여자. 인생의 목적을 만들어준 여자. 그가 마음껏 달릴 수 있도록 바퀴를 만들어준 여자. 그럼에도 불구하고 매 순간 그를 한없이 작게 느껴지게 한 여자. 평생을 함께할 줄 알았지만 더는 함께할 수 없는 여자.

모든 결정을 받아들일 수밖에 없다는 것을 알면서도 받아들이기가 쉽지 않았다. 범인이 잡혔다는 사실을 모르는 그는 정체 모를 범인을 원망할 수밖에 없었다. 범인이 잡히면 달라질까. 폭탄과 그가 아무런 관계가 없다는 것이 사실로 밝혀지면, 모든 걸 망쳐버린 게 그가 아니라는 것을 알게 되면 달라질까. 이미 늦어버려서 소용없을까. 아니면 처음부터 범인과는 상관없는 일이었을까.

진혁은 화가 났다. 네가 왜 여기 있냐고, 이제 그만 인생에서 꺼지라고 할 땐 언제고 왜 곁을 지키고 있냐고. 죽든 살든 무슨 상관이라고 여기 있냐고 화내고 싶었다. 동시에 울고 싶었다. 제발 버리지 말라고. 어떻게든 만회할 테니 한 번만 눈감아 달라고. 검은 머리 파뿌리 되도록 살겠다고 하지 않았냐고. 또다시 배신하는 일은 없을 거라고. 폭탄을 터뜨린 놈을 기어코 잡고 말겠다고. 그러니까 제발 다시 한번 생각하라고.

얼마 지나지 않아 아라가 들어왔다. 그에겐 시선을 주지 않은 채 선아의 어깨를 툭 쳐서 깨웠다. 아내에게는 이제 자기가 있을 테니 들어가서 쉬라고 했다. 아라에게도 소리치고 싶었다. 왜 나를 보지 않냐고. 자신이 뭘 그리 잘못했냐고. 아빠 노릇은 하지 않았냐고. 학비를 대주고, 그 나이가 되도록 구박 한 번 안 하고 먹고살게 해주지 않았냐고.

고마움은 왜 전혀 없고 경멸하는 쏟아내는 거냐고. 그의 눈빛을 읽은 걸까, 아라가 진혁에게 시선을 옮겼다. 그러고는 나지막한 목소리로 말했다.

"깨셨어요?"

진혁은 대답하려 했지만, 목소리가 나오지 않았다.

"의사 불러올게요."

아라가 뒤돌아 나갔다. 아라의 등장에 나가려던 아내가 곁으로 다가왔다. 그러고는 멀뚱히 그를 내려다보았다.

"못났다, 정말."

순간 설움이 밀려왔다.

"어쩌다 내가 당신 같은 사람을 좋아한 걸까."

분노라고는 전혀 배어 있지 않은 부드러운 목소리에 눈물이 터졌다. 진혁은 소리조차 내지 못한 채 울었다. 선아는 그런 진혁을 말없이 바라보았다.

곧이어 간호사와 아라가 들어왔다. 두 사람은 잠시 당황했지만, 간호사는 아내에게 주의 사항을 설명했다. 위세척을 끝냈으니 하룻밤 정도는 물을 마시지 말라고 했다. 호흡도 안정적이라 딱히 더 처치할 게 없으니 내일 의사에게 진찰받고 퇴원하면 된다고 했다. 편히 쉬는 게 불가능하다는 것을 보면서도 말을 생략하지는 않았다. 그러는 동안 아라는 다시 나갔다. 현과 승아는 보이지 않았다.

뒤늦게 승아가 봤을지도 모른다는 걱정이 몰려왔다. 승아가 태어났을 때 이번만큼은 아빠 노릇을 제대로 하겠다고 결심했었다. 쌍둥이가 태어났을 땐 여유가 전혀 없었다. 경제적 여유도, 마음의 여유도 없었다. 쌍둥이를 볼 때마다 어떻게든 빨리 성공해야 한다는 생각밖에 들지 않았다. 교수가 되는 길은 너무도 멀었고, 어떻게든 따라가려면 남들보다 배로 애써야 했다. 생활비를 벌겠다고 수업을 듣고 조교 생활을 하면서 번역 아르바이트까지 했었다. 그땐 늘 지쳐 있었고, 늘 죄책감에 휩싸여 있었다. 아내의 삶만 빼앗은 게 아니라는 걸 증명하기 위해서는 2배, 3배로 애써야 했다. 승아가 태어났을 땐 달랐다. 대출이 있긴 했지만 아파트도 마련했고, 아이들도 잘 크고 있었다. 강의도 제법 인기가 좋았다. 수강 신청에 실패한 아이들이 제발 넣어달라고 교수실 앞에 줄지어 서 있을 때였다. 늦둥이긴 했지만 대학에 들어갈 때까진 어떻게든 일할 수 있을 것 같았다. 은퇴하고 난 뒤에는 초청 강의도 나가고, 책도 쓰면서 뒷바라지를 하면 될 터였다. 전부 할 수 있을 것 같았고, 제대로 해내지 못한 일을 다시 한번 할 수 있는 기회를 얻었다고 생각했다. 생각만큼 쉽진 않았다. 승아의 옷을 사 올 때마다 승아의 장난감을 사 올 때마다 승아와 함께 나들이를 갈 때마다 큰애들의 눈치가 보였다. 어째서 자신들에게 해주지 않는 걸 하고 있느냐고, 다른 사람이 되어버린 거냐고 원망하는 것 같았다. 아이들이 원망을 쏟아낸 적은 단 한 번도 없었지만 그럴수록 아이들이 멀게 느껴졌다. 간간히 어떻게 지내냐고 물을 때도 그냥 그렇다는 말과 뭘 그리 알려 하냐는 눈빛만 돌아올 뿐이었다. 그럴수록 승아에게 애정을 쏟았다. 하지만 승아 역시 커가면서 그의 곁에 머무는 시간이 줄어들었다. 마침내 승아가 중학교에 가자, 더는 자신의 자리가 없는 것 같았다. 집에서 그의 역할은 돈을 벌어오는 것, 식량이 떨어지지 않도록, 추위에 떨지 않도록 막아서는 것밖에 없는 것 같았다. 너무 빨리 물러섰던 걸까. 누굴 택해도 좋다는 말에 승아는 진혁에게 눈길조차 주지 않았다. 그저 상처받은 눈으로 앉아 있을 뿐이었었다. 언니랑 살겠다는 말에 화를 낼게 아니라 사과를 해야 했던 걸까. 손을 내밀기는커녕 죽음을 택한 아빠를 어떻게 여길까. 뒤늦게 두려움이 몰려왔다.

"승아는?"

목소리가 갈라졌다.

"울다가 갔어. 말하지 말랬는데 아라가 그러더라. 뉴스에서 보면 더 충격적일 거라고. 이러다 똥 싸는 것까지 뉴스에 나오는 건 아닌가 몰라."

아내의 입에서 나오는 적나라한 단어에 긴장이 풀렸다. 그랬다. 아내역시 솔직함이 넘칠 때가 있었다. 늘 우아하게 자신의 말을 감추던 사람은 아니었다는 사실이 새삼 떠올랐다.

다행이었다. 적어도 승아가 그 꼴을 보진 않았으니. 입에 거품을 물고 쓰러져 있는 꼴을 봤으면 어떡하나 싶었다. 거품을 물었는지 안 물었는지는 알 수는 없었지만 꼴사나운 모습이었을 건 분명했다.

"이혼녀 되고 싶다 했지, 누가 과부 되고 싶대?"

선아는 타박하면서도 진혁이 덮은 이불을 정리해주었다. 그럼 이제 이혼은 하지 않는 거냐고 묻고 싶었지만 묻지 않았다. 아니라는 말이 나올까 봐 두려웠다. 더는 피할 수 없다는 걸 알면서도, 차마 이혼은 못하겠다는 결론을 내려주길 바랐다. 범인을 잡는 것보다 더 간절했다.

아라가 다시 들어오자 선아는 잠시 바람 좀 쐬고 오겠다고 했다. 아라와 둘만 남았다. 진혁은 아라를 가만히 바라보았다. 둘이 있는 건 호텔 로비의 어색한 대화 이후로 처음이었다. 그러고 보니 결국 이렇게 되려고 폭탄이 터진 게 아닌가 싶었다. 비밀을 알고 있는 누군가가 이젠 때가 되었다고 던져버린 게 아니었을까. 괜히 어색해서 기침을 했다. 그러자 쥐어짜는 고통이 폐를 엄습했다.

"…미안하다. 실망시켜서…."

진혁의 말에 아라는 한숨을 내쉬었다.

"피차 마찬가지지 뭐. 난 평생 실망시켰으니까."

"그런 적 없어."

아라가 진혁을 쳐다보았다. 목이 따가웠지만 진혁은 있는 힘껏 소리 내 말했다.

"아빠 실망시킨 적, 한 번도 없었다고."

아라는 아무 말도 하지 않았다. 눈에 눈물이 글썽거리는 걸 보자 마음이 아팠다. 영상이 올라온 후로 가장 많이 달라진 건 아라였다. 진혁을 피하지도 않으면서 경멸 어린 시선을 보냈다. 말을 해야 할 때도 벽을 세웠다. 더는 상관없는 사람을 대하거나 상대하고 싶지 않은 이를 멀리 떼어놓는 것처럼. 감정이라곤 눈곱만큼도 없는 것처럼 차갑게 말하곤 했다.

미안하다고 다시 한번 사과하려 했지만 기침이 나오는 바람에 말할 수가 없었다. 기침 한 번에 들썩들썩하는 몸이 버거웠다.

"실망해야지, 왜 안 해. 다들 이상하네. 돈도 못 벌고 방구석에 처박혀 있는데 부럽니 어쩌니…."

아라가 중얼거렸다.

"적어도 도망치지 않았으니까…. 남 탓 안 하고 선택을 감수하는 게 쉬운 일은 아니니까. 버티는 것만으로도 대단한 게 있는 거야…. 아빠가 그걸 까먹고 있었네. 그래서 실수도 한 거고."

"실수라고 퉁치는 거 비겁한 거야. 그리고 나 남 탓했어. 세상 탓도 하고, 버티려고 버틴 것도 아니고, 버틸 수밖에 없어서 버틴 거야. 그러니까 그냥 아빠도 버텨."

그 순간 진혁은 가장 약한 건 그였고, 다른 이들 때문에 가장 약한 자신이 견디고 있었다는 생각마저 들었다. 물론 시간이 지나면 그 깨달음은 희미해질 테고, 또다시 진력내는 순간은 올 터였다. 그렇다 하더라도 결코 의미가 없다고 할 수는 없었다. 사람들은 찰나의 순간 때문에 긴 시간을 버텨내기도 하니까.

이야기한 게 무리였는지, 세척 후에도 수면제가 남아 있는 건지 피곤이 몰려오고 정신이 몽롱해졌다. 눈이 감기는 사이 아라의 목소리가 들렸다.

"좀 자. 죽지는 말고. 그리고 명심해. 이 일에 있어서 난 무조건 엄마 편이야. 엄마가 다신 아빠를 보지 말라고 해도 그렇게 할 거야."

아라는 잠시 망설이다 덧붙였다.

"아빠를 안 본다고 해도, 아빠가 아닌 건 아니잖아. …그냥 그렇다고."

진혁은 깊게 잠들었다. 오랜만에 불안감이 없는 잠이었다.

다음 날 눈을 떴을 때는 아라 대신 아내가 와있었다. 의사는 퇴원해도 좋다는 말과 함께 정신과 상담을 권했다. 유난히 걱정한다기보다는 그저 해야 할 일을 하는 것처럼 보였고, 진혁 역시 고개를 끄덕였다. 지금 당장 죽고 싶은 마음은 없었지만 앞으로도 계속 없을지는 장담할 수 없었다. 살아난 게 좋은 일인지 여전히 확신이 들지 않았다.

퇴원은 간단했다. 진료비를 수납하고 옷을 갈아입고 나오면 그만이었다. 약을 다 뽑아내고 가는 거라 받아야 할 약도 없었다. 너무도 간단한 절차에 지난밤 사라졌던 불안감이 다시 스멀스멀 올라오기 시작했다. 집으로 가면 어떻게 되는 걸까. 아이들의 얼굴을 보고 무슨 말을 해야 할까. 사과해야 하나. 죽으려고 한 건 난데 왜 사과하냐며 뻗디뎌야 할까. 머릿속이 복잡해질 때였다. 옷을 갈아입고 수납처 앞 의자에 앉아 아내를 기다리고 있었다. 수납을 끝낸 아내가 돌아서서 가자고 눈짓했다. 아내에게 다가가려던 진혁은 휴게실 TV에서 흘러나오는 뉴스에 멈춰 섰다.

"지난 8일, H 아파트 사제 폭탄 사건의 범인이 잡혔습니다. 경찰 관계자의 말에 따르면 피의자 이 모 씨는 스물여섯의 대학생으로 H 아파트를 포함해 아홉 곳에 무작위로 폭탄을 보냈습니다. 사건 당시 현장 인터뷰에 응할 정도로 대범함을 보였습니다."

속보로 흘러나오는 소식에 진혁은 얼어붙었다. 어느새 곁에 다가온 아내를 진혁은 놀란 눈으로 바라보았다. 아내는 이미 알고 있었는지 침착하고 담담한 표정으로 서 있었다.

"어떻게 된 거야?"

진혁의 목소리가 떨렸다.

"어제 잡혔대. 병원에서 전화 오기 직전에 아라가 연락받았어."

아내는 차분한 말투였지만 미세하게 떨리는 것까진 숨기지 못했다.

"그것도 모르고 나는…."

아내는 진혁을 돌아보았다.

"알았다고 하면 달라졌을까…. 잡혔다고 해도 여전히 누군지도 모르고, 왜 하필 우리였는지 이유도 모르는데…."

잠시 동안 두 사람은 침묵 속에 서 있었다. 진혁은 무슨 말을 어떻게 해야 할지, 아니 어떤 기분을 느껴야 하는지조차 알 수 없었다. 후련함보다 혼란이 컸다. 침묵을 깬 건 아내였다.

"범인 엄마라는 사람, 벌써부터 인터뷰하고 난리더라…. 엄마라면 저랬어야 되는 것 아닌가, 이상하게 후회가 드네."

그러고는 어이없다는 듯 웃으며 덧붙였다.

"적어도 내 자식을 범인으로 키운 건 아닌데 말이야, 내가 왜 이런 죄책감을 느껴야 되는지 모르겠다니까. 당신만 아빠 노릇 못 한 건 아닌가 봐."

진혁은 조심스레 아내의 손을 잡았다. 아내는 맞잡은 손을 빤히 보면서도 굳이 빼지 않았다. 그 순간 두 사람은 부부도 연인도 아닌 한 인간으로서, 지난한 세월을 함께해온 동지로서 서 있었다. TV 속에선 테러라는 단어가 계속해서 반복되었다.

39

808호

〈Y일보〉 칼럼 '폭탄이 남긴 과제'

어느 날 갑자기 불현듯 찾아오는 시련, 그 시련을 더더욱 끔찍하게 만드는 건 그럼에도 불구하고 삶이 계속된다는 것이다. 원치 않는 현실 앞에 숨겨둔 과거가 드러나고 알 수 없는 미래가 펼쳐지는 나날들, 사태가 해결될 때까지 일시 정지 버튼을 누르고 싶은 순간이 이어진다. 당연하게도 삶에는 일시 정지 버튼이 없다. 그저 끝을 향해 달려가는 것 말고는 할 수 있는 게 없다. 808호 가족은 그 시간을 온전히 관통해야만 했다. '808호 폭탄 사건'이 더는 뉴스의 메인을 장식하지 않게 되었음에도 불구하고 808호 가족은 한사코 인터뷰를 거절했다.

"억울하죠. 그래서 어쩌라고요. 억울한지 아닌지 판단해보겠다고 뭐라도 되는 것처럼 거드름 피우는 사람들한테 호소라도 하라는 건가요? 지금 이러는 거, 악랄하다는 생각 안 해봤어요?"

폭탄을 받은 두 모 씨(33)는 적개심을 감추지 않았다. 어떤 대답도 하지 않은 다른 식구들에 비하면 큰 성과라고 할 수도 있었다. 너도나도 인터뷰하겠다고 나선 것을 비추어볼 때 흔한 반응은 아니다. 당연히 그 마음을 존중해줘야 한다고 생각한다. 그럼에도 불구하고 808호에 대해서 짚고 넘어가는 건, 오직 그들만이 목소리를 내지 않고 있기 때문이다. 수많은 사람들이 카메라 앞에서 그들에 대해 떠들었다. 억울함에도 불구하고, 아무 말도 하지 않겠다고 돌아선 그들을 위해 누군가는 말을 해야 한다.

사제 폭탄을 보낸 이 모 씨(26)의 모친 김 모 씨(52)는 공격적으로 인터뷰를 진행하고 있다. 자기 자식은 절대 그럴 사람이 아니라는 주장은 대체로 비웃음을 사고 있지만 동시에 동정을 얻어내고 있기도 하다. 김 모 씨의 말처럼 이 모 씨에게 죽일 의도는 없었을까. 확인할 방법은 없다. 정말 의도가 없었을 수도 있다. 하지만 지난한 과거에도 불구하고 의문점은 남는다. 폭탄 자체가 파괴라는 의도를 가지고 있는 물건이거니와 센서의 반응으로 터지게 했다는 것 역시 대상을 향하고 있기 때문이다. 그러니 굳이 설명하자면 808호 가족을 죽일 마음은 없었다고 해야 할 것이다. 우연이 만들어낸 행운에 의도를 감출 수는 없는 노릇이다. 무엇보다 '808호 폭탄 사건'이라는 사건의 명칭 속에 '808호'의 어느 부분은 죽어버렸다고 할 수도 있다. 그 후에 그들이 어떤 삶을 살아가게 되건 삶의 일부가 파괴되었다는 것은 변치 않는 사실이다.

취재한 바에 따르면 808호 가족은 폭탄 사건 이후 많은 변화를 겪었다. 얼마 전 자살 미수 사건으로 인해 뉴스의 한 페이지를 장식했던 두 모 씨(56)는 교수직에서 해임되었다. A 학교는 대외적으로 이유를 밝히지 않았지만, 폭탄 사건이 매개가 되었음은 충분히 예측할 수 있는 바다. 신 모 씨(56) 역시 약국을 그만둔 것으로 알려졌다. 본지와 인터뷰를 한 약국 사장은 다른 이유를 들긴 했지만, 그 역시 폭탄 사건이 가장 큰 이유임을 부인하진 않았다. B 플랫폼의 공동 대표인 두 모 씨(33) 역시 얼마 전 공동대표직을 사임한 것으로 알려졌다. 역시나 이유를 밝히진 않았다. 옥상 위의 학생으로 유명해진 두 모 양(17)은 심리치료 센터를 찾고 있는 것으로 밝혀졌다.

범인이 잡혔다. 단 한 줄만으로 잘 해결되었다고, 그렇게 말하는 사람이 있을지도 모른다. 808호 가족의 이후 삶을 생각한다면 결코 잘 해결되었다고 할 수는 없다. 그저 하나가 해결되었을 뿐이다. 경찰의 수사가 종결되었음에도 여전히 808호 가족을 의심하는 이들이 인터넷에는 존재한다. 우리 사회에는 아직 해결되지 않은 무언가가 남아 있는 것이다. 이제는 우리 사회가 낯선 공격으로부터 안전한가 되물어야 한다. 우리의 삶은 보호받고 있을까, 아니 보호받을 수 있을까.

물론 808호가 겪게 된 일련의 사건들이 오직 폭탄 때문이라고 할 수는 없다. 그렇다고 하더라도 그 속에서 만난 호의적이지 않은 시선들과 날 선 공격들이 정당성을 얻진 못한다. 폭탄은 어디든 터질 수 있다. 지금 이 순간에도 또 다른 사제폭탄이 만들어지고 있을 수도 있고, 터지지 않은 폭탄이 도사리고 있는 집도 있을 것이다. 폭탄이 터지기 전까진 결코 알 수 없는 일들이 있기 마련이다.

40

두아라

808호. 33. 장녀

택시 기사가 맞아 죽었다. 새벽 2시, 술 취한 승객이 돈이 없다며 잠시 집에 올라갔다가 내려오겠다고 했다. 택시 기사는 한없이 기다렸다. 10분이 지나고 20분이 지나도 승객은 내려오지 않았다. 결국 경비실에 방금 올라간 사람이 몇 호에 사는지 물은 후 돈을 받으러 올라갔다. 경비는 그냥 포기하라고 하고 싶었지만 먹고 사는 게 어떤지 뻔히 아는 마당에 그럴 수 없었다. 그렇게 5분, 10분이 지나도 택시 기사는 내려오지 않았다. 경비가 어떻게 해야 하나 망설이는데 경찰차가 도착했다. 시끄럽다는 민원이 들어왔다는 말에 또 싸움이 벌어졌구나 싶었다. 설마 택시요금을 받으러 온 기사를 청소기로 패 죽이리라고는 생각조차 못 했다고 한다.

어젯밤 일어난 일로 인터넷이 떠들썩했다. 아파트 보안을 운운하며 폭탄 사건을 들먹이는 댓글이 있긴 했지만, 잊혔다고 봐도 무방했다. 범인이 잡힌 지 3주, 폭탄이 터진 지 36일째 되는 날이었다. 그리 긴 시간이라 할 수는 없었지만 808호 가족에겐 평생에 남을 시간이었다. 아라는 폭삭 늙어버린 기분이었다. 이를 증명이라도 하듯 흰머리가 늘었다. 하얗게 센 머리가 곳곳에 눈에 띄었다.

경찰은 빠른 속도로 범인을 검찰에 송치했지만, 재판 날짜는 아직 잡히지 않았다. 그 사이 범인의 엄마가 몇 번이나 찾아와 탄원서를 부탁했다. 만나지 않겠다는 입장을 분명히 했지만 이미 털릴 대로 털린 정보라 막을 수가 없었다. 철없이 한 일이니 제발 용서해달라고 했다. 거절에도 쉽게 돌아가지 않았다. 죽지도 않았는데 뭘 그리 야박하게 구냐며 화를 냈다가 당신들도 발 뻗고 잘 수 없을 거라며 협박 아닌 협박을 했다가 평생 갚겠다고 울며불며 빌기도 했다. 기사에서 보던 태도와는 딴판이었다. 이용준 형사의 말에 의하면 기사 내용이 백 퍼센트 사실도 아니었다. 설령 사실이라 할지라도 달라질 것도 없었지만 범인의 엄마가 잘못한 건 아니라는 일말의 동정심마저 사라지긴 했다. 무슨 짓을 하든 터져버린 폭탄을 되돌릴 수는 없는 노릇이었다. 범인의 엄마는 '심보가 고약해서 폭탄이 터진 거'라는 말도 안 되는 소리까지 했다. 아홉 개 중 유일하게 터진 폭탄, 지독한 우연이라고밖에 설명할 수 없었지만 그럼에도 불구하고 궁금하긴 했다. 왜 하필 808호에서만 터진 걸까. 폭탄이 터진 후 한시도 떼놓을 수 없는 생각이었지만 답을 알 수는 없었다. 중요한 건 '왜'가 아닌 '어떻게'였을지도 모르겠다.

이제 와 생각해보면 처음부터 대응을 잘못한 거 아닌가 싶기도 하다. 억울하다고 인터넷에 호소하고, 우린 절대 폭탄을 받을 사람들이 아니라며 청원이라도 해야 했나, 그게 바람직한 가족의 모습이었을까. 한 사람이 의심을 받을 때마다 우르르 달려갔어야 할까? 그랬더라면 얼굴도 모르는 사람들에게 삶이 낱낱이 파헤쳐지는 꼴은 당하지 않았을까? 이미 지난 일이었지만, 그렇게 대응하지 않았고, 그에 대한 대가를 치러야 했다. 범인 역시 대가를 치른다는 게 아라에게는 유일한 위안일지도 모른다는 생각이 들었다. 검찰은 폭발물사용죄를 적용할지 폭발성물건파열치상죄나 단순 치상죄를 고민할지 숙고 중이라고 했다. 어쨌든 죽지는 않았으니 살인죄는 적용되지 않을 터였다. 어느 쪽이건 말도 안 되게 적은 형량이 나올 게 틀림없었다.

아라가 드라마 작가라는 이유로 폭탄 이야기가 곧 드라마로 나올 거라는 소문이 돌았지만, 아라로서는 그럴 생각이 전혀 없었다. 아라에게는 드라마가 아닌 현실이었고, 현실 속에서는 폭탄이 아닌 가족이 있었을 뿐이다. 불현듯 날아와 삶을 헤집어버린 폭탄을 다시 한번 터뜨릴 수는 없었다. 아라와 달리 다른 사람들은 아직 그럴 생각이 전혀 없어 보였지만.

인터뷰를 거절했음에도 불구하고 신문에는 기어코 칼럼이라는 형태로 기사화 되었다. 뭐라도 되는 양 주절주절 떠들어대는 꼴이 역겨웠다. 카메라 앞에서 제멋대로 떠드는 사람들과 마찬가지로 치부를 사방팔방 떠벌리는 주제에 누가 누구를 훈계하는지. 근데 이건 또 무슨 소리인가. 현이 그만뒀다고? 비상금을 털어 최신 스마트폰까지 사줬더니 또 무슨 말인지….

다시는 떠올리고 싶지 않은 그날 밤, 범인이 잡히고, 병원에서 연락이 오고, 자기 탓이라고 울며불며 난리 치던 승아가 잠든 모습을 본 후에야 아라는 아빠의 차로 갔다. "차에서 발견했다고 합니다"라는 간호사의 말이 떠올라 잠을 잘 수가 없었다. 그러는 동안에도 현은 전화를 받지 않았다. 자살 기도한 흔적이라도 있지 않을까 했던 예상과 달리 아빠의 차는 깨끗했다. 돌아서는데 조금 떨어진 곳에 주차된 현의차를 발견했고, 잠들어 있는 모습을 보았다. 잠들어 있는 현에게 다가서지 못한 채 한참을 멍하니 서 있다가 발길을 돌렸다. 범인만 잡히면 끝날 줄 알았는데, 아무것도 끝나지 않은 기분이었다. 여전히 시한폭탄이 터지기만을 기다리고 있는 듯했다. 다음 날 깨어난 아빠를 보고 난 후에도 마찬가지였다. 어쩌다 여기까지 온 건지, 무엇을 해야 벗어날 수 있을지 막막하기만 했다. 그렇게 하염없이 집으로 걸어오는데 핸드폰 매장이 보였다. 아라는 곧장 들어갔다. 할 수 있는 일이 그것밖에 없어서, 하나라도 바로잡으면 달라지지 않을까 하는 막연한 기대감으로 스마트폰을 샀다. 더는 다른 이의 입으로 가족의 일을 듣고 싶지 않았다.

아라는 곧장 현에게 전화를 걸어서 물었다.

"회사 관뒀어? 미쳤어? 그러려고 핸드폰 사준 줄 알아?"

"대표 자리만 물러난 거야. 나 때문에 투자도 안 돼. 나도 이참에 제대로 해보고 싶기도 하고. 근데 핸드폰 하나로 너무 생색내는 거 아냐?"

현은 별일 아니라는 듯 말했다.

바깥인지 소란스러웠다. 괜히 머쓱해진 아라는 말을 돌렸다.

"벌써 방 구했어? 집은 왜 안 들어와?"

"나 지금 동해야."

"동해?"

"캠핑장 왔어. 고객 니즈 제대로 파악해야지."

얼마 전부터 현은 늘 단정하게 차려입던 셔츠를 벗어 던지고 맨투맨을 입고, 모자를 눌러 쓰고, 캠핑을 다녔다. 오피스텔을 정리하면서 급한 불은 끈 모양이었다. 그러더니 이젠 차까지 캠핑차로 개조하겠다고 나섰다. 그런 현의 모습이 어색하면서도 좋아 보였다.

"누나, 너도 올래?"

순간 당황했다. 현이 같이하자고 한 게 언제였는지 기억조차 나지 않았다.

"밖에서 자는 거 딱 질색이야. 이때까지 내가 집에 붙어 있었던 이유가 뭔데."

아라에게 감동적인 순간이어야 마땅했지만, 인간이 그리 쉽게 변하는 건 아니다. 아라의 대답에 현은 호탕하게 웃었다.

"기사 좀 그만 봐. 가만 보면 은근 소심하더라."

"까분다. 끊어."

"밥 잘 챙겨 먹고."

기분이 묘했다. 이깟 대화가 뭐라고, 그동안 벽을 세우고 있었는지…. 오글거리는 건 질색이었지만, 괜히 뭉클했다. 한참 동안 멍하니 앉아 있던 아라는 병원 예약 확인 문자에 일어났다. 깁스를 풀기로 한 날이었다. 절대 오지 않을 것 같은 날이 무심히 다가와 있었다.

방에서 나오자 아빠가 전화를 끊었다. 범인이 잡힌 덕분인지 자살 미수 때문인지 엄마와 아빠의 이혼은 답보 상태가 되었다. 그렇다고 관계를 회복한 건 아니었다. 간간히 집을 보러 오는 사람이 있었지만 대부분은 폭탄 터진 집이 어떻게 생겼는지 보려는 사람들이었고, 사겠다는 사람은 없었다. 엄마는 안방에 아빠는 현의 방에 머물렀다. 어쩐지 현이 캠핑장을 돌아다니는 게 꼭 일 때문만은 아닌 것 같았다.

"어디 가게?"

아라가 깁스를 들어 보였다.

"푸는 날이야."

아빠는 잠시 머뭇거렸다.

"아빠가 같이 가줄까?"

"내가 무슨 애야. 깁스 푸는 데 보호자 동반하고 가게."

"차 태워준다는 거지."

"난 그 차 절대 안 타."

무심코 나온 말에 아빠의 표정이 굳었다. 그래도 할 수 없었다. 아빠 차를 보면 병원에 누워 있는 아빠가 떠올랐다. 차에서 수면제를 털어넣었다는 말이 계속 떠올라서 어쩔 수가 없었다.

"무슨 전화였어?"

아라의 질문에 아빠가 뜬금없다는 듯 쳐다보았다. 굳이 알고 싶다기보다는 가족에게 관심을 조금만 더 가졌어도 곤란을 덜 겪지 않았을까, 후회가 되곤 했다. 상관없다는 걸 알면서도 혹시나 하는 마음이 떨쳐지지 않았다.

"자리 좀 알아보려고. 지방도 쉽지 않을 것 같네. 아무래도 나이가 나이니까."

아빠는 담담하게 말했다. 나이 때문만은 아닐 테지만 굳이 따지고 싶지 않았다. 백기를 든 사람을 공격할 수는 없으니까.

"걱정하지 마. 네 말대로 아빠 버틸 거니까. 버티다 보면 어떻게든 되겠지."

"지금 내 처지로 봐선 적절한 충고가 아닌 것 같아."

그러자 아빠는 대단한 농담이라도 들은 것처럼 웃었다. 사람들은 여전히 웃을 수 있는, 온화한 표정을 짓고 있는 아빠에게 그래선 안 된다고 말한다. 가족 중에 폭탄을 받아야 하는 사람이 있다면 바로 아빠라고. 아라 역시 그런 생각이 전혀 없었던 건 아니다. 하지만 아빠가 울고 있다고 해서, 화를 내고 있다고 해서, 달라지는 건 없다. 지금으로서는 고스란히 감당하고 있다는 것만으로 충분하다. 아빠가 인생에서 얻으려고 했던 건 엄마와 교수라는 자리였고, 그 두 가지를 모두 잃었다. 매 순간 그 사실을 인지시킬 필요가 있을까. 무엇보다 그럴 자격이 아라 자신에게 있을까 하는 의문이 들었다.

빠른 속도로 돌아가는 드릴이 깁스를 가로지른 후, 의사는 깁스를 양쪽으로 쪼겠다. 그러자 한 달간 보이지 않던 팔이 드러났다. 조금은 더럽고, 조금은 가늘어진 팔이었다. 주먹을 움켜쥐었지만, 힘이 들어가지 않았다.

"언제 그랬냐는 듯 괜찮아질 겁니다. 강해지기 위해서는 시련이 필요하죠."

어쭙잖은 위로를 건넨 의사는 뿌듯한 듯 웃었다. 웃긴 일이었다. 범인이 잡히기 전까지만 해도 의심의 눈길을 보내며 수군거리던 사람들이 한 번도 그런 적 없다는 듯 응원의 말을 보내왔다. 폭탄은 시시하다는 듯 다른 사건을 찾아 나서는 인간들이 차라리 낫다고 느낄 정도로 믿을 수 없었다. 원래 의심이 많았던 건지, 폭탄 사건을 겪으며 의심이 생긴 건지 헷갈렸다. 사람들의 말을 있는 그대로 받아들이기까지는 많은 시간이 필요할 터였다. 위로를 위로로, 응원을 응원으로, 무심한 말속에 어두컴컴한 속내가 있는 건 아닌지 의심하지 않기까지 얼마의 시간이 걸릴지 몰랐다.

엑스레이를 찍고, 물리치료를 받은 후에야 병원을 나왔다.

아파트 입구 정류장에 도착한 버스에서 내린 아라는 방향을 돌려 옆 아파트로 향했다. 폭탄이 터지기 전날, 담배를 샀던 편의점에 들렀다. 우중충한 표정으로 담배를 사 갔다고 증언했던 아르바이트생은 보이지 않았다. 범인으로 몰지도 않았고, 틀린 말도 아니었지만, 머릿속에서 떠나지 않은 말이었다. 우중충한 삶. 그 삶에서 벗어날 날이 오긴 할까. 범인이 잡혔으니 이젠 좋은 일만 있을 거라고 할 수 있나. 누군가의 말처럼 거대한 액땜에 불과했다고 할 수 있을까. 새 아르바이트생은 무심한 얼굴로 바코드를 찍고, 계산을 마쳤다. 아라에 대해 전혀 모르는 건지, 관심이 없는 건지 알 수 없었다.

편의점에서 나온 아라는 망설임 없이 비밀 장소로 향했다. 다행히 담배를 피우는 장소까진 언론에 밝혀지지 않은 덕분에 옆 아파트는 조용했다. 공공재가 되어버린 듯한 사생활에서 드러나지 않은 게 있다는 것만으로 신기할 지경이었다.

휴게장소에 다다른 아라는 멍하니 앉아 있었다. 평소와 다를 바 없었는데, 담배를 꺼내 물기가 망설여졌다. 얼마나 지났을까. 고개를 돌리는데 익숙한 얼굴이 눈에 들어왔다. 엄마였다.

엄마의 눈길이 담배에 닿았다. 아라와 눈이 마주치자 엄마는 눈을 흘겼다가 이내 웃었다.

"비밀은 계속되는구나?"

차분한 말투였지만 장난기가 묻어 있었다. 아라는 짧은 한숨과 함께 웃음을 터뜨렸다. 그러자 엄마가 곁에 다가와 앉았다.

"참… 별수 없어?"

아라는 담뱃갑을 만지작거리며 말했다.

"남 이야기하듯이 하지 마. 내 이야기는 내 이야기처럼, 남 이야기는 남 이야기처럼 해야 내가 누군지 잊지 않는 법이야. 자신을 객관적으로 보라는 말, 난 진짜 싫더라. 남한테는 주관적인 잣대를 마구 들이대는 인간들이 아닌 척하고 싶어서 지어낸 말 아닌가 싶을 때가 있다니까."

줄줄 나오는 엄마의 말이 낯설었다. 엄마가 아라 손에 들린 담뱃갑을 가져가 포장을 뜯은 후 다시 아라의 손에 쥐어주었다. 아라는 그런 엄마의 모습을 빤히 쳐다보았다.

"자식이 어떻게 되건 개의치 않는 엄마답지?"

"무슨 일 있어?"

아라의 걱정스러운 얼굴에 엄마가 웃었다.

"어떤 일들은 끝나도 참 실감이 잘 안 나. 그치?"

동의를 구하는 엄마의 얼굴이 새삼 나이 들어 보였다. 두 사람은 잠시 말없이 앉아 있었다.

"폭탄 드라마 쓸 거란 소문이 있더라?"

장난스러운 표정으로 말하는 엄마의 모습에 아라는 고개를 내저었다.

"다들 왜 자꾸 그 이야기를 하는 거야? 절대 안 써. 내 인생 가지고 너도나도 떠들어대는 거 지겨워. 분명히 자작극이었다는 사람 나온다니까. 내 뜻대로 되는 게 하나도 없어."

엄마가 아라의 손을 쓰다듬었다.

"다들 그렇게 살아. 제멋대로 하는 거 하나 없이. 이리저리 휘둘리면서. 내 자식은 그렇게 살지 않길 바랐는데, 삶이 참 거지 같아. 그치?"

"어떻게 살길 바랐는데?"

"아주 제멋대로 살길 바랐지. 하고 싶은 건 다 하고, 태클 거는 사람들은 싹 무시하고, 자유롭고 멋있게. 확신으로 가득 찬 삶."

"너무 큰 걸 바란 거 아니야?"

엄마는 피식 웃었다.

"말하고 보니 할머니가 엄마한테 바란 것도 그런 게 아니었나, 문득 그런 생각이 드네."

"할머니는 엄마가 교수님이 되길 바랐지."

"어떻게 알았어?"

"우리 집만 오면 교수가 되었어야 되는데, 한탄하셨잖아. 모르는 게 더 이상하지."

"할머니 미워하지 마. 할머니는 교수 정도는 돼야 그렇게 살 수 있다고 믿었던 것 같아. 할머니가 생각할 수 있는 최고의 직업이었던 거지. 지금 생각해보니 그래. 자식 노릇도 제대로 못 했는데, 부모 노릇도 못 했네."

"그러니까, 내가 교수가 되어야 한다고 했지?"

아라가 할머니를 흉내 내자 엄마가 웃음을 터뜨렸다.

"내가 할머니를 왜 미워해. 그냥 그랬단 거지. 누굴 미워할 에너지도 없네요."

"그래서, 에너지 채우러 오는 거니?"

엄마가 담뱃갑을 톡톡 치며 물었다. 아라는 어깨를 으쓱했다.

"피울 거면 당당하게라도 피우지."

"화장실에서 몰래 피우진 않잖아."

"벌금 내기 싫어서는 아니고?"

아라가 웃었다.

"뭐, 그것도 있고. 일말의 자존심이랄까."

"다 큰 딸한테 잔소리하고 싶지 않지만 전자 담배로 바꾸기라도 해. 너도 건강 생각할 나이야."

"끊을 거야."

아라는 잠시 망설이다 물었다.

"진짜 이혼할 거야?"

엄마는 말없이 아라를 쳐다보았다.

"그냥 궁금해서. 하지 말라거나 그런 거 아니고."

"해야지. 오해하지 마. 폭탄 때문도 그 영상 때문도 아니니까. 폭탄 아니었어도 했을 거야. 시간이 지나면 지금보단 편해지겠지. 친구 정도는 될 수 있으려나?"

"마음에 안 들어."

"뭐가? 이혼하는 게? 아니면 친구로 지낸다는 게? 한심해하지 마. 30년이 넘는 시간이 한순간에 싹둑 잘리듯 사라지는 게 아니니까. 이해가 안 된다고 해도 어쩔 수는 없지만. 엄마도 좀 구식이구나, 그렇게 생각해."

"그게 아니라 폭탄 때문에 다들 뭔가 깨달은 듯이 구는 거 짜증 난다고. 폭탄은 그냥… 좆 같은 일이야. 난 절대 용서 안 할 거야. 그놈의 폭탄 때문에 받은 수치만 기억할 거라고."

아라의 다짐에 엄마가 슬며시 웃었다.

"맞아, 좆 같은 일이야."

두 사람은 잠시 말없이 앉아 있었다.

엄마는 아라의 머리를 쓰다듬은 후 일어났다.

"엄만 이제 가봐야겠다."

"어디 가?"

"건물 나왔다고 해서 가보려고."

엄마는 말해야 할지 고민하는 듯 잠시 망설였다.

"왜? 이상한 데야?"

엄마의 입가에서 웃음이 삐져나왔다.

"왜? 뭔데? 여기까지 침범했으면 그 정도는 말해줘야 하는 거 아냐?"

"전에 일하던 약국 옆옆 건물이 나왔다네. 인테리어 공사까지 했는데, 급히 내놓아야 할 사정이 생겼대."

"거기 되게 비싸지 않아?"

"이번 일로 깨달은 게 하나 있어. 엿 먹이는 데도 굉장한 노력이 필요하더라고."

"괜찮겠어?"

아라는 괜히 걱정스러웠다.

"삶이 계획대로 흘러가는 게 아니라는 걸 나만 알자니 아쉬워서 말이야. 아니지, 나보고 약국 차릴 때도 되지 않았냐고 했으니까 기대에 부응하는 건가. 가능할지는 가봐야 알겠지만 일단 시도는 해봐야지."

엄마는 가다 말고 돌아서서 말했다.

"깁스 푼 거 축하해."

폭탄이 엄마를 바꿔놓은 건지, 원래의 모습으로 돌아가게 만든 건지 알 수 없었다. 엄마의 뒷모습이 그 어느 때보다 씩씩해 보였다. 아라는 손에 든 담배를 빤히 쳐다보다 주머니에 넣었다. 아파트에 들어서기 무섭게 승아에게서 톡이 왔다.

'언니, 병원 갔다 왔어? 옥상으로 와.'

옥상이라니, 기어코 또다시 올라간 승아가 걱정스럽기도 했고, 웃음이 나기도 했다.

아빠가 퇴원한 날, 승아는 치료를 받고 싶다고 했다. 폭탄에 대한 트라우마인가 했더니, 이전부터 공황 장애 증상을 앓고 있다고 고백해왔다. 그 바람에 아빠가 눈물을 터뜨렸고, 엄마는 얼어붙어 순식간에 초상집 분위기가 돼버렸다. 더불어 학교까지 그만두고 싶다는 터라 무슨 말을 어떻게 해야 할지 난감했다. 상황을 정리한 건 엄마였다. 일단은 치료부터 받고, 학교는 그 뒤에 결정해도 늦지 않다는 것. 승아는 탐탁지 않은 표정을 지으면서도 수긍했다. 치료를 받는다는 사실까지 기사에 고스란히 나올 줄 몰랐다. 뒤끝이 넘치는 인간은 어디에나 있는 법이다. 고소라도 하고 싶었지만 그래봤자 시달리기만 할 터였다.

후드를 뒤집어쓴 채로 엘리베이터를 타고 있자니, 그 때문에 범인으로 몰렸던 일이 떠올랐다. 후드티도 이제 그만 입어야 하나 싶었다. 옷 때문이 아니라는 걸 알면서도 괜히 옷 탓을 하고 싶었다. 아라는 슬며시 후드를 벗었다.

옥상 문을 열자 캠핑 의자를 펼치고 앉아 있는 승아가 보였다. 승아 옆에는 빈 의자가 놓여 있었다. 아라는 승아 곁으로 가서 앉았다.

"휴양지 왔냐?"

"좋지?"

승아가 웃으면서 되물었다.

"또 자물쇠 땄어?"

"그냥 열려 있던데."

"이놈의 아파트는 집값 타령이나 할 줄 알지, 옥상 문 잠가야 한다는 생각은 안 하나 보다."

"난 여기 진짜 좋아. 숨통이 탁 트여."

"누가 보면 평생 숨 못 쉬고 산 줄 알겠다. 그래서 캠핑 의자까지 갖다 났어? 완전 새것 같은데, 샀어?"

"오빠가 사줬어."

"현이가?"

"예전에 오빠 캠핑 의자 훔쳐서 갖다 놨었거든. 모르는 줄 알았는데 알고 있었더라."

"잘하는 짓이네. 옥상 올라오는데 말리지는 않고. 걘 진짜 무슨 생각인지 모르겠다."

"대신 하나 더 사줬잖아. 오빠도 가끔 온대. 그러니까 죽을 생각은 꿈도 꾸지 말라던데? 그리고 오빠도 그냥 준 거 아니야. 잔소리 왕창 했어."

"너 설마 뭐 일진 그런 건 아니지?"

"내가? 언니까지 그러기야?"

"오빠 의자 훔치고, 언니인 척 사칭하고, 자물쇠 따고. 대본 유출하고. 이거 보통 일 아니다. 범죄야 범죄. 너 영화 그만 보고 다녀. 아주 간덩이만 커져서."

승아가 장난스럽게 웃었다.

"웃지 마. 진지하게 하는 말이니까."

아라는 승아를 빤히 바라보았다.

아니라고는 했지만 죽을 생각이었던 걸까? 태어나지 말았어야 했다고 생각했던 애가 죽으려고 한 건 아니라고 한 말을 믿어줘야 할까? 아무리 이해하려고 해도 의심이 사라지지 않았다. 그 마음을 눈치챘는지 승아가 손사래를 쳤다.

"난 죽을 생각 눈곱만큼도 없어. 솔직히… 아예 없었던 건 아닌데, 지금은 진짜 아냐."

아라는 가슴이 쩡했다.

"미안하다. 사는 게 팍팍해. 동생은커녕 내 인생도 감당이 안 돼. 그래도 신경 썼어야 하는데, 못 했어. 앞으론 안 그러겠다고 하고 싶다만, 정말 안 그럴 수 있을지는 모르겠네."

아라를 바라보던 승아가 이내 웃었다. 활짝 웃는 승아를 보니 기분이 묘했다. 얼마 전까지만 해도 얼굴을 붉혔다는 게 믿기지 않았다. 어디로 어떻게 흘러갈지 알 수 없었다. 늘 함께할지, 아니면 가족이라는 게 무슨 소용이냐며 돌아서게 될지. 사는 게 버거워서 가족이라면 진절머리를 칠지. 또 다른 폭탄이 날아와 여전히 알지 못하는 무언가를 헤집어 놓을지. 알게 된 사실이 모두 진실이라고 할 수는 없었다. 그저 그렇다 할 뿐, 어떤 교훈도 없다. 어쩌면 굳이 교훈을 찾아내지 않는 게 가족일지도 모르겠다.

얼굴에 닿는 차가운 바람이 시원했다. 얼굴에 그늘이 드리워지며 빗방울이 얼굴에 떨어졌다. 차가운 물방울에 눈을 뜨는 그 순간 승아가 아라의 손을 잡았다. 두 사람은 한동안 손을 잡은 채 앉아 있었다. 곧이어 비가 그쳤지만 승아는 좀 더 있다가 내려오겠다고 했다. 아라는 잠시 고민하다 먼저 옥상을 나왔다. 아무래도 옥상 문을 단속하라고 관리실에 이야기해야 할 것 같기도 하고, 자물쇠도 딸 줄 아는 애니 소용없을 것 같기도 하고. 걱정해야 하는지 말아야 하는지 긴가민가했다. 폭탄이 헤집고 지나간 자리가 범인이 잡혔다는 사실 하나에 완벽하게 복구될 리 없었다. 어찌 되었든 다시 살아갈 수 있다고, 똑같은 자리에서 다시 시작할 수 있다고 믿는 수밖에 없었다. 가족 모두가 새로운 삶을 시작하는 중이었다. 아라 역시 다시 시작해야 했다.

집에 들어오자 아빠는 보이지 않았다. 외출했는지 방에도 없었다. 아무도 없는 집을 아라는 천천히 둘러보았다. 폭탄의 흔적이 전부 사라지고, 삶의 흔적만 남아 있을 뿐이었다. 아라 역시 머지않아 떠나게 될 터였지만 더는 도망치고 싶은 마음도 숨고 싶은 마음도 들지 않았다.

방으로 들어온 아라는 노트북 앞에 앉았다. 호흡을 가다듬은 채 텅 빈 페이지를 마주했다. 이제껏 쓰지 못했던 5부를 쓸 차례였다. 잠시 눈을 감고 생각하다 키보드 위에 손을 올렸다. 그렇게 한참 동안 깁스가 사라진 왼팔을 쳐다보았다. 손에 힘이 들어가지 않았다. 그렇지만 차차 돌아올 거라는 말을 믿기로 했다. 아라는 조심스레 손을 움직였다. 비로소 평범한 날이었다.

〈끝〉

펑

초판 1쇄 발행 2021년 8월 5일

지은이 이서현
발행인 안병현
총괄 류승경
편집장 박미영
기획편집 김혜영 정혜림 조화연 **디자인** 이선미 **마케팅** 신대섭

발행처 주식회사 교보문고
등록 제406-2008-000090호(2008년 12월 5일)
주소 경기도 파주시 문발로 249
전화 대표전화 1544-1900 **주문** 02)3156-3681 **팩스** 0502)987-5725

ISBN 979-11-5909-871-0 (03810)
책값은 표지에 있습니다.